FALSE VERITÀ

FLUMERI & GIACOMETTI

PROLOGO

S<small>A CHE LUI LA AMA</small>. L<small>O SA E BASTA</small>. Q<small>UANDO È CON LUI SI</small> *sente protetta. È forte, è quello che ha sempre sognato. Ma sa che soffre, per questo a volte si comporta in quel modo. Ma sa che la ama. Ne è sicura. Per questo lo aspetta. Sempre. Anche oggi, come ogni sera. Eccolo. Barcolla. Ha bevuto. Posa su di lei uno sguardo sfocato.*

«Che vuoi?»

Vorrebbe abbracciarlo. Cullarlo. Tenerlo contro di sé. Vorrebbe che appoggiasse la testa sul suo seno.

«Lasciami stare.»

Non si fa intimidire da quel rifiuto. Sa che ha bisogno di lei. Lui barcolla, sta per cadere. Lei lo sostiene. Lui la allontana con uno strattone.

«Lasciami in pace ti ho detto, vattene!»

Prova a camminare di nuovo, ma inciampa e lei lo sostiene ancora una volta. Lo fissa negli occhi, cerca il suo sguardo. Poi, seguendo l'istinto, cerca la sua bocca. Sa di alcol, ma non le importa. Gli cinge il collo con le braccia, si appoggia al muro per sostenerlo. Lui le grava addosso con tutto il suo peso. Lei è felice. Apre le labbra. Il corpo di lui reagisce. Non la bacia, ma le sue mani frugano sotto la sottile camicia da notte. Lei si stringe a lui. Poi sente un dolore improvviso, come una lama acuminata che la trafigge. Vorrebbe gridare, ma lui le mette una mano sulla bocca.

Ma anche questo è amore. È amore. È amore. Continua a ripeterselo mentre lui affonda dentro di lei.

Sangue e dolore. Non voleva questo, voleva solo il suo amore. Non lo riconosce. Ha paura. Perché le sta facendo male? Vorrebbe gridare il suo nome, ma lui continua a tenerle la mano sulla bocca, la stringe in una morsa e lei sente il sangue colare e il panico salire come una marea nera che sta per sommergerla. Si dibatte, cerca di allontanarlo, gli affonda le unghie nel braccio.

Poi di colpo cede. Se è quello che vuole, è quello che lei gli darà. Perché lo ama. E il dolore non importa più.

CAPITOLO UNO

CORREVA.

Correva a zigzag sulla vecchia mulattiera che si arrampicava tra i castagni del bosco incantato.

Correva schivando i tronchi trasformati dalla mano di uno scultore in animali fantastici.

Correva senza vederli, concentrata solo sul bisogno di allontanarsi, di fuggire.

Sentiva contro di sé la consistenza compatta del corpo del bambino, la morbidezza della pelle, il battito frenetico del piccolo cuore.

L'aria si era fatta densa e nuvole nere risucchiavano la luce. Tutto ciò che era familiare e amico si trasformava in ombre minacciose di creature mostruose che le correvano incontro per ghermirla con becchi e mani adunchi.

Cominciò a recitare la filastrocca incisa sulle tavole del bosco, che conosceva a memoria da quando era bambina e che ripeteva ogni volta che aveva paura e si sentiva minacciata da qualcosa. Una specie di formula magica che faceva tornare le cose a posto. Se la recitava per intero, senza fermarsi, sarebbe andato tutto bene, ne era convinta.

«Stella stellina/la notte si avvicina/la fiamma traballa/la mucca è nella stalla...»

Le prime gocce le scivolarono addosso. Gocce pesanti, come l'aria che la opprimeva, mentre la corsa le mozzava il respiro nel petto.

«...la mucca e il vitello/la pecora e l'agnello...»

Il bambino cominciò a piangere.

«...la chioccia coi pulcini/la gatta coi gattini...»

La pioggia aumentò, il pianto del piccolo si intensificò.

Non le venivano più le parole. Non se le ricordava.

Se le avesse trovate, tutto sarebbe andato a posto, sì, doveva essere così. Ma non ci riusciva.

Ricominciò da capo.

«Stella stellina/la notte si avvicina/la fiamma traballa/la mucca è nella stalla/ la mucca e il vitello/la pecora e l'agnello/ la chioccia coi pulcini/la gatta coi gattini/ e tutti fan la nanna... e tutti fan la nanna... nel cuore della mamma!»

Eccole, le parole. Erano riemerse da qualche parte nella sua testa. Strinse a sé il bambino.

«Hai capito amore mio? Nel cuore della mamma!»

Adesso sarebbe andato tutto bene.

Adesso il bosco sarebbe tornato ad esserle amico.

Adesso...

Il tuono esplose sopra di lei.

Lucia urlò.

CAPITOLO DUE

IL BOATO ECHEGGIÒ ALL'INTERNO DI VILLA MIMOSA facendo tremare i vetri. Kate, che stava guardando i provini per la protagonista della fiction su Celia inviati dalla produzione, sussultò. Poco dopo si udì il ronzio del gruppo elettrogeno d'emergenza che si azionava automaticamente.

"È solo un temporale."

La sua parte razionale fece barriera contro le paure viscerali che le si agitavano dentro. Cercò di riprendere a guardare i provini ma l'inquietudine rimase e si rese conto di aver perso la concentrazione. Allora mise i filmati in pausa e si alzò. Fuori, al di là del parco della villa, oltre i confini di quello che ormai era il suo mondo, cielo e lago, schermati dalla pioggia, sembravano toccarsi e confondersi uno nell'altro in un cupo amalgama di grigi. Una saetta disegnò una ragnatela fosforescente tra le nubi per poi abbattersi sulla superficie plumbea dell'acqua, conferendole una luminosità spettrale. Un tuono più forte del primo scosse le mura della villa, seguito da un violento scroscio d'acqua. Erano solo le tre del pomeriggio, ma si era fatto improvvisamente buio. Kate cercò di attribuire il lungo brivido che la percorse al calo di temperatura.

Nella grande casa silenziosa non c'era nessun altro. Maria, la colf, era andata a casa. Emma aveva appuntamento con un cliente e Tommaso era rimasto da un compagno di scuola. Ancora una volta si stupì di quanto le mancassero suoni ormai familiari come il ticchettio dei tacchi dell'amica o la voce acuta di suo figlio, un bambino con cui aveva scoperto insospettabili affinità. Da una convivenza improbabile, dettata dalla necessità, era nato un rapporto che le aveva restituito un po' di fiducia nelle relazioni con i suoi simili. Pur non volendolo ammettere, perché fino da quando era una bambina aveva imparato a fare dell'autosufficienza un punto fermo, desiderò che Emma e Tommy fossero lì con lei.

Improvvise raffiche di vento spazzarono il lago, disseminandolo di creste bianche che si rincorrevano sulla superficie illuminata dalle scariche elettriche dei lampi. Kate percepì l'energia inarrestabile della natura, la sua forza al tempo stesso distruttrice e generatrice. Appoggiò la fronte al vetro della finestra e chiuse gli occhi. Immaginò che, se una volta che li avesse riaperti qualcosa là fuori fosse cambiato, allora sarebbe stata libera dalle catene che la imprigionavano e la costringevano a vivere un'esistenza monca, incompleta.

Quando lo fece, una luce abbagliante la costrinse a socchiudere le palpebre. Il vento aveva aperto uno squarcio tra le nubi, come una ferita attraverso cui si riversava la luce del sole. La pioggia era cessata all'improvviso. Per un attimo una assurda speranza si fece strada dentro di lei, come quel raggio di sole. Poi Kate sorrise amara, con una buona dose di autoironia. Non era tipo da abbandonarsi al pensiero magico. La sua vita era governata da una ferrea volontà e dal rigore razionale del ragionamento. Erano quelli il suo scudo e la sua corazza. Erano loro che l'aiutavano a sopravvivere, a combattere la disperazione che in alcuni momenti le attanagliava le viscere e il cuore. Per fortuna aveva la scrittura. Senza i suoi romanzi, senza Celia, non sapeva se ce l'avrebbe fatta. Girò le spalle alla finestra e tornò a sedersi di fronte al video, vicino al quale sonnecchiava Cagliostro. Fece una carezza sul pelo lucido del gattone nero, poi premette il tasto di avvio e cercò di concentrarsi di nuovo sui provini che però, adesso, avevano perso tutta la loro attrattiva.

CAPITOLO TRE

Il cancello della villa era socchiuso. Emma premette il pulsante del citofono ma nessuno rispose.

"Strano".

Si guardò intorno: la strada residenziale che risalendo sulla collina dal lungolago di Cernobbio costeggiava le lussuose abitazioni, circondate dalla vegetazione intrisa della pioggia appena caduta, era deserta, se si escludeva qualche macchina parcheggiata e una donna con un cucciolo di cane pastore al guinzaglio che avanzava lungo il marciapiede.

Provò di nuovo con il citofono, ma anche questa volta non ottenne risposta. Eppure era in perfetto orario e Giulio Dalmasso, titolare della storica Seteria Dalmasso che le aveva dato appuntamento per le sedici, era senza dubbio il tipo di persona che alla puntualità ci teneva.

"Strano", pensò di nuovo.

L'istinto le suggeriva di entrare, mentre la prudenza la sconsigliava. Come molte altre volte, decise di dar retta all'istinto e spinse il cancello di ferro battuto che si aprì senza neppure un cigolio. Emma avanzò lungo un vialetto lastricato da una doppia fila di pietre grigie scurite dalla pioggia che, attraverso un vasto giardino bordato di pini secolari, conduceva all'ingresso della palazzina liberty color crema, composta da un pianterreno e da un primo piano al di sopra del quale svettavano quattro torrette disposte ai quattro angoli della villa. Le finestre erano di un caldo legno chiaro, incorniciate da eleganti modanature. Ma quello che più la colpì furono le splendide aiuole fiorite dai colori vivaci che decoravano il giardino. Si soffermò ad ammirarle per qualche istante, poi si guardò di nuovo intorno. Si sentiva solo il lieve sgocciolio tra le foglie degli alberi, residuo del recente temporale, per il resto regnava una quiete quasi assoluta.

«Sono Emma Castelli, ho un appuntamento con il dottor Dalmasso, c'è qualcuno?» la sua voce risuonò nel silenzio che circondava la villa, nessun rispose ed Emma sentì aumentare la sensazione di disagio che aveva percepito fin da quando era entrata. Forse avrebbe fatto meglio a dar retta alla prudenza, ma ormai era arrivata davanti al portoncino dello stesso legno chiaro delle finestre e il suo istinto di poliziotta, mai sopito anche se ormai non faceva più parte delle forze dell'ordine, si acuì facendo risuonare dentro di lei un campanello di allarme. Anche quello era aperto.

"Più che strano."

Sentendo la tensione irrigidirle i muscoli, Emma rimpianse di non avere con sé la sua Beretta. Con estrema cautela e senza far rumore spinse il battente e mosse qualche passo all'interno. Si trovò in un grande ingresso arioso, con finestre ad arco che affacciavano sul giardino e un pavimento di graniglia d'epoca dai disegni geometrici elaborati. Di fronte a lei c'era un corridoio con delle porte, mentre sulla destra una scala di marmo conduceva al piano superiore. Sembrava che non ci fosse nessuno, ma Emma ebbe la sgradevole impressione di non essere sola. Attese qualche istante, però non accadde nulla. Sentì la tensione aumentare. Quella era una violazione di domicilio in piena regola. Non avrebbe dovuto entrare, anche se l'istinto le suggeriva che c'era qualcosa che non andava.

«Dottor Dalmasso?»

Ancora una volta non ci fu risposta.

Fu allora che si rese conto di un fattore incongruo, che strideva con il lussuoso ambiente intorno a lei: sul pavimento erano sparpagliati i giocattoli di un bambino.

Disseminati dall'ingresso al corridoio, formavano una sorta di scia di Pollicino che si arrestava di fronte a una porta spalancata. Senza sapere bene perché, Emma si diresse da quella parte e, una volta sulla soglia della stanza, sobbalzò e rimase immobile, mentre il suo cervello reagiva in automatico, registrando tutti gli elementi della scena che aveva di fronte.

Bocconi sul pavimento di quello che doveva essere uno studio, il viso rivolto verso la porta, di fronte a un grande camino, tra sedie capovolte, suppellettili rotte e cassetti divelti di una elegante boiserie color crema, giaceva l'uomo che Emma identificò subito come Giulio Dalmasso. Un sottile rivolo di sangue gli scorreva dalla tempia lungo le rughe profonde che gli incidevano il volto scavato. Gli occhi erano spalancati in un'espressione che le parve di profondo stupore. A poca distanza da lui una preziosa lampada in frantumi e un vaso di cristallo rovesciato, da cui gocciolava ancora l'acqua che aveva contenuto insieme ai fiori sparsi sul pavimento, delle splendide dalie rosso fuoco.

Dopo una rapida occhiata intorno per assicurarsi che non ci fosse nessuno, facendo ben attenzione a non toccare nulla, Emma si diresse verso l'uomo a terra. Aveva visto abbastanza cadaveri da riconoscere la rigidità della morte, ciononostante si chinò rapida su di lui, appoggiò l'indice e il medio su un lato del collo e gli cercò il battito, sapendo già che non l'avrebbe trovato.

Si rialzò e prese il cellulare. D'istinto fece quello che per anni aveva fatto sulle scene del crimine quando era in polizia: cominciò a scattare foto. Anche se c'era sempre il fotografo forense, lei preferiva avere materiale di prima mano da poter riguardare per conto suo.

In quel momento udì uno scalpiccio provenire dall'ingresso e un attimo dopo nella stanza entrò una giovane alta e sottile, con capelli a caschetto e grandi occhi scuri che, alla vista del corpo dell'uomo a terra, rimase come pietrificata.

«Oddio… Giulio!» esclamò poi precipitandosi verso di lui.

«Non lo tocchi!» Emma le sbarrò decisa la strada.

La ragazza cercò di superarla e Emma le afferrò il braccio per trattenerla, consapevole dell'assurdità di tutta la situazione, ma ben decisa a impedire che qualcuno toccasse il corpo o qualsiasi altra cosa.

«Mi lasci!» gridò la giovane. «Chi è lei? Io sono la sua fisioterapista, devo aiutarlo!» E la strattonò provando a liberarsi.

«Mi ascolti, non può più fare niente per il dottor Dalmasso, è morto» Emma avrebbe voluto essere meno brutale, ma la situazione rendeva impossibile un approccio più delicato. «Sono un'investigatrice privata, avevo appuntamento con lui, l'ho trovato così.»

La ragazza sbarrò gli occhi e di colpo cessò ogni resistenza, afflosciandosi su se stessa.

«Non è possibile» mormorò. La voce le si incrinò, mentre gli occhi le si velavano di lacrime. «Cosa è successo?» chiese guardandosi intorno frastornata.

Emma cercò di riprendere il controllo della situazione.

«Senta» disse con tutta la delicatezza di cui era capace «perché intanto non mi aspetta di là mentre io chiamo l'ambulanza e la polizia?»

«La polizia?» l'altra la fissò sgomenta.

Emma sospirò. Anche stavolta non c'era un modo delicato per dirlo.

«Il dottor Dalmasso è stato ucciso.»

Sul volto della giovane, per alcuni istanti, si dipinse un'espressione di assoluto terrore. Poi cominciò a scuotere la testa.

«No, no, si sbaglia. Dev'esserci un'altra spiegazione» ma Emma ebbe l'impressione che cercasse prima di tutto di convincere se stessa e se ne chiese la ragione. «Non è possibile, deve sentire Lucia, c'era lei in casa...» proseguì la ragazza ma mentre lo diceva si bloccò di colpo e si guardò intorno, in preda a un improvviso smarrimento.

«Lucia, dov'è Lucia? DOV'È SERGIO?» piantò lo sguardo in quello di Emma: «Dov'è il mio bambino?»

Emma la fissò costernata:

«Mi dispiace, non ne ho idea. Quando sono arrivata non c'era nessuno... chi è Lucia?»

La ragazza si torceva le mani angosciata.

«La governante, ma è una persona... una persona con ...con dei problemi. È terrorizzata dai tuoni... non ho tempo di spiegarle ora, devo andare a cercare mio figlio!» Detto questo corse fuori dello studio gridando: «Lucia, Lucia! Sergio! Dove siete?»

Ma di nuovo le rispose solo il silenzio. Pochi istanti dopo Emma udì la porta d'ingresso che sbatteva e si rese conto che la situazione le stava sfuggendo di mano. Non avrebbe dovuto permetterle di allontanarsi.

Era arrivato il momento di fare quella telefonata. Prese il cellulare e compose il numero del vicequestore Andrea del Greco.

CAPITOLO QUATTRO

«E TU L'HAI LASCIATA ANDARE?»

Emma percepì la sfumatura di rimprovero nella voce di Andrea e reagì d'impulso.

«Se Maya fosse sparita e qualcuno cercasse di impedirti di cercarla, anche se ti trovassi nel bel mezzo una scena del crimine, tu gli daresti ascolto?»

Gli occhi scuri del vicequestore si incupirono mentre serrava le labbra al solo pensiero che potesse accadere qualcosa alla sua bambina.

«No, naturalmente no» rispose rassegnato. «Se non torna, manderò una pattuglia per le ricerche.»

«Speriamo che non ce ne sia bisogno, la madre era già sconvolta per la morte di Dalmasso» replicò Emma.

«Hai capito in che rapporti fosse con lui?» le chiese.

Lei scosse la testa.

«Non lo so, mi ha solo detto che era la sua fisiote-rapista, ma ho avuto l'impressione che viva qui con il bambino, guarda» disse indicando i giocattoli disseminati ai piedi della grande scala e lungo il corridoio, mentre il fotografo forense scattava numerose immagini ravvicinate.

Andrea annuì.

«D'accordo, glielo chiederemo quando torna.» Poi le porse un paio di guanti di lattice. «Tieni, metti questi e andiamo di là mentre finisci di raccontarmi.»

Emma sapeva bene che quello era possibile solo in quanto erano ex colleghi e perché Andrea si fidava di lei. Prese i guanti e li infilò facendogli strada verso lo studio.

«Come ti stavo dicendo, quando sono arrivata ho trovato il cancello e il portone aperti e, dal momento che non rispondeva nessuno, sono entrata. Lo so, lo so» lo prevenne «non avrei dovuto farlo ma...»

«...ma il tuo istinto ti ha detto che qualcosa non andava» la interruppe lui con un accenno di sorriso. «Ho ragione?»

"Come la conosceva bene!" Emma annuì.

«Non ti è sembrato strano che non ci fossero i domestici?» chiese ancora Andrea.

«No, perché è giovedì, il giorno di riposo. Dalmasso mi aveva detto che preferiva vedermi a casa perché non si sentiva bene» aggiunse, fermandosi sull'uscio dello studio per non intralciare gli ex colleghi che stavano facendo i rilievi di rito.

«Purtroppo sono arrivata tardi. E ho trovato questo» e indicò il corpo dell'uomo.

«A prima vista sembrerebbe un furto finito male» rifletté Andrea guardandosi intorno. «Dobbiamo verificare se è stato rubato qualcosa. Ma potrebbe anche avere a che fare con il motivo per cui ti aveva dato appuntamento.»

Emma si strinse nelle spalle:

«Non ne ho idea, al telefono non mi aveva anticipato niente, solo che aveva bisogno di informazioni su una persona.» Tornò a guardare il cadavere. «Non doveva essere successo da molto, perché il corpo era ancora caldo.»

«Castelli, che fai, mi rubi il lavoro?»

Emma si voltò al suono di quella voce dall'inconfondibile accento un po' bastardo di chi viene dal sud ma vive ormai da molti anni al nord. Polizzi, il medico legale, le sorrideva. Avevano lavorato per parecchio tempo insieme e le aveva sempre mostrato stima e fiducia.

«Non mi permetterei mai, dottore, diciamo che ho imparato i rudimenti da te» ribatté in tono scherzoso.

L'omone la superò e, con un certo affanno, visti i suoi cento e passa chili, si chinò sul cadavere e lo esaminò con attenzione, soffermandosi sulla nuca e sulla parte posteriore di braccia e gambe.

«Credo che tu abbia ragione, è morto da meno di un'ora, non è ancora cominciato il livor mortis, non ci sono segni di ipostasi. Considerando che lo hai trovato alle sedici, l'intervallo di tempo può andare dalle quindici e trenta alle sedici. Da quello che vedo, posso presumere che la causa della morte sia una frattura del cranio dovuta a un colpo vibrato con un corpo contundente», lo sguardo andò al pesante posacenere di cristallo che giaceva pochi metri più in là, «ma potrò essere più preciso solo dopo un bel tête â tête con il signore» concluse tirandosi su a fatica. Poi, rendendosi improvvisamente conto dell'incongruità

16

della presenza di Emma, aggiunse: «Ho perso l'abitudine di trovarmi belle donne sulla scena del crimine e tu sei sempre un bel vedere, che ci fai qui?»

«Dalmasso mi aveva chiamato per un'indagine, ma purtroppo non saprò mai di cosa si trattasse.»

«Hai perso un buon cliente prima ancora di iniziare a lavorare, un gran peccato» commentò Polizzi scuotendo la testa, poi voltandosi verso Andrea aggiunse: «Del Greco noi ci vediamo domani da me, non prima di mezzogiorno, stasera porto Ada al circolo e faremo tardi. Sono trentacinque anni di matrimonio e ci teneva tanto. Ho colto l'occasione per ordinare l'anguilla affumicata con salsa di tamarindo, non potevano negarmela.»

«Falle gli auguri da parte mia e, prima di tornare a casa, passa in gioielleria, sono le nozze di corallo, un bel girocollo le farà piacere» sottolineò Emma.

In quel momento nell'ingresso risuonò una voce femminile piuttosto alterata:

«Sono tutti bagnati, devono cambiarsi, se restano così si ammaleranno!»

Emma emise un sospiro di sollievo.

«È lei, deve aver ritrovato il bambino e la governante. Vado a parlarle, d'accordo?»

Andrea annuì poi aggiunse:

«Però sbrigati, sta arrivando la Ripamonti, sarà qui a minuti. Sai che non ama le intrusioni.»

Polizzi alzò gli occhi al cielo.

«Sono molte le cose che la dottoressa pubblico ministero non ama» affermò ironico. «E poi io diffido di chi sta sempre a dieta!» Scambiò un'occhiata d'intesa con Emma. «Me ne vado prima che mi faccia il quarto grado, a domani Del Greco. Castelli, è sempre un piacere» e si affrettò verso l'ingresso per quanto la sua mole glielo consentiva.

Emma lo seguì.

«Ho freddo. Voglio andare dentro. Non possono tenerci qui fuori. Voglio cambiarmi, ho freddo.» Era stata un'altra voce femminile, dal timbro infantile e un po' petulante, a pronunciare quelle parole che risultavano così dissonanti.

Pochi istanti dopo Emma si trovò di fronte la fisio-terapista che stringeva tra le braccia un bambino di circa un anno e mezzo, paffuto, con gli stessi grandi occhi della madre e una massa di ricci bagnati. Accanto a lei una bella donna sulla cinquantina, con i lunghi capelli castani striati di bianco sciolti sulle spalle e zuppi come gli abiti, e due occhi azzurri dall'espressione un po' vacua.

Batteva i piedi a terra e scrocchiava nervosamente le dita, mordicchiandosi le labbra.

«Possiamo salire al piano di sopra per prendere dei vestiti?» le chiese la giovane.

«Stanno facendo i rilievi, non può entrare nessuno, ora chiedo se vi portano qualche abito asciutto» rispose Emma sentendo il piccolo starnutire. Basta-rono due parole con un agente e poco dopo venne portato un cambio per tutti e due.

«Lucia, metti questo, prenderai freddo» disse la fisioterapista all'altra donna porgendole un maglion-cino asciutto.

«Io voglio andare in camera mia. Chi sono questi? Che ci fanno in casa nostra? Dopo mi toccherà pulire tutto. Non possono toccare le nostre cose.» Poi spostando gli occhi da una parte all'altra dell'ingresso riprese: «Dov'è Giulio? Perché ha permesso a tutte queste persone di stare qui? Lui non vuole gente per casa...» Era evidente che fosse in uno stato confusionale.

Emma non sapeva bene come comportarsi, guardava ora una ora l'altra pensando che presto sarebbe arrivata la PM e non avrebbe avuto molti riguardi nei confronti di quella donna così spaesata. Si rivolse a bassa voce alla ragazza:

«Penso che debba parlare con lei e spiegarle la situazione.»

«Perché non posso andare in camera mia?» si sovrappose la donna con insistenza. «Non voglio stare qui. Ho freddo. Non mi piacciono queste persone. Chiara, diglielo tu che se ne devono andare, che è successo a Giulio?»

La ragazza la prese da una parte, le cinse le spalle e le disse con dolcezza:

«Giulio non tornerà, Lucia, te l'ho spiegato. È successa una cosa brutta, lo hanno ucciso...»

«Ma che dici?» la interruppe l'altra alzando la voce. «Non è vero, lui è forte...» il tono si era fatto sempre più acuto e, prima che potessero impedirglielo, la donna si precipitò fuori gridando: «Giulio! Giulio!»

Emma fece per seguirla, ma la fisioterapista la fermò.

«La lasci andare, servirebbe solo a peggiorare la situazione. Tra poco si calmerà e tornerà da sola.» E, di fronte all'espressione interrogativa di Emma, proseguì: «Gliel'ho detto che è una persona problematica. Se non ci fosse stato Giulio...il dottor Dalmasso» si corresse «non so che fine avrebbe fatto a quest'ora.»

L'investigatrice stava per chiedere ulteriori delucidazioni quando una voce fredda e vagamente ostile la bloccò·

«Del Greco mi aveva avvisata che l'avrei trovata qui, Castelli. Cos'è, ha nostalgia del vecchio lavoro?»

Emma osservò la donna magra e segaligna inguainata in un impeccabile tailleur grigio ferro che la squadrava con aria sarcastica. Pensò che, se quella voleva essere una battuta, decisamente la PM Gabriella Ripamonti non aveva il dono dell'umorismo. Si erano incontrate già in un paio di altre situazioni e tra loro non era scattata nessuna simpatia. Anzi.

«Come il vicequestore le avrà detto, avevo un appuntamento con il dottor Dalmasso, purtroppo quando sono arrivata era appena stato ucciso.»

«Questo lo stabilirà la perizia del medico legale» puntualizzò la PM.

Emma sospirò dentro di sé, ma decise che andare allo scontro non sarebbe servito a niente. Indicò la ragazza, che si presentò come Chiara Colombo, e le disse che era la fisioterapista che aveva in cura Dalmasso.

«Chi era quella donna che ho intravisto fuori?»

«Lucia Pozzi, la governante.»

«Quando si sarà calmata, ditele che voglio parlare anche con lei» sottolineò freddamente. «Chi altro vive qui?» chiese poi.

«Maricel e Joma Season, la coppia di filippini che si occupa dei lavori domestici» rispose Chiara.

«E dove sono?»

«Credo siano ancora a Como, sono usciti con me subito dopo pranzo. Avevano una festa a casa di amici.»

La Ripamonti annuì e si limitò a un secco "controlleremo", poi aggiunse:

«Sa dirci se manca qualcosa in casa?»

«No, ma credo che Maricel e Joma sapranno fornirle le informazioni di cui ha bisogno.»

La PM, incurante della risposta di Chiara, si voltò verso un agente.

«Cercate quella governante, almeno lei saprà dirmi qualcosa!»

L'agente Corrias annuì e uscì immediatamente dalla stanza.

Chiara si intromise:

«Dottoressa, mi scusi, ma Lucia è una persona particolare e...»

L'altra non le lasciò il tempo di obiettare:

«Lasci decidere a me, noi avremo modo di parlare, non si preoccupi. Ora devo accertare se è stato commesso un furto» concluse prima di tornare nello studio per vedere come procedevano i rilievi.

CAPITOLO CINQUE

L'ARIA ERA SATURA DI TENSIONE E IL PICCOLO COMINCIÒ a piangere, tirando con la manina il golf della madre.

«Non mi ha lasciato nemmeno spiegare...» mormorò Chiara, chinandosi per prenderlo in braccio.

«Stia tranquilla, vuole solo farle qualche domanda, non ha nulla da temere» Emma sorrise vedendo che il bambino, rassicurato, aveva posato la testa sulla spalla della mamma e aveva chiuso gli occhi.

«Lei non capisce. Anche se ha cinquant'anni, a livello emotivo è come una bambina di dodici. Forse non dovevo dirle che era stato ucciso. Tutto quello che non fa parte della sua routine la terrorizza. La mamma era la tata del dottor Dalmasso, l'ha avuta tardi, ma non c'è mai stato un padre e Lucia ha sempre vissuto qui» le spiegò. «Quando è morta, lui non se la sentì di mandarla via e, per darle un ruolo e farla sentire utile, le affidò le mansioni che erano state di sua madre.»

«La assunse come governante?»

Chiara annuì.

«Sì, anche se di fatto si sono sempre occupati di tutto Maricel e Joma, i domestici che abitano nella dependance.» Tacque per un istante. «Cosa ne sarà di lei adesso?»

«Non ha parenti?»

«No, non ha più nessuno.»

«E lei, Chiara?»

La giovane deglutì.

«Come le ho detto, ero la sua fisioterapista. Lo avevo conosciuto qualche anno fa al centro dove lavoravo e tra noi si era creato un bel rapporto. Io ho perso mio padre quando ero piccola e lui...» per un istante la voce si incrinò, Chiara piegò il capo e, stringendo a sé il bambino, con un gesto furtivo si asciugò una lacrima. «Lui era molto paterno con me» riprese. «Dieci mesi fa mi sono trovata in una situazione di grande difficoltà, Sergio era nato da poco e non sapevo dove andare. Ero disperata e Giulio mi propose di venire a stare qui. Dietro la sua scorza ruvida era un uomo molto generoso...» Non riuscì a trattenere le lacrime. «Mi scusi» mormorò, «ma sono sconvolta, non è giusto, non doveva succedere, Giulio non doveva morire così. Non sapevamo quanto ancora avesse da vivere ma stavamo facendo di tutto per cercare di rallentare la malattia.»

«Vuol dire che il dottor Dalmasso era malato?» chiese Emma perplessa.

La giovane annuì, stringendo le labbra per mantenere il controllo.

«Aveva la SLA, sapeva a cosa sarebbe andato incontro ma era un uomo forte, non si arrendeva. Ero uscita proprio per andare a parlare con il suo medico» spiegò «perché avevo l'impressione che stesse peggiorando e non volesse dirmelo. E il dottore me lo ha confermato. Era un combattente e gli pesava dover dipendere dagli altri» la voce le si spezzò. «Non è giusto, non doveva finire così» ripeté. Poi tacque e le voltò le spalle, come se, per pudore, non riuscisse a mostrarle la sua fragilità.

Emma decise di non insistere. Da quando Giorgio, il padre di suo figlio Tommaso, non c'era più, la sofferenza di chi aveva appena perso una persona cara la toccava sempre nel profondo, per quanto cercasse di erigere una barriera di professionalità tra sé e il proprio interlocutore. Avrebbe lasciato il resto agli ex colleghi. Ma non poté impedirsi di pensare che la situazione era strana: un uomo solo, anziano, che viveva insieme a una donna che soffriva di un ritardo e alla sua giovane fisioterapista con un bambino piccolo.

Un agente si avvicinò e chiese se potevano spostarsi perché dovevano proseguire con i rilievi.

«Venga, aspettiamo fuori» disse Emma precedendola verso l'ingresso. Chiara la seguì con il bambino in braccio.

«Perché fotografano tutto?» chiese.

«Ogni dettaglio può essere utile, è un modo per cristallizzare la scena del crimine.» Poi Emma cambiò discorso: «Dove li ha trovati?»

«Nel bosco sopra la villa, è un posto che Lucia ama, ci andava sempre quando era piccola, lo chiamano il bosco incantato perché ci sono tante sculture di legno che piacciono ai bambini.» Fece una carezza al figlio: «È anche il preferito di Sergio.»

«È riuscita a farsi spiegare cosa è successo? Perché è uscita con lui con questo tempo?»

Chiara scosse il capo.

«No. Non faceva che ripetere che Giulio era arrabbiato e che lei non voleva che Sergio si spaventasse.»

«Dunque quando è uscita Dalmasso era ancora vivo.»

«Credo di sì, anche se non me lo ha detto chiaramente.»

«Che lei sappia è successo qualcosa di particolare negli ultimi giorni? Dalmasso mi aveva chiamato per indagare su qualcuno, per questo ero qui. Ha idea di chi potesse essere?»

La giovane distolse lo sguardo e tacque per alcuni istanti. Un atteggiamento che non sfuggì a Emma. Poi tornò a scuotere la testa.

«Non mi ha detto nulla» rispose, «bisogna chiedere a Adelina, la sua segretaria, ma non ho il coraggio di dirglielo, per lei sarà un colpo terribile, stava con lui da tanti anni e gli era molto affezionata.»

In quel momento l'attenzione di Emma fu attratta da qualcosa sull'aiuola che costeggiava la finestra dello studio.

«Mi scusi un attimo» disse e si avvicinò per guardare meglio. Poi estrasse il cellulare e cominciò a scattare.

Non si era sbagliata. Sulla terra bagnata spiccava l'impronta di una scarpa da uomo.

CAPITOLO SEI

«GUARDA, KATE!»

La scrittrice aveva appena finito una riunione su Skype con il produttore per discutere dei provini per la protagonista della fiction televisiva e si era seduta per rilassarsi un po'. Sollevò lo sguardo dalla rivista di enigmistica su cui era concentrata. Era il piccolo scotto da pagare per quello strano "ménage à trois" che si era rivelato il fertile terreno per un forte sodalizio affettivo. E, a proposito di terreno fertile, osservò incuriosita la bacinella che Tommy le tendeva tutto orgoglioso, il cui fondo era coperto di batuffoli di cotone da cui spuntavano dei germogli di un verde tenue.

«Sono piantine di lenticchie, ho visto su YouTube come si fa e ho chiesto a Maria di trovarmi quello che mi serviva. Però poi ho fatto tutto da solo» dichiarò soddisfatto.

«Ottimo lavoro» si congratulò Kate.

«Mi sono allenato con i tuoi bonsai» rispose il

bambino. E aggiunse con espressione solenne: «Ho deciso, da grande voglio fare il giardiniere.»

Kate nascose un sorriso, mentre una parte di lei si sentiva fiera di quel piccolo uomo che, invece di aspirare a diventare un astronauta o un calciatore come molti suoi coetanei, desiderava sporcarsi le mani per coltivare la bellezza.

«È una buona idea» replicò seria «mi sembra che tu abbia già dimostrato di avere il pollice verde.»

Il piccolo volto di Tommy si illuminò a quell'apprezzamento.

«Vado a dargli un po' d'acqua» disse facendo dietrofront.

Proprio in quel momento si udì il rumore delle mandate nella serratura del portone d'ingresso della villa. Suo malgrado, Kate sobbalzò. Gli avvenimenti di qualche mese prima purtroppo avevano lasciato il segno e, nonostante cercasse come sempre di far prevalere la razionalità, era consapevole che non sarebbe stato facile.

«È la mamma!» gridò Tommaso, precipitandosi fuori della stanza e mettendo in serio pericolo la sopravvivenza delle lenticchie. «Mamma, guarda come stanno crescendo le mie piantine!»

Poco dopo Emma comparve sulla soglia dello studio e, ancora una volta, Kate dentro di sé ringraziò il destino, o chi per lui aveva fatto sì che le loro strade e le loro vite si incrociassero.

«Tuo figlio ha le idee chiare sul futuro» le disse divertita. «Sta sviluppando una vera passione per le piante.»

Emma annuì ma Kate si rese conto che con la mente era altrove. Notò le rughe di tensione sul volto dell'amica mentre l'investigatrice si lasciava cadere sulla comoda poltrona accanto alla scrivania emettendo un breve sospiro.

«Che giornata» commentò.

«Cosa è successo?» chiese Kate preoccupata. «Problemi con il nuovo cliente?»

Emma fece una smorfia.

«Se per problemi intendi che sono arrivata alla sua mega villa e l'ho trovato morto ammazzato, allora sì, ci sono dei problemi.»

«Santo cielo!» Kate scattò in piedi dimenticando per qualche istante la sua compostezza anglosassone. «E chi è stato?»

Un mezzo sorriso stirò le labbra di Emma.

«Magari se ti do gli estremi potresti dirmelo tu» rispose. «Sarebbe un buono spunto per un'indagine di Celia.»

Kate le si accostò.

«Adesso voglio sapere tutto» dichiarò. «Ma prima credo che tu abbia bisogno di un bicchiere del tuo rosso preferito.»

«Come sempre hai ragione» Emma fece per alzarsi, ma Kate la fermò con un gesto della mano.

«Resta qui e rilassati, vado io.»

Emma le sorrise grata, mentre si lasciava di nuovo andare sulla poltrona e si sfilava le scarpe con i tacchi alti, massaggiandosi prima un piede e poi l'altro.

«Obbedisco.»

PIÙ TARDI KATE era stata messa al corrente degli avvenimenti del pomeriggio fin nei minimi particolari.

«Senza dubbio un setting molto intrigante» commentò. «Ti sei fatta qualche idea?»

Emma scosse il capo.

«Sinceramente no. Anche perché comunque adesso si tratta di un caso per Andrea e per Miss Simpatia Ripamonti, io ero sulla scena del crimine solo per una coincidenza.»

«In realtà il movente dell'omicidio potrebbe essere collegato all'indagine che Dalmasso voleva affidarti, quindi in qualche modo la cosa ti riguarda» ribatté la scrittrice. «Non ti aveva anticipato niente?»

«Anche Andrea me l'ha chiesto, ma posso dirti solo quello che ho detto a lui, voleva che indagassi su una persona. Non so altro.»

Kate rifletté per qualche istante.

«Lui ti chiama per darti un incarico e guarda caso viene ucciso poco prima del tuo arrivo. Sembra una strana coincidenza, no?»

«E tu non credi alle coincidenze.»

Kate sorrise.

«Le coincidenze non funzionano nei gialli, perché sono un escamotage troppo comodo per l'autore, ma nella vita sono all'ordine del giorno» replicò. «Quindi non mi sento di escluderlo. Dico solo che è strano. Come tutto il contesto, la governante problematica, la fisioterapista col bambino… ti ha spiegato per quale motivo Dalmasso la ospitava nella villa?»

«È stata vaga, ha detto solo che stava attraversando un periodo molto difficile.»

Kate la guardò dritto negli occhi.

«Ho l'impressione che ci sia qualcosa che non ti convince.»

Emma scrollò le spalle.

«Solo una sensazione. Quando le ho chiesto se fosse successo qualcosa di strano in questi ultimi giorni, non ha risposto subito e mi è sembrata in difficoltà. Ma era evidentemente sotto stress, potrei sbagliarmi.»

«Invece devi dar retta al tuo istinto. Credi sia coinvolta?»

«Credo che sappia qualcosa che non ci ha detto.»

«Pensi di parlarne con Andrea?» chiese Kate.

«Non voglio intromettermi e poi non si tratta di niente di concreto.»

«Davvero mi stai dicendo che non vuoi saperne di più?»

Sul volto di Emma comparve la stessa espressione che aveva Tommy quando veniva colto con le mani nel sacco.

«In effetti pensavo di passare domani in questura» cominciò. Poi vide lo sguardo divertito di Kate e aggiunse «Naturalmente solo in qualità di persona informata sui fatti!»

CAPITOLO SETTE

Emma si arrestò nel corridoio della questura sentendo provenire da una stanza la voce tesa di Andrea Del Greco.

«Marra, vai alla seteria e parla con la segretaria, pare che fosse molto vicina a Dalmasso. Gentili e Corrias, voi invece tornate alla villa e provate a risentire i vicini, possibile che non ci fosse nessuno in giro ieri pomeriggio?! E fatevi dare le registrazioni delle videocamere di sicurezza nel raggio di almeno un chilometro.»

Gli agenti uscirono dalla stanza, salutarono Emma e proseguirono a passo sostenuto. Dalle battute che si scambiarono mentre si allontanavano, l'investigatrice dedusse che quella mattina il vicequestore era di pessimo umore, anche a causa della telefonata della PM Ripamonti, che lo aveva pressato per via dei titoloni comparsi sulla stampa locale. Giulio Dalmasso era una persona molto in vista e per i giornali la sua morte era un piatto ghiotto nel quale tuffarsi. Quando era entrata in questura aveva dribblato i giornalisti di varie tv locali, testate online e cartacee che l'avevano riconosciuta e cercavano nuovi spunti per i loro servizi. Battere il ferro finché è caldo era la regola principe dei cacciatori di notizie, ma per la polizia questa continua intrusione non era facile da gestire, visto soprattutto che per la risoluzione di un delitto le prime quarantotto ore sono fondamentali.

Emma bussò per annunciarsi.

«Giornataccia? Disturbo?»

«Tu non disturbi mai.» Andrea si voltò verso la porta, le sorrise e le fece cenno di entrare. «Questa storia è un incubo.»

«Mi dica come posso aiutarla vicequestore Del Greco, comandi!» scherzò Emma.

Andrea rise e il suo volto tirato si distese per qualche istante.

«Magari…» poi tornando serio aggiunse: «Fammi un resoconto di tutto quello che hai notato ieri, a te posso dirlo, brancoliamo nel buio. Il furto lo abbiamo escluso, quando sono tornati i domestici hanno controllato tutto e sembra che non manchi niente. Purtroppo nella villa non c'è un sistema di videosorveglianza, ma solo un impianto di allarme, quindi non abbiamo nessuna immagine che possa aiutarci. I vicini ce l'hanno, ma sono all'estero, stiamo cercando di rintracciarli, intanto controlleremo se ci siano altre telecamere nelle vicinanze.»

«Eppure qualcosa che non andava c'era, altrimenti Dalmasso non mi avrebbe chiamata per un incarico.»

«Già, peccato che al telefono non t'abbia detto niente.»

«Da quello che ho capito doveva trattarsi di qualcosa di personale, non credo che l'azienda c'entrasse. Ma è solo una mia supposizione.»

Andrea indicò una lista di nomi sulla lavagna che usava, insieme ai post it, per tracciare gli sviluppi di un'indagine. Era sempre stato un fautore di quel metodo, si disse Emma, e neppure l'utilizzo delle più moderne tecnologie lo aveva dissuaso dal pensare che fosse ancora il modo migliore per fare il punto della situazione.

«Stiamo vagliando l'ipotesi di qualcuno che potesse avercela con lui per questioni legate al setificio» le spiegò. «A quanto pare Dalmasso non era molto amato, da anni aveva messo in ginocchio la maggior parte delle aziende della zona grazie a un brevetto particolare che gli permetteva di abbassare notevolmente le spese, riducendo l'impatto dell'inquinamento ambientale, ma per il momento non è emerso niente.»

«La dinamica dell'omicidio sembrerebbe far pensare a un gesto non premeditato, come una lite finita male» rifletté Emma. «Cosa vi ha detto la governante?»

Andrea alzò gli occhi al cielo.

«Quando è tornata, prima l'ha sentita la Ripamonti e poi io, ma non siamo riusciti a cavare un ragno dal buco. Continuava a ripetere che Dalmasso era arrabbiato, che era tutta colpa di Liliana, la sorella, e che i due avevano litigato, ripeteva che lei non ricordava niente, poi ha cominciato a piangere e non c'è stato modo di farle dire altro.»

«Probabilmente era sotto shock, la fisioterapista mi ha spiegato...»

Andrea non la lasciò finire:

«Lo so, ha detto anche a noi che ha un ritardo cognitivo. Ma sai qual è la verità?»

Emma lo guardò incuriosita.

«La verità è che io non so rapportarmi con persone che hanno questi disturbi, so che sono fragili e ho paura di dire o fare qualcosa di sbagliato.»

«Non starai esagerando?»

«Forse, ma è un mio problema, ne sono consapevole e sarebbe sciocco non tenerne conto. Se tu fossi stata ancora in polizia, mi avresti potuto aiutare con questa gatta da pelare.»

Emma represse un sospiro. Spesso si era chiesta se avesse fatto la scelta sbagliata, ma le bastava pensare a Tommaso per mettere a tacere ogni dubbio. Aveva solo lei e questo non doveva dimenticarlo.

«Comunque l'unica cosa che è emersa parlando con Lucia Pozzi è che lei era molto affezionata a Dalmasso e che senza di lui finirà in mezzo a una strada» continuò Andrea, «ma questo ce l'ha detto la fisioterapista. Aveva tutto da perdere con la sua morte.»

Emma annuì riflettendo.

«Se fossi in te, proverei a risentirla con più calma, forse con l'aiuto di una psicologa, se da solo non ce la fai.»

«Ci avevo già pensato, magari riuscirà a ricordare qualche dettaglio utile alle indagini.»

«Chissà perché Dalmasso ha litigato con la sorella e, soprattutto, quando?» Emma parlava più a se stessa che ad Andrea. «Deve essere stata una brutta lite se la governante ha preso il bambino ed è scappata nel bosco.»

«Me lo sono chiesto anche io, così ieri sono andato

di persona a darle la notizia. Non ha avuto problemi a informarmi che quello stesso pomeriggio era stata in villa con il figlio e avevano discusso perché il fratello si era rifiutato di farle una fideiussione.»

«Non tutti lo avrebbero ammesso, specialmente sapendo che è morto assassinato.»

«Senza dubbio, ma poi si è affrettata ad aggiungere "Tanto lo verrebbe a sapere lo stesso, meglio che glielo dica io". In effetti non aveva torto, è la prima cosa che ha detto la governante.»

«Ed è stata là con il figlio.»

«Anche io ho pensato all'orma sul prato, però Massimo Fontana ha un 40, forse un 42, di certo non il 44 del carrarmato che hai trovato nell'aiuola.»

«Peccato. E come ha reagito quando le hai detto che era stato assassinato?»

«Mi è apparsa sconvolta, sinceramente sconvolta. Anche se poi ha fatto una battuta che mi ha gelato.»

Emma lo guardò interrogativa.

«Ha commentato che in fondo era quello che si meritava. E che i soldi non se li poteva mica portare nella fossa.»

«Della serie "parenti serpenti". Diciamo che non si è sforzata di sembrare addolorata» affermò Emma.

«E questo potrebbe deporre a suo favore» disse Andrea

«Oppure no» ragionò a voce alta Emma. «Magari era tutta una recita a tuo esclusivo beneficio.»

«Non possiamo escluderlo» concordò Andrea. «A dire la verità, allo stato attuale delle cose non possiamo escludere niente» concluse sconsolato. «Stiamo controllando gli alibi dei familiari e della fisioterapista, ma per ora si tratta solo di verifiche di routine, dato che non abbiamo una pista e tutte le ipotesi restano aperte. Anche il referto autoptico non ci dice molto più di quello che già sapevamo.»

L'investigatrice rimase in silenzio per qualche istante. Rifletteva sul fatto che, ogni volta che incappava in quel tipo di famiglia, restava sempre sorpresa di come, in certi casi, i legami di sangue non contassero nulla nelle relazioni tra le persone. Anzi, a volte sembrava che fossero il fattore che innescava i conflitti.

In lontananza si sentirono i rintocchi delle campane di mezzogiorno. Emma si alzò.

«Qualcosa salterà fuori, vedrai» dichiarò. Poi aggiunse: «Se non devi chiedermi altro scappo, ho ancora delle faccende da sbrigare.»

Andrea rise.

«Perché ho la sensazione di essere stato io quello interrogato come persona informata sui fatti? Ma va bene così, ragionare a voce alta con te è sempre stimolante. Se ti viene in mente qualcosa, sai dove trovarmi.»

CAPITOLO OTTO

Adelina Gualtieri spostò la Montblanc nel portapenne dorato sulla scrivania e raddrizzò l'agenda sistemandola al centro del tavolo, come faceva ogni mattina.

Avrebbe dovuto darla ai poliziotti ma non l'aveva fatto. Il suo posto era lì e comunque non avrebbero trovato nient'altro che appuntamenti di lavoro.

Passò una mano sulla pelle lucida e pensò che lui non l'avrebbe più aperta, non sarebbe più entrato in quella stanza, non l'avrebbe più chiamata per chiederle di portargli il solito caffè nero della mattina.

Rabbrividì. Lisciò con i palmi l'abito blu, come a voler cancellare delle pieghe inesistenti.

"Non ho mantenuto la promessa."

Augusto Dalmasso, il grande vecchio, le aveva fatto giurare che si sarebbe presa cura di suo figlio e lei lo aveva fatto... fino a quel giorno.

I ricordi premevano dentro la testa, come un fiume

che spinge per travolgere gli argini. Suo malgrado, l'onda la sommerse

Era una ragazzina quando Augusto l'aveva assunta ma da subito le aveva dato fiducia, prendendola come segretaria personale.

Prima lui, poi Giulio, tutti e due avevano fatto affidamento su di lei, sulla sua serietà e riservatezza. Negli anni aveva dedicato la vita a quella famiglia, scegliendo di non averne una propria e impegnandosi a risolvere i loro piccoli e grandi problemi.

Sempre dietro le quinte, ma sempre presente e mai ingombrante.

C'era quando Alberto, il figlio maggiore, era morto tragicamente in un incidente di montagna.

C'era quando Augusto aveva pronunciato la frase che un padre non dovrebbe mai dire - "Perché proprio lui?" - dal sottinteso terribile - "Perché non tu?" - che aveva avvelenato la vita di Giulio.

C'era quando Giulio si era dannato per dimostrargli che era all'altezza del fratello, votandosi anima e corpo al setificio.

Era servito a poco.

Augusto Dalmasso, dopo aver perso il maggiore, si era lasciato andare, dimentico di avere ancora due figli: Giulio e Liliana. Le uniche persone che aveva amato veramente, sua moglie e Alberto, non c'erano più e il suo cuore era sepolto con loro. Un tumore al pancreas aveva fatto il resto.

Adelina non avrebbe mai dimenticato il giorno in cui l'aveva fatta chiamare in clinica. Era alla fine e lo sapeva. Forse provava un rimorso sincero. Forse voleva solo lavarsi la coscienza.

«Sono stato ingiusto con lui» le aveva detto.

"È a Giulio che deve dirlo, non a me" aveva ribattuto Adelina.

Lui aveva mosso appena la testa, in segno di diniego.

"Mio figlio è come me, non mi perdonerà mai, come io non avrei perdonato mio padre se si fosse comportato così." Poi le aveva stretto una mano e, fissandola con i grandi occhi scuri dei Dalmasso, aveva aggiunto: "Abbi cura di lui. Giuramelo Adelina, voglio che me lo giuri."

E lei aveva giurato.

Giulio Dalmasso aveva promesso a se stesso che avrebbe fatto dell'azienda di suo padre la più grande seteria del comasco e ci era riuscito. Lei gli era sempre rimasta vicina, lo aveva aiutato a tamponare tutti i problemi creati dalla sorella, lo aveva visto dedicare la sua vita al lavoro, aiutare chi riteneva ne avesse bisogno, combattere la malattia che lo stava minando e adesso... morire.

Si avvicinò alla finestra e la chiuse. Doveva preparare le dimissioni. Era giunto il momento.

«Ecco dove eri finita!»

La porta della stanza si spalancò e una donna alta ed elegante, dai capelli color mogano e gli occhi scuri accuratamente truccati, la fissò con sarcasmo: «Nel mausoleo!»

Il rigore e la disciplina che l'avevano contraddistinta per anni imposero a Adelina di non rispondere a tono.

«Buongiorno Liliana.»

«Come prima cosa faremo fuori tutti questi mobili, l'azienda ha bisogno di una bella ventata di rinnovamento e inizieremo proprio da qui» dichiarò la donna guardandosi intorno con un'espressione disgustata.

La mascella di Adelina si contrasse, mentre cercava di mantenere il controllo.

«Non hai rispetto per lui neppure adesso che è morto in questo modo?»

«Appunto. È morto. Defunto. Kaputt. Ora sono io che comando. E poi» la fissò con astio «lui ha mai avuto rispetto per me?»

«È stato assassinato!» esclamò Adelina con rabbia, incapace di trattenersi.

«E allora? Non sono un'ipocrita e non mi strapperò i capelli. Tu lo sapevi che era malato, vero? A me non ha detto niente per tormentarmi fino all'ultimo. Sai una cosa? Gli hanno fatto un favore, così adesso non dovrà soffrire» concluse cinica.

«Come puoi essere così disumana?» mormorò Adelina incredula.

«*Io* sono disumana? E lui cos'era? Ho sempre dovuto sottostare alle sue decisioni, mi ricattava perché aveva i soldi e da quando mio marito è morto mi sono ritrovata senza un centesimo e ho dovuto subire, subire sempre!»

«Lo hai sempre detestato ma non ti sei fatta scrupoli a farti pagare tutti i tuoi capricci.»

Liliana la fronteggiò con aria di sfida.

«E chi sei tu per giudicare? Tu non lo hai mai visto per quello che era davvero, lo hai messo su un bel piedistallo e sei rimasta lì in adorazione.»

«Smettila, non ti permetto di parlare così del nostro rapporto!» Adelina tremava per l'indignazione.

«Ma quale rapporto?» ribatté Liliana con derisione. «Credi che non sappia che eri innamorata di lui e che gli hai fatto da tappetino per tutta la vita? Ma lui nemmeno ti vedeva, ti ha usato, come ha usato tutti noi.»

«Vattene, non voglio più sentirti! Non ti permetterò di infangare la sua memoria.»

Liliana girò intorno alla scrivania, appoggiò i palmi sul cristallo privo di aloni lasciando di proposito l'impronta delle dita e la squadrò con durezza:

«Visto che continui a difenderlo a spada tratta, magari ti vorrai occupare del funerale, così potrai stargli vicino fino all'ultimo.»

Adelina ignorò il sarcasmo contenuto in quelle parole.

«Lo farò volentieri» rispose con tutta la freddezza di cui era capace. «Sarà il mio ultimo incarico per la famiglia Dalmasso.»

CAPITOLO NOVE

UNA VOLTA TERMINATO IL COLLOQUIO CHE LUCIA POZZI aveva avuto a quattr'occhi con Lisa De Carolis, la psicologa, il vicequestore l'aveva fatta riaccompagnare alla villa da Corrias, che gli sembrava il più adatto, per età e pazienza, rispetto a Marra, giovane e dai modi notoriamente piuttosto spicci.

«Allora, che impressione ha avuto?» chiese alla dottoressa una volta soli. La conosceva perché era già stata loro consulente e aveva molta fiducia nelle sue valutazioni.

La psicologa si prese qualche secondo prima di rispondere.

«Non è facile tracciare un quadro della situazione dopo un solo incontro, ma proverò comunque a darle qualche indicazione utile» dichiarò alla fine.

Andrea annuì e rimase in attesa.

«Prima di tutto posso confermarle la presenza di un ritardo cognitivo. Per stabilirne con precisione l'entità bisognerebbe sottoporla a dei test intellettivi, ma ritengo che non sia il caso, visto soprattutto lo stato emotivo in cui la signora si trova. Direi comunque, in linea di massima, che ci troviamo di fronte a un deficit moderato, il che significa» proseguì rispondendo all'espressione interrogativa di Andrea «che, malgrado dei marcati ritardi nello sviluppo durante l'infanzia, il soggetto ha maturato un certo grado di indipendenza nella cura di sé e nella capacità di comunicare.»

Il vicequestore le pose la domanda che più gli premeva:

«Secondo lei perché dice di non ricordare niente di quello che è successo?»

«Qui entriamo nel campo delle ipotesi» rispose la psicologa «ma, basandomi sulla mia esperienza, direi che a livello inconscio potrebbe aver rimosso la morte del dottor Dalmasso perché è qualcosa che non riesce ad accettare. Forse potremmo parlare di amnesia temporanea.»

«Quindi lei non crede che menta?»

La donna scosse il capo.

«Mi sento di escluderlo con una ragionevole certezza. Nonostante la signora versi in uno stato confusionale, non sta mentendo. Credo che sia sincera quando dice che non ricorda cosa è successo. È evidente che teme i conflitti, quindi ritengo probabile che, sentendo i fratelli litigare, abbia preso il bambino e si sia allontanata.»

«Non potrebbe fingere per proteggere qualcuno... magari addirittura se stessa?» insisté Andrea.

«La psicologia non è una scienza esatta, dottor Del Greco» replicò la terapeuta con una punta d'impazienza «quindi non posso fornirle certezze assolute.

Quello che posso dirle è che si tratta di una persona molto fragile, che ha bisogno di situazioni stabili e ripetitive per mantenere il suo equilibrio e che potrebbe aver rimosso qualcosa che è andato a incrinare quello che percepisce come uno stato di 'normalità'. Aggiungo anche» proseguì la psicologa «che il fatto di averla tenuta isolata dal mondo, probabilmente per proteggerla, purtroppo non ha aiutato. Ma quarant'anni fa si tendeva a fare così, sia perché non si conosceva il problema sia perché si provava vergogna di fronte alle malattie mentali.»

Andrea la guardò sconfortato.

«E non si può fare niente? Non esiste un modo per farle superare questo blocco e indurla a ricordare? È la nostra unica possibile testimone.»

«Diamole tempo. Al momento sta cercando di elaborare il lutto per la perdita del dottor Dalmasso a cui evidentemente era molto affezionata. Forse, se accetta questa morte, il velo che ha gettato su quel pomeriggio potrebbe sollevarsi.»

Andrea sospirò.

«D'accordo dottoressa, è stata molto chiara. Vuol dire che nel frattempo cercheremo altrove.»

CAPITOLO DIECI

Le dita di Maria arrotolavano veloci le fettine di carne che aveva farcito con prosciutto cotto, frittata ed Emmenthal, mentre ascoltava un servizio del telegiornale.

«…la polizia indaga a trecentosessanta gradi su un omicidio che fa molto discutere. Giulio Dalmasso era a capo di una delle aziende più importanti del comasco» stava dicendo il giornalista inquadrato davanti al setificio. «Tutti si domandano ora chi gli succederà alla guida dell'impresa di famiglia. Liliana Dalmasso, sua sorella, o suo nipote Massimo Fontana, che già lavora all'interno dell'azienda? Cosa nasconde questo omicidio? Un semplice furto o qualcos'altro? C'è qualcuno che ha addirittura parlato di una maledizione che accumunerebbe i componenti di questa famiglia.»

Sullo schermo comparve l'immagine di una splendida donna vestita Anni Cinquanta. «Simona Dalmasso, la moglie di Augusto, il capostipite, venne investita il giorno del suo trentesimo compleanno da un pirata della strada. Alberto, il figlio maggiore, morì a soli ventotto anni, in una arrampicata libera sul versante francese del Monte Bianco. Mentre il pater familias, Augusto Dalmasso, fu colpito da un tumore fulminante al pancreas, un anno dopo la morte del figlio. Poi toccò a Valerio Fontana, marito dell'eccentrica Liliana Dalmasso, che perse la vita nella Centomiglia del Lario quando il suo scafo si schiantò davanti al pubblico contro la diga foranea, proprio nella gara che lo vedeva come favorito.»

«È vero che i soldi non portano la felicità» commentò Emma rubando un pezzetto di prosciutto, mentre Kate si versava un'altra tazza di caffè nero nel mug.

«Non sapevo che avessero alle spalle una storia così tragica, i giornali ci saranno andati a nozze.»

«Mi hanno ricordato i Kennedy» disse Kate. «Anche su di loro si diceva che gravasse una maledizione. Generazione dopo generazione ci sono state molte morti violente, dovute a incidenti o ad omicidi.»

Maria sistemò l'ultimo involtino nella pentola e commentò:

«C'è una cosa che però i giornalisti non hanno detto, forse perché non riguardava direttamente uno della famiglia. La morte di quella poveretta a Villa Dalmasso mentre puliva i lampadari. Era la loro governante, cadde dalla scala e si ruppe l'osso del collo. Saranno passati più di trent'anni, io ero una ragazzina, ma me lo ricordo bene perché mia madre mi disse che nessuno voleva più andare a lavorare lì.»

Kate bevve l'ultimo sorso di caffè.

«Talvolta il destino si accanisce su certe famiglie»

commentò, poi voltandosi verso Emma che l'aveva seguita, chiese: «E che dice il nostro vicequestore? Come proseguono le indagini?»

«Andrea ha fatto avere a Lucia Pozzi un colloquio con la psicologa consulente della polizia. Secondo la dottoressa, ha rimosso l'omicidio di Dalmasso perché non accetta la sua morte. Dice che bisogna darle tempo.»

«Quindi» concluse Kate «anche se avesse visto qualcosa, al momento non è in grado di essere d'aiuto alle indagini.»

«Purtroppo è così» confermò Emma. «Per il resto nessuna novità di rilievo. La scientifica ha trovato sul posacenere con cui è stato colpito Dalmasso svariate impronte, ma anche qui nessuna svolta.»

«Sono riusciti a risalire a chi appartengono?»

Emma annuì.

«Erano quelle della sorella, del nipote, della fisioterapista e della governante, ma sia la sorella che il nipote non hanno fatto mistero nel dire che avevano preso in mano il posacenere.»

«E le altre due potrebbero semplicemente averlo toccato per spostarlo o per pulirlo.»

«Esatto. Per non dire che l'assassino potrebbe aver usato dei guanti, anche se, continuando a pensare alla scena del delitto, nessuno mi toglie di mente che prima della colluttazione ci sia stata una discussione.»

Kate si fermò davanti alla porta dello studio.

«Le domande che bisogna porsi sono varie: innanzitutto chi poteva avercela con lui, in secondo luogo, cosa ha scatenato la lite, terzo, la scena del crimine è stata alterata? Infine, chi ha visto Dalmasso prima di morire? Ha parlato con qualcuno che potrebbe fornire

elementi utili a capire cosa sia successo?» Guardò
Emma e concluse: «Io dico da giallista, ci sono tutti
gli elementi per una buona storia: un uomo di potere,
una famiglia sventurata, soldi, interessi e un pizzico
di morbosità.»

CAPITOLO UNDICI

CHIARA PERCEPÌ I LIEVI MOVIMENTI DEL BIMBO NEL lettino e si girò verso il figlio, sollevandosi su un gomito e cercando di cancellare l'inquietudine che una notte piena di incubi le aveva lasciato addosso.

Ma le domande che continuava a porsi da quando, superato lo shock, si era resa conto che Giulio non c'era più e che era di nuovo sola, continuavano a tormentarla.

C'entrava *lui* con la morte di Giulio?

Che cosa avrebbe fatto adesso?

Avrebbe ricominciato a tormentarla?

Come sarebbe riuscita ora a difendere se stessa e il suo bambino?

Sergio aprì gli occhi e le sorrise, poi si tirò su aggrappandosi alle sbarre del lettino e tese le braccine verso di lei.

Chiara si sentì invadere da un caldo fiotto di tenerezza. Sollevò il piccolo e lo strinse a sé.

«Troverò un modo, te lo prometto tesoro mio, ce la faremo, io e te insieme ce la faremo.»

In quel momento sentì un tramestio al piano di sotto seguito da una voce dal tono arrogante che conosceva bene:

«Questa adesso è casa mia, prendo quello che mi pare.»

«Non è vero, questa è casa di Giulio, quelle cose sono sue, tu non le devi toccare!»

Chiara si precipitò verso la porta. Lucia non era in grado di affrontare Liliana ed era ancora molto turbata, non poteva lasciarla sola con lei. Mentre scendeva le scale con il bambino in braccio, udì di nuovo la voce di Liliana:

«Giulio non c'è più, è volato in cielo» stava dicendo con cattiveria. «Sarà ora che tu te ne faccia una ragione, anche perché presto ti dovrai trovare un altro posto dove vivere. Io non sono lui, non intendo continuare a mantenerti!»

Chiara piombò nell'ingresso e quello che vide le fece stringere il cuore. Liliana era sulla porta, aveva preso un quadro dello studio e riempito una grossa borsa con alcuni pezzi di argenteria. Guardava con disprezzo Lucia che la fronteggiava trattenendo il quadro.

«Questo è di Giulio, non puoi portarlo via, vattene!»

Chiara restò sorpresa dal comportamento di Lucia, doveva essere molto scossa dalle parole di Liliana per reagire in quel modo. Le si avvicinò, le fece una carezza poi le parlò a voce bassa e affettuosa:

«Stai tranquilla, non ti preoccupare, ci sono io adesso, non succederà niente.»

«Lasciami!» urlò Lucia, poi la scansò e, allontanandosi di corsa, ripeté: «Lasciatemi in pace!»

Chiara lanciò un'occhiata di disapprovazione a Liliana.

«Che bisogno c'era di trattarla in quel modo?»

Una smorfia sarcastica stirò le labbra rosso cupo della sorella di Giulio, che anche a quell'ora di mattina era perfettamente truccata e pettinata come fosse appena uscita da un salone di bellezza.

«Oh oh guarda chi arriva, la paladina dei deboli e dei malati!» commentò con voce tagliente. «Il discorso vale anche per te, hai capito? Con le tue moine sarai anche riuscita a rigirarti quel rimbambito di mio fratello, ma con me non attacca. Vi voglio fuori da qui entro la settimana, compris?»

«Lei non può venire qui e comportarsi in questo modo!» esclamò Chiara.

«Ma certo che posso» replicò Liliana. «E intendo avvalermi dei miei diritti, perciò cominciate a fare i bagagli.»

Detto questo le diede le spalle, aprì il portone e uscì, portando con sé il quadro e la sacca.

Chiara impiegò un bel po' per tranquillizzarsi, cercando di combattere l'onda di panico che l'aveva investita. Dove sarebbe andata? A chi poteva rivolgersi? E di Lucia che ne sarebbe stato? Mentre queste domande le rimbalzavano nella mente, suonò il citofono e il postino le annunciò l'arrivo di una raccomandata indirizzata a lei. Chiara lasciò Sergio a Lucia in cucina e gli andò incontro al cancello, cercando di riordinare le idee.

L'uomo le diede la busta poi la salutò e riprese il suo giro di consegne.

Chiara notò perplessa l'intestazione di uno studio notarile di Como. Aprì la lettera: all'interno c'era la convocazione per la lettura del testamento di Giulio. Pensò con affetto all'uomo che era stato per lei in quei mesi più di un padre e che ne dava l'ultima prova citandola nel suo testamento e avvertì acutamente la sua mancanza.

Chiuse gli occhi per qualche istante, ripensando alla proposta che le aveva fatto e che lei aveva rifiutato. Forse era stato un errore, forse...

Qualcuno le afferrò il polso attraverso le sbarre del cancello e strinse con forza, facendole male.

«Tu sei mia, lo sai vero?»

Chiara riaprì di colpo gli occhi, terrorizzata.

Di fronte a lei c'era l'uomo che incarnava tutti i suoi incubi. Quello da cui aveva inutilmente cercato di fuggire. Quello che aveva minacciato di far del male a Giulio se lei non fosse tornata con lui. Irrazionalmente aveva sperato che nella villa potesse essere al sicuro. Ma non era così.

Il padre di suo figlio era venuto a riprenderla.

«Adesso che il vecchio ha tolto il disturbo non hai più nessuno. Non puoi più nasconderti dietro di lui. Devi tornare con me. Finalmente saremo una famiglia.»

Quelle parole suonarono alle orecchie di Chiara come la peggiore delle minacce.

Lui la fissava come se volesse risucchiare la sua volontà e lei si sentì ancora una volta prigioniera, come un animaletto ipnotizzato dalla fascinazione di un serpente.

Scosse freneticamente il capo, incapace di parlare, con la sensazione che le corde vocali fossero state colpite da una paralisi. Pietro strinse ancora più forte e lei cercò di arretrare ma la presa di lui la immobilizzava.

«Sei stato tu?» riuscì a dire con voce strozzata.

L'uomo rise, un suono aspro e sgradevole.

«Che ti viene in mente? È ovvio che sei sconvolta per arrivare solo a pensare una cosa simile. Spero tu non vada a raccontare queste assurdità alla polizia, sei una persona emotiva e insicura, hai bisogno di essere guidata, altrimenti diventi irrazionale e dici cose prive di senso. Lo sai vero?»

«No» disse lei «no.» Ma si rendeva conto che quel monosillabo era uno scudo inutile per la sua impotenza.

Lui rise di nuovo e di colpo la lasciò andare.

«Non servono né cancelli né porte blindate» disse beffardo. «Un incidente può sempre capitare. A te o magari al bambino. Ti do una settimana.» Le voltò le spalle e si allontanò.

Chiara rimase a fissarlo fino a quando non scomparve alla vista. Ma sapeva che non era un'allucinazione o un prodotto della sua mente. Era reale, come la sua minaccia.

CAPITOLO DODICI

«CHE BEL BAMBINO!»

La segretaria del notaio sorrise a Chiara, che muoveva il passeggino su e giù nell'ampia sala d'aspetto augurandosi che Sergio non si svegliasse.

Chiara la guardò con aria di scusa:

«Mi dispiace averlo portato, non sapevo con chi lasciarlo.»

«Nessun problema» rispose la donna con gentilezza. «Vado a vedere se il notaio può ricevervi.» E sparì dietro una pesante porta di vetro smerigliato.

Dopo l'improvvisa sortita di Pietro, Chiara non si era separata da Sergio neppure per un attimo. Aveva paura. Adesso che Giulio non c'era più, non poteva contare su nessuno.

«La smetti con quel passeggino? Mi fai venire il nervoso!»

Seduta sul divano di fronte, accanto a Massimo, Liliana la guardava irritata.

«Mamma, per favore…» le disse il giovane a bassa voce.

Lei lo fulminò con un'occhiata e Massimo tacque.

Chiara pensò che Massimo le faceva pena. Era evidentemente succube della madre, che non aveva scrupoli a sfruttare la sua condizione di vedova per tenerlo al guinzaglio come un cagnolino.

Liliana la fissò con espressione malevola.

«Allora, la smetti o no?»

«Lasciala in pace.»

Chiara si voltò grata verso Adelina, seduta su una sedia in disparte, le mani in grembo, l'espressione composta e dignitosa, lo sguardo fermo puntato su Liliana.

La donna sbuffò e le lanciò un'occhiata velenosa.

«Non ti immischiare tu.»

Massimo posò una mano su quella della madre, ma lei si liberò con un gesto di fastidio.

Seduto sulla poltrona accanto a loro, un uomo elegante con gli occhiali, che

Chiara non conosceva, diede evidenti segni di disagio.

In quel momento la segretaria tornò e disse che potevano accomodarsi.

Liliana si alzò di scatto e li precedette, lanciando a tutti uno sguardo sprezzante.

Era chiaro che, in qualità di unica erede diretta, ci teneva a sottolineare la sua posizione. Chiara passò accanto a Adelina e le sfiorò il braccio con la mano:

«Grazie» mormorò.

La donna le rivolse un sorriso triste.

«So che anche tu gli volevi bene.»

Chiara annuì, ricacciando indietro le lacrime. Poi spinse il passeggino nella sala riunioni.

Una volta che ebbero preso posto, il notaio comunicò che aveva già espletato le formalità di rito, dato che il dottor Dalmasso, pochi giorni prima, aveva consegnato direttamente nelle sue mani il testamento sigillato.

«Come saprete, tale documento deve essere aperto e pubblicato dal notaio non appena gli perviene la notizia della morte del testatore. Ho provveduto a redigere il verbale di pubblicazione alla presenza di due testimoni e a trasmetterlo alla cancelleria del tribunale. Poi ho convocato voi eredi e legatari per dare lettura...»

«Notaio, possiamo arrivare al punto?» lo interruppe Liliana con impazienza.

«C'è una procedura da rispettare, signora Dalmasso.»

Liliana alzò gli occhi al cielo. Chiara vide Massimo distogliere lo sguardo e di nuovo provò una fitta di pena ma anche di irritazione per il suo comportamento acquiescente.

«Come dicevo» riprese il notaio, «ho preferito convocare eredi e legatari in modo che tutti fossero presenti alla lettura e prendessero atto delle volontà del defunto.»

Liliana tamburellò nervosamente sul tavolo e Chiara ebbe voglia di darle uno schiaffo su quella bella faccia levigata.

Il notaio prese i fogli che aveva davanti a sé, fece scorrere lo sguardo sui presenti, poi lo riportò sul documento.

«Io Giulio Dalmasso, nel pieno possesso delle mie

facoltà, premesso che ho ceduto al prezzo di mercato la mia quota di azioni della Seteria Dalmasso spa al dott. Ezio Mandelli, imprenditore in Milano, titolare della ditta...»

Mentre il notaio proseguiva con i dettagli tecnici, Chiara lesse lo stupore sul volto di Massimo e Liliana. Ma non di Adelina: probabilmente lei sapeva che Giulio, piuttosto che lasciare che la sorella distruggesse l'azienda a cui aveva dedicato tutta la sua esistenza, aveva preferito vendere la sua parte di azionista di maggioranza a una persona di sua fiducia.

«... nomino mia erede universale...»

Chiara vide un sorriso di trionfo disegnarsi sulle labbra di Liliana.

«...la signora Chiara Colombo.»

Nel silenzio attonito che seguì, l'unico pensiero di Chiara fu che doveva aver capito male.

Poi vide il volto di Liliana.

«Sta scherzando vero?» sibilò la sorella di Giulio rivolta al notaio.

«Signora, io mi sono limitato a trascrivere quelle che erano le volontà di suo fratello» replicò l'uomo in tono offeso.

Liliana lo ignorò e rivolse la sua furia verso Chiara.

«Tu, brutta gatta morta, con le tue arie da santarellina te lo sei manipolato proprio bene, complimenti!» la aggredì. «Ma non credere che finisca qui!» si alzò di scatto rovesciando la sedia e le si avvicinò con i lineamenti distorti dalla rabbia. «Impugnerò il testamento e ti toglierò tutto, tutto, fino all'ultimo centesimo!» urlò, sollevando un braccio come se si preparasse a colpirla.

Sergio si svegliò di soprassalto e cominciò a piangere. Massimo corse verso la madre e le bloccò il braccio mentre Adelina si metteva tra lei e Chiara, facendole scudo.

«Signora Dalmasso!» esclamò il notaio. «La prego di calmarsi e di rimettersi a sedere.»

Ma Liliana si liberò dal figlio con uno strattone, guardò con odio Adelina e tornò a rivolgersi a lei:

«Tu non mi conosci, non avrai il tempo di goderti nemmeno un soldo!» le disse minacciosa. Poi si precipitò fuori della stanza, seguita da Massimo.

Chiara prese in braccio Sergio per calmarlo e perché sentiva il bisogno di fare qualcosa. Non riusciva a pensare e le facce delle persone rimaste – il notaio, Adelina e l'uomo che non conosceva – le apparivano sfocate, quasi irreali.

Quello che accadde dopo le giunse attraverso una sorta di nebbia, offuscato, ovattato. Tra le ultime volontà espresse dal defunto le parve di capire che avrebbe dovuto occuparsi di Lucia e del suo sostentamento, permettendole di rimanere a vivere nella villa. Avrebbe anche dovuto farsi carico dei legati attraverso i quali venivano attribuiti dei vitalizi a Liliana e Massimo, a Adelina e ad un certo Albino che si trovava in una casa di riposo.

«Le è tutto chiaro?» chiese il notaio alla fine.

Lei non sapeva cosa dire.

L'unica cosa certa era che la sua vita non sarebbe più stata la stessa.

CAPITOLO TREDICI

EMMA AMAVA ALZARSI PRESTO, USCIRE SULLA GRANDE terrazza che dava sul lago e fare pratica nel silenzio della notte che si tramuta in giorno. La temperatura era scesa, si sentiva che l'estate era ormai un ricordo, ma nell'effettuare le figure del Tai Chi Emma non si accorgeva del clima rigido. Una dopo l'altra eseguiva le mosse con fluidità, sentendo scendere il Qi liberamente nel corpo, segno che tutta la tensione dei giorni precedenti si era dissolta, abbandonandola. Praticare l'antica arte cinese l'aiutava a ottenere una buona circolazione energetica, percepiva il libero fluire dell'energia vitale che ristabiliva l'equilibrio tra il corpo, la mente e lo spirito.

«È quando sei sotto stress che il Tai Chi diventa indispensabile» le diceva sempre il suo insegnante, «è in quel momento che devi far pratica, perché proprio fondendo le forze opposte dello yin e dello yang aiuti il corpo a ritrovare il suo equilibrio naturale.»

Ma lei quando era sotto stress faticava a concentrarsi, e così perdeva tutti i benefici che venivano dalla pratica del Tai Chi.

Guardò il sole che si alzava velocemente e, dopo un'ultima figura, si inchinò e raccolse le sue cose.

Era ora di svegliare Tommaso e cominciare la giornata.

Entrò in casa e salì al piano di sopra. Percorse il corridoio e aprì la porta della stanza di suo figlio.

Notò subito che le coperte erano in disordine, segno che il bambino aveva avuto una notte agitata. I capelli erano sudati, il piccolo viso contratto. Emma si avvicinò al letto e si chinò su di lui, posando le labbra sulla fronte madida di sudore. Scottava.

«Mamma, ora mi alzo» sussurrò Tommaso aprendo gli occhi, ma lei accarezzandolo con dolcezza gli rimboccò le coperte.

«Dormi, oggi niente scuola.»

Il bambino non oppose resistenza, si voltò dalla parte del muro e riprese a dormire.

Emma uscì in silenzio dalla stanza e trovò Kate che si stava dirigendo verso la scala.

«Buongiorno, tutto ok?» chiese la scrittrice notando la sua espressione preoccupata.

«Tommy ha la febbre alta, deve aver preso freddo in giardino. Oggi resta a casa.»

Kate annuì.

«Andiamo a prepararci un caffè, se salta qualche giorno di scuola non sarà certo un problema. Il tuo campione è molto più avanti dei suoi compagni di classe.»

Emma sorrise e la seguì al piano di sotto, pensando che gli altri non avevano la fortuna di vivere con la famosa Kate Scott che, con la scusa di giocare, aveva insegnato a suo figlio a leggere e far di conto.

«Stanotte hai fatto le ore piccole o sbaglio?»

Kate sorrise.

«Ieri sera sono arrivate le sceneggiature della fiction e le ho lette con attenzione.»

«Come sono?»

«Ottime. Devo essere sincera, avevo qualche pregiudizio verso le trasposizioni televisive e invece sono riusciti a sorprendermi, hanno aggiunto dei piccoli dettagli che arricchiscono la storia.»

Emma sorrise.

«Non vedo l'ora che la serie arrivi in Italia. Adoro Celia.»

«Non dovrai aspettare tanto, prima di mandarla in onda devono avere il mio placet, quindi la potremo visionare insieme. Lo sai, per me è importante avere il tuo parere.»

«Speriamo solo che il mio inglese sia all'altezza.»

CAPITOLO QUATTORDICI

Andrea Del Greco consultò gli appunti che aveva davanti. Stava per ascoltare di nuovo Chiara Colombo come 'persona informata sui fatti' e voleva avere un quadro ben preciso. In realtà non c'era molto da sapere. La giovane donna viveva da poco meno di un anno in casa di Dalmasso insieme al suo bambino, il piccolo portava il cognome della madre e del padre non c'era traccia. Lei era la fisioterapista dell'anziano imprenditore e, dalle testimonianze dei vicini, non risultava che tra i due ci fosse un rapporto diverso da quello professionale. Tutti gli interpellati avevano descritto la ragazza come una persona gentile e educata, molto legata al bambino e piena di attenzioni verso Dalmasso.

Ma visto che l'uomo soffriva di SLA, come aveva confermato l'autopsia, non sarebbe stato più opportuno prendere in casa un'infermiera, piuttosto che una fisioterapista, per di più giovane, carina e con un bambino a carico? Andrea non poté impedirsi di chiederselo, soprattutto dopo quello che aveva saputo e che lo aveva spinto a riconvocare subito la Colombo.

La lettura del testamento era stata una bomba lanciata nello stagno della vita tranquilla e operosa della provincia: Dalmasso aveva lasciato tutto il suo patrimonio alla fisioterapista.

Di fronte a questo, si disse Andrea, avere dei sospetti era assolutamente legittimo. Anche se non era sua abitudine scegliere per partito preso la strada più semplice, doveva ammettere che spesso la spiegazione più ovvia era anche quella giusta. Sapeva bene, dopo anni in polizia, che in genere i delitti sono di una banalità sconcertante e che i criminali non hanno nulla dell'allure e della genialità di quelli dei romanzi gialli. Ma non aveva elementi per chiedere al GIP un fermo e doveva procedere con i piedi di piombo. Se quella donna c'entrava qualcosa con la morte di Dalmasso, lui però lo avrebbe scoperto, era sempre stato bravo a far cadere i colpevoli in contraddizione.

Dalla testimonianza raccolta dai suoi agenti il giorno del delitto, la fisioterapista si era allontanata dalla villa alle tredici e cinquanta per prendere l'autobus numero sei e scendere a Como. Il mezzo era arrivato in orario e dopo venti minuti l'aveva lasciata in città, dove si era recata a piedi dal medico di Dalmasso. Avevano sentito il dottore e ottenuto la conferma che la giovane era uscita dal suo studio alle quattordici e quaranta, lo ricordava bene perché aveva un appuntamento alle quattordici e quarantacinque e la paziente era arrivata in anticipo. A questo punto, a detta della Colombo, aveva ripreso il sei alle quattordici e quarantacinque ed era arrivata a Cernobbio alle tre e cinque. Ma Emma l'aveva vista entrare in casa alle tre e mezza. C'era un buco di venti minuti, considerando che per arrivare alla villa ci volevano cinque minuti a piedi dalla fermata dell'autobus.

Che cosa aveva fatto in quel lasso di tempo?

Bussarono alla porta e Marra annunciò che la signora Colombo era arrivata.

«Falla passare» disse Andrea «e mi raccomando, mentre parlo con lei non voglio essere disturbato per nessun motivo.»

CHIARA non si lasciò ingannare dal sorriso amichevole del vicequestore Del Greco. Non era una sciocca e non le sfuggiva il significato di quella convocazione poco dopo la lettura del testamento.

«Mi dica signora, quando ha conosciuto il defunto?»

«Era mio paziente da qualche anno al centro di fisioterapia di Como dove lavoravo.»

«Come mai aveva bisogno della fisioterapia?»

Chiara pensò che ormai Giulio non c'era più, quindi non aveva senso tacere la verità.

«Il dottor Dalmasso soffriva di SLA e aveva sperimentato che la fisioterapia era una buona cura palliativa.»

Si rese conto che lui era già al corrente della malattia. Probabilmente era emerso dall'autopsia, avrebbe dovuto pensarci.

«Però era ancora autosufficiente» dichiarò Del Greco. «La SLA non era a uno stadio avanzato.»

«Stava peggiorando, come mi ha confermato il suo

medico» replicò Chiara e si chiese cosa celassero le parole del poliziotto.

«Quanto gli rimaneva credibilmente da vivere?»

Adesso capiva.

«Nessuno era in grado di stabilirlo, dottore. Ma la malattia stava accelerando.»

Lui la scrutò per qualche istante in silenzio e lei si ricordò di aver letto che era una tattica per innervosire i sospettati. Perché, anche se lui non lo diceva, questo era lei: una sospettata.

«Come definirebbe i vostri rapporti?»

La domanda era insidiosa, ma Chiara decise di dire la verità, anche se era consapevole di muoversi su un terreno minato.

«Per me era come un padre. E non è una frase fatta. Mio padre è morto quando ero piccola e mi è sempre mancato moltissimo. Per questo il mio legame con Giulio era molto forte.»

Sul volto del poliziotto le parve di scorgere un'ombra di incredulità, ma lui non fece commenti. Passò alla domanda successiva:

«Sa se qualcuno ce l'avesse con lui?»

Chiara scosse la testa.

«Io non uscivo quasi mai e non sapevo niente dei suoi rapporti con persone al di fuori della villa.»

Del Greco tacque di nuovo per un po' e Chiara si sforzò di controllare il proprio nervosismo.

Poi arrivò la domanda che temeva.

«Posso chiederle per quale motivo si era trasferita a casa del dottor Dalmasso?»

«Stavo attraversando un momento molto difficile, ero sola con Sergio e Giulio mi ha offerto di andare a stare da lui proprio perché stava peggiorando e la fisioterapia gli dava un po' di sollievo.»

Era la verità. O almeno una mezza verità.

Il poliziotto la squadrò in silenzio come se stesse soppesando quelle parole. Poi la sua espressione smise di essere amichevole.

«E non sapeva nulla del testamento?»

«No, è stata una sorpresa anche per me.»

«Un testamento che Dalmasso aveva consegnato al notaio solo poche settimane fa?»

Lei scosse la testa.

«Non è piuttosto singolare che abbia lasciato tutto a un'estranea?»

La maschera era caduta e il poliziotto adesso la incalzava, una domanda dopo l'altra, in modo che non avesse il tempo di pensare e di riordinare le idee.

«Lui mi stimava e mi apprezzava, mi voleva bene» replicò cercando di mantener ferma la voce.

«Al punto da diseredare i suoi stessi parenti?»

«Tra loro non c'erano buoni rapporti...» cominciò Chiara.

«Come fa a saperlo?» la interruppe lui.

«Giulio e io parlavamo, si era confidato con me. Ne soffriva, ma non poteva farci niente.»

«E lei mi vuol far credere che, malgrado tra voi ci fosse un tale livello di confidenza, il dottor Dalmasso non le avesse detto del testamento?»

Chiara vide la trappola troppo tardi. Cercò di recuperare.

«Giulio prendeva da solo le sue decisioni, era abituato così, anche a disporre per gli altri.»

"E per me."

Lui tacque per qualche istante, poi sferrò l'attacco.

«Signora Colombo, lo sa che nel suo alibi c'è un buco?»

Chiara sentì che dentro di lei qualcosa era mutato. La rabbia adesso era più forte della paura.

«Dottor Del Greco, questo è un interrogatorio?»

Lui tornò a sorriderle.

«Assolutamente no. Solo una amichevole conversazione con una persona informata sui fatti.»

«Perché in questo modo io non mi avvalga dell'avvocato? Non so cosa ci sia di amichevole, visto che lei mi sta trattando come una sospettata.»

Il vicequestore fece un'espressione contrita. Era bravo a mentire, pensò Chiara.

«Mi dispiace che lo pensi, non era mia intenzione...»

Lei si alzò e lo interruppe.

«Se vuole interrogarmi, mi mandi una convocazione ufficiale e io verrò con il mio avvocato.»

Ma non appena fuori della questura, tutta la sicurezza che aveva ostentato svanì. Era chiaro quello che pensava la polizia, quello che tra poco avrebbero pensato tutti. Glielo aveva sbattuto in faccia Liliana dopo la lettura del testamento: lei aveva manipolato Giulio per farsi lasciare il suo patrimonio. E poi lo aveva ucciso, era evidente che il vicequestore ne era convinto. Il panico le serrò la gola. Doveva chiedere aiuto a qualcuno, qualcuno in cui potesse riporre la sua fiducia.

Il volto di Emma Castelli si fece largo tra i suoi pensieri confusi. Le era piaciuta da subito, le aveva trasmesso una sensazione di sicurezza e di calore. Da qualche parte Giulio doveva aver annotato il numero.

CAPITOLO QUINDICI

SEDUTA RIGIDA SU UNO DEGLI ELEGANTI DIVANI DEL salone di Villa Mimosa, Chiara Colombo aveva parlato a lungo, mentre il piccolo Sergio giocava sul grande tappeto persiano con alcuni omini e costruzioni Lego di Tommy che Emma gli aveva dato per distrarlo.

«Ho paura, mi hanno già condannato senza nemmeno ascoltarmi» concluse la giovane.

Emma scosse la testa.

«Non il vicequestore Del Greco, lo conosco bene. Non è da lui partire con dei pregiudizi.» Voleva rassicurarla, anche se dentro di sé qualche dubbio lo aveva.

«Spero sia come dice lei.»

Kate le osservava in silenzio, senza intromettersi. Quella giovane donna, sola col suo bambino, le sembrava molto vulnerabile e in effetti la situazione, ora che aveva ereditato il patrimonio Dalmasso, la poneva in una posizione difficile. Giulio Dalmasso, per aiutarla, l'aveva messa nell'occhio del ciclone, ma d'altra parte non poteva prevedere che lo avrebbero ucciso.

«Posso chiederle perché ha deciso di rivolgersi a me?»

Kate sorrise fra sé, le piaceva il modo diretto di Emma di porre le domande. Non l'aveva mai vista condurre un interrogatorio e adesso riusciva a capire perché fosse stata considerata una delle migliori. Riusciva a essere empatica e al tempo stesso distaccata, infondeva sicurezza e aveva la capacità di mettere a suo agio l'interlocutore. Se Tommy non avesse avuto la febbre alta, non le avrebbe mai detto di far entrare un'estranea a Villa Mimosa, ma ora era felice di averlo fatto. Chiara Colombo non era certo una minaccia e anche per Celia quella poteva essere un'esperienza molto interessante. Per fortuna la fisioterapista non aveva avuto nulla da ridire sulla sua presenza e lei era davvero molto curiosa di ascoltarla.

«Perché è stato Giulio a contattarla.» C'era sicurezza nella voce della ragazza. «Lui sceglieva sempre il meglio, aveva molta più esperienza di me. E io ho bisogno di aiuto. Devo dimostrare che sono innocente, che non c'entro con la sua morte. Il patrimonio che mi ha lasciato mi permette di non preoccuparmi dell'aspetto economico, e ho pensato che se lui si fidava di lei, devo fidarmi anche io. Per questo le dico subito quello che il vicequestore mi ha fatto notare: nel mio alibi c'è un buco di venti minuti. Quando sono tornata a Cernobbio, non sono andata subito alla villa. Mi sono fermata su una panchina del belvedere a pensare. Volevo trovare un modo per aiutare Giulio senza dirgli che avevo parlato con il medico e che sapevo che stava peggiorando»

Emma annuì poi però specificò:

«Prima di accettare un incarico, devo essere sicura che il mio cliente mi abbia detto tutto...» Aveva lasciato in sospeso la frase per dare il tempo all'altra di rifletterci su.

Chiara Colombo però non ebbe un attimo di esitazione:

«Cosa vuole sapere? Non ho niente da nascondere.»

«Il giorno dell'omicidio è successo qualcosa di cui lei non ha parlato. Quando ha visto il cadavere del dottor Dalmasso, ho capito che stava per dire qualcosa, ma poi non l'ha fatto. Cosa l'ha turbata?»

La giovane abbassò lo sguardo, le dita della mano destra giocherellavano nervosamente con un rotolino microscopico di carta, tradendo la sua ansia.

«Ho pensato che fosse morto per colpa mia.»

La voce era stata poco più che un sussurro, ma Kate si rese conto che anche Emma, come lei, aveva alzato le antenne.

«So che la nostra situazione era molto particolare, ma come le ho detto Giulio per me era una sorta di padre putativo.» Chiara fece una pausa, doveva essere difficile esplicitare il pensiero che probabilmente le girava nella testa dal giorno dell'omicidio.

«Non è facile spiegare, da fuori poteva sembrare tutt'altro, ma anche per lui ero come una figlia.»

Emma, che si era seduta accanto a lei, le prese una mano e la strinse per incoraggiarla.

«Non siamo qui per giudicarla, ma per aiutarla.»

Chiara deglutì.

«Ho lasciato il padre di Sergio prima ancora che nostro...che mio figlio nascesse. Ho capito troppo tardi che era un uomo violento, che voleva solo impormi la sua volontà e schiacciarmi.» La tensione del corpo tradiva la sua inquietudine, ma non si fermò. «Però pensavo che non fosse giusto far crescere Sergio senza una figura paterna, così ho cercato di mantenere dei contatti con lui. Ho sbagliato. A Pietro, si chiama così, non interessava niente di Sergio, voleva solo che tornassimo insieme per riprendere a maltrattarmi, umiliarmi, dimostrami che non valevo nulla senza di lui, né come donna né come madre.»

«E cosa c'entra Dalmasso con tutto questo?»

«Una sera sono tornata a casa mia con Sergio e ho trovato al centro del salotto una catasta con tutti i miei oggetti, i libri, i vestiti che avevo preso dopo che ci eravamo lasciati, i giocattoli di mio figlio, i suoi abiti. Li aveva tagliati con le forbici e ridotti a coriandoli e quello che non aveva tagliato lo aveva distrutto. Come se non bastasse, su tutte le pareti aveva scritto con uno spray rosso "Non puoi stare senza di me".»

A quelle parole Kate si sentì soffocare. Fece qualche respiro profondo cercando di non farsi notare e di recuperare il controllo. Anche se l'aveva vissuta con modalità diverse, sapeva bene cosa significava passare attraverso un'esperienza del genere e si sentì accomunata a quella giovane donna che aveva attraversato un inferno simile al suo.

«Ha chiamato la polizia?» chiese intromettendosi.

Chiara abbassò nuovamente lo sguardo, vergognosa.

«No, ho avuto paura. Quella sera sono andata a

dormire da un'amica, poi avevo deciso di lasciare Como. Ero convinta che, finché fossi stata qui, lui non mi avrebbe lasciata in pace. Mi sono licenziata dal centro medico, ma proprio per il rapporto che si era instaurato fra di noi, ho deciso di avvertire personalmente Giulio che non avrebbe potuto proseguire la fisioterapia con me. Sono stata sincera e gli ho raccontato tutto.»

«E lui le ha proposto di andare a vivere nella sua villa.»

«Sì, quando ha saputo tutta la storia non ha voluto sentire scuse e ha deciso per me. Diceva che, se fossi andata a Cernobbio da lui, Pietro non mi avrebbe rintracciata e io mi sono fidata. Una notte ho preso Sergio e le nostre cose e mi sono trasferita alla villa. All'inizio mi sentivo al sicuro, e dopo qualche mese ho anche accettato la proposta di Giulio e ho iniziato a seguire un corso di Osteopatia a Milano. Lui diceva che non dovevo sentirmi in obbligo, era il suo modo per assicurarsi il top delle cure mediche, io mi ero ripromessa di restituirgli i soldi del master fino all'ultimo centesimo. Sono corsi molto costosi, ma ero convinta che nel caso di Dalmasso le due tecniche fuse insieme avrebbero portato giovamento e avevo ragione. Era tutto troppo bello per essere vero. Vivevo come in una bolla e poche settimane fa la bolla si è rotta...»

CAPITOLO SEDICI

«MI PIACE CORRERE ASCOLTANDO LA MUSICA CON GLI auricolari» cominciò a raccontare Chiara. «Lucia adora Sergio ed è felice quando può dargli la pappa, così intorno alle diciannove glielo lascio e vado ad allenarmi nel bosco sopra casa. Sono abitudinaria e anche quella sera sono uscita alla solita ora…»

UN PASSO DOPO L'ALTRO, la musica di David Bowie che mi accompagna, percepisco il terreno sotto le scarpe da runner. Lo scricchiolio di qualche ramo spezzato. Oggi ha piovuto e nell'aria il profumo dell'erba bagnata è intenso.

Sono così felice che mi sembra di toccare il cielo con un dito. Ho passato l'esame di fisiopatologia ortopedica col massimo dei voti, Giulio è orgoglioso di me e non ne fa mistero.

Spero solo che questo possa aiutarlo almeno un po' nella terapia del dolore.

Senza di lui non ce l'avrei mai fatta. Mi ha insegnato

*che chi ha paura muore ogni giorno, che bisogna combat-
tere, bisogna saper ricominciare, e io ce la sto mettendo
tutta.*

«Chiara... Chiara...»

*Questa voce non è nella mia testa. Qualcuno mi sta
chiamando.*

Mi fermo.

Mi volto.

Lo vedo.

*E il terrore che avevo cercato di allontanare da me per
tutti questi mesi mi ripiomba addosso. Avvolgendomi come
una gelatina vischiosa, velenosa.*

Gli bastano due passi ed è qui, vicino a me.

I suoi occhi mi fissano. Cattivi.

Dovrei scappare. Scappare lontano da lui.

*Ma sono paralizzata. I muscoli si rifiutano di rispon-
dere agli ordini del cervello.*

«Come hai potuto pensare di riuscire a sfuggirmi?»

*Le parole precedono di un istante un manrovescio che
mi coglie in pieno viso, facendomi perdere quasi
l'equilibrio.*

Non cado soltanto perché lui mi stringe il braccio.

Ed è solo per colpirmi di nuovo.

E di nuovo ancora.

«Tu non puoi cancellarmi dalla tua vita, io ci sarò
sempre.»

*Lo so, anche se volevo credere che fosse possibile farlo.
Ma non glielo dirò. Non voglio che lui pensi di avermi
ancora in pugno.*

*Mi strattona. Mi colpisce di nuovo con tutta la sua
forza.*

*Il dolore mi trafigge il cervello, mentre lui grida che gli
appartengo.*

*Il mio silenzio lo fa infuriare. I colpi diventano sempre
più violenti. Sento il sangue scorrere lungo il viso.*

Voglio fuggire.

Scappare lontano.

*«Sei una puttana! Una lurida puttana!» grida, «ma se
non torni con me io l'ammazzo quel vecchio! Lo ammazzo!
Torna a casa o gli succederà qualcosa di brutto.»*

«Pensa che il suo ex possa davvero aver messo in atto
quella minaccia?» domandò Emma.

Chiara cercò di controllarsi e di trattenere le
lacrime.

Kate notò che il piccolo Sergio, seduto a terra
accanto alla madre, continuava a picchiare in modo
ossessivo un omino Lego contro un altro dalle
fattezze femminili, emettendo degli strani suoni di
gola, segno che recepiva tutta la tensione materna e
cercava di scaricarla in quel modo.

«Ti piacciono?» gli chiese con un sorriso, cercando
di distrarlo e di allontanare da sé le emozioni negative
che il racconto della ragazza aveva scatenato dentro
di lei.

«Non lo so» rispose infine la giovane alla
domanda di Emma. «Forse. È per questo che ho
pensato che fosse colpa mia se Giulio era stato
ucciso.»

«Lei non c'entra niente, non può farsene una
colpa.» Le parole le erano uscite di getto e Chiara si
voltò verso Kate e le sorrise. Un sorriso triste,
colpevole.

«Vorrei crederle» mormorò. «Quella sera alla fine
sono riuscita a fuggire, dolorante, disperata. Volevo

solo chiudermi dentro casa e mettere tra me e lui tutta la distanza possibile,»

«Che bastardo! Ma come ha fatto a trovarla?» le chiese la scrittrice.

«Un giorno Lucia si è allontanata di nascosto con Sergio, ha preso il sei e lo ha portato a Como, non voleva fare niente di male, ma in quell'occasione Pietro l'ha incontrata e ha riconosciuto il bambino. Poi è stato facile, è bastato seguirla. Me lo disse lui mentre mi picchiava quel giorno nel bosco.»

«Ha parlato di questo con il vicequestore?» intervenne Emma.

La giovane scosse la testa.

«Non gli ho detto neanche che è venuto alla villa il giorno che ho ricevuto la convocazione del notaio. Mi ha minacciato, se non torno con lui potrebbe succedere qualcosa a me o a Sergio, dice che io sono sua, che noi dobbiamo essere una famiglia…» non resse più la tensione e scoppiò in lacrime.

Emma era basita. Kate la capiva: Chiara Colombo con le sue omissioni si era messa in un bel guaio.

L'investigatrice strinse il braccio della ragazza in un gesto solidale ma non poté non chiederle:

«Perché non ha detto niente alla polizia?»

«Secondo lei il vicequestore mi avrebbe creduta? Non ci ha visti nessuno, sarebbe la mia parola contro la sua» rispose amareggiata Chiara. «E per la polizia io sono quella che ha raggirato Dalmasso per farsi lasciare l'eredità e poi eliminarlo.» Si asciugò le lacrime e proseguì: «E pensare che proprio quel giorno, quando mi ha visto ridotta così, Giulio mi ha chiesto di sposarlo. Era convinto che, se fossi diventata la signora Dalmasso, il suo nome mi avrebbe fatto da scudo e Pietro mi avrebbe lasciato in pace.»

«In un certo senso non aveva torto» commentò Kate pensando che il denaro di Giulio le avrebbe almeno permesso di pagare una guardia del corpo.

«Ma non era giusto» affermò la ragazza con decisione. «Non potevo accettare che arrivasse a fare tanto per me. Io non li volevo i suoi soldi, a me bastava il suo affetto.»

«Però lui ha deciso diversamente e, dopo che lei gli ha detto no, ha rifatto il testamento in suo favore» affermò Emma.

Chiara Colombo sospirò.

«Quando prendeva una decisione Giulio andava fino in fondo, senza ascoltare nessuno.»

Kate le credette e pensò che anche Emma fosse convinta che dicesse la verità. Ma non era con le loro convinzioni che sarebbero riuscite a controbattere alle accuse della procura e della polizia. Avevano bisogno di prove. Era certa che anche Emma stesse pensando la stessa cosa.

«Va bene, non possiamo dimostrare che il suo ex sia tornato alla villa a minacciarla, ma almeno la sera che l'ha picchiata l'ha vista qualcuno oltre a Giulio Dalmasso?» chiese l'investigatrice dopo aver riflettuto.

Chiara annuì.

«Lui ha insistito per portarmi in ospedale e ha chiesto a Maricel di restare con Lucia e Sergio fino al nostro rientro.»

Emma e Kate si scambiarono uno sguardo.

«Quindi oltre alla cameriera e a Lucia ci sono anche un medico e un referto che possono testimoniare che quella sera il suo ex l'ha massacrata di botte» disse l'investigatrice.

«E qualsiasi psicologo può avvalorare la tesi che non abbia voluto sporgere denuncia per paura. In certe situazioni il terrore ti obnubila il cervello e non si è capaci di fare la scelta giusta. Purtroppo ne so qualcosa» affermò la scrittrice.

«Questo andrebbe a sostegno di quello che hai detto sulle minacce che il tuo ex ha fatto nei confronti di Dalmasso» riprese Emma passando al tu. «E allora anche la polizia dovrebbe prendere in considerazione l'ipotesi che possa essere stato lui a ucciderlo.»

«Perciò dobbiamo dimostrare che ti stalkerava e che è un tipo violento capace di tutto, anche di un omicidio» concluse Kate.

«Se la Ripamonti non ha proceduto con il fermo è perché Del Greco e lei sanno di non avere indizi sufficienti per chiedere la convalida al GIP» rifletté Emma. «Ma proprio per questo ti marcheranno stretta, dobbiamo agire in fretta.» Poi, colta da un pensiero, le chiese: «Chiara, pensi che Dalmasso mi avesse chiamato per indagare sul tuo ex?»

Kate approvò con il capo:

«Potrebbe benissimo essere, hai ragione.»

La ragazza scosse il capo.

«Non lo so. Non lo posso escludere conoscendo Giulio, ma non mi ha detto niente, davvero.»

«D'accordo» disse Emma. «Vuol dire che dovremo scoprirlo.»

Chiara la fissò speranzosa:

«Questo significa che mi aiuterete?»

Emma annuì.

«Scaveremo nella vita del tuo ex, ma anche di tutti

quelli che potevano avercela con Giulio Dalmasso, per trovare il responsabile della sua morte e dimostrare che non c'entri niente con questo omicidio. E poi faremo in modo che quell'uomo non vi possa più fare del male.»

CAPITOLO DICIASSETTE

SERGIO DORMIVA GIÀ DA UN PEZZO E ANCHE LUCIA ALLA fine era andata in camera sua, ma era ancora scombussolata e continuava a piangere ogni volta che si nominava Giulio.

Nel silenzio della villa il suono del telefono fece sobbalzare Chiara. Non era il cellulare ma il fisso. Chi poteva essere a quell'ora? Raggiunse il salottino dove l'apparecchio continuava a squillare.

La mano le tremava leggermente mentre sollevava il ricevitore.

«Pronto?»

Non ci fu risposta, solo il suono lieve di un respiro, a dimostrare che dall'altra parte c'era qualcuno in ascolto.

«Pronto! Chi parla?»

Di nuovo silenzio e solo quel respiro.

Chiara attaccò. Aveva lo stomaco contratto e si accorse che le sudavano le mani. Era Pietro? O magari Liliana? O qualche sciacallo che aveva sentito la notizia al telegiornale e voleva spaventarla?

Il telefono riprese a suonare. Decise di non rispondere ma lo squillo insistente le trapanava il cervello e rischiava di richiamare l'attenzione di Lucia.

«Pronto?»

Silenzio, poi un fruscio e infine una voce contraffatta:

«Pagherai caro per quello che hai fatto.»

Un conato le impedì di rispondere. Sbatté giù il ricevitore.

Stille di sudore le colavano sulla fronte.

Quando il telefono suonò per la terza volta, con un moto di rabbia Chiara strappò la spina dalla presa e lo gettò a terra.

Tremava. Doveva parlarne con Emma. L'incontro con lei e con Kate Scott l'aveva fatta sentire meglio, con la consapevolezza che c'era qualcuno che poteva aiutarla a uscire da quella situazione. Ma adesso, dopo l'episodio del telefono, nel silenzio della grande villa che non riusciva a considerare sua, sentiva di nuovo l'angoscia impadronirsi di lei.

Staccò la mano dal ricevitore e fece qualche profondo respiro. Doveva reagire, riacquistare il controllo, cercare di non lasciarsi condizionare, di non... un rumore improvviso la fece sobbalzare, tendendole di nuovo i nervi allo spasimo. Proveniva dal corridoio che portava in cucina.

Possibile che qualcuno si fosse introdotto in casa? E se fosse stato Pietro? O magari poteva essere un ladro, o la persona che aveva ucciso Giulio, se Pietro non era colpevole.

Fu presa dal panico.

Il rumore tornò a ripetersi. Era un suono sordo, come se qualcuno stesse battendo contro qualcosa.

Udì distintamente un rumore di passi.

E poi di nuovo quel suono. E ancora i passi. Il terrore le impediva di muoversi.

Il pensiero di Sergio la attraversò con la violenza con cui il fulmine squarcia il cielo. Non avrebbe permesso che qualcuno facesse del male al suo bambino. Con l'immagine del piccolo davanti agli occhi si mosse lentamente verso l'altro lato della villa.

Quando raggiunse l'ingresso, udì ancora una volta quei suoni: rumore di passi e poi un colpo sordo.

Spiazzata, si avvicinò con cautela al corridoio che conduceva in cucina. Intravide una sagoma illuminata dalla luce che proveniva dalle lampade solari del giardino. Chiara trasse un enorme sospiro di sollievo: era Lucia.

Ma il sollievo fu ben presto sostituito dall'inquietudine. Cosa stava facendo?

La donna camminava lungo il corridoio, gli occhi spalancati fissi davanti a sé, mormorando parole inintelligibili. Quando raggiunse la libreria che si trovava sulla parete a metà del corridoio, si fermò, protese la testa in avanti e cominciò a percuotere gli scaffali con i palmi, con sempre maggior forza.

«Che fai? Che fai?» ripeteva con rabbia.

Chiara stava per rivolgerle la parola e chiederle cosa stesse succedendo quando incrociò il suo sguardo e si rese conto che Lucia, benché avesse gli occhi aperti, non la vedeva. Allora capì che non era cosciente e che si trattava di sonnambulismo, dovuto con grande probabilità all'effetto devastante provocato sulla psiche della donna dalla morte di Giulio.

Chiara avanzò piano verso di lei, la raggiunse e, consapevole che non doveva svegliarla, le parlò a voce bassa e dolce:

«Vieni Lucia, andiamo a letto.»

«Non voglio andare a letto. Che gli hai fatto?» Aveva quasi urlato, era chiaro che non si rivolgeva a lei. Ma a chi allora? Cosa stava riemergendo dal suo inconscio?

«Giulio» continuò la donna «Giulio, il bambino…»

«Giulio e Sergio dormono» disse Chiara per non contrariarla. «Vieni a dormire anche tu adesso.»

Lucia allora si lasciò condurre sulla scala che portava al piano superiore.

Chiara la accompagnò nella sua stanza e, con gesti lenti e misurati, la aiutò a sdraiarsi sul letto e le rimboccò le coperte.

Poi uscì, con un senso di oppressione che le gravava sul petto.

Entrò nella sua stanza. Nella penombra illuminata dalla lanterna magica, l'ultimo regalo di Giulio a Sergio, si soffermò a guardare il piccolo che dormiva tranquillo, i lineamenti distesi e un breve accenno di sorriso sul volto.

Si avvicinò e lo sfiorò con una carezza, poi rimase in piedi accanto al lettino, lo sguardo su suo figlio, l'agitazione che pian piano scivolava via, come un'onda che si ritira dalla riva senza far rumore.

CAPITOLO DICIOTTO

Insieme a Kate, Emma aveva stabilito che il primo passo era quello di trovare chi fosse disposto a testimoniare i comportamenti violenti di Pietro Sacchi nei confronti di Chiara.

Per fortuna la giovane fisioterapista aveva conservato il referto medico del pronto soccorso dove l'aveva accompagnata Giulio Dalmasso dopo le percosse subite dal suo ex e, dallo scarabocchio in fondo alla pagina, Emma era risalita al nome del dottore che l'aveva visitata. Aveva telefonato al nosocomio chiedendo di lui e le avevano detto che il dottor Anselmi aveva fatto la notte e avrebbe staccato alle sette l'indomani. Così si era alzata di buon'ora e si era diretta all'ospedale, augurandosi di intercettarlo prima che andasse a casa.

Una volta arrivata all'uscita del pronto soccorso, notò un giovane infermiere in pausa sigaretta e gli chiese se conoscesse il dottor Anselmi e se fosse già uscito.

«No, ancora non si è visto» le rispose «ma se posso esserle utile io, dica pure.»

«Grazie, ma ho bisogno di parlare proprio con lui.»

«Peccato» fu il commento.

Proprio in quel momento, un uomo sui cinquanta con un giubbotto di pelle nera e un casco uscì dalla porta di servizio avviandosi verso una moto parcheggiata poco distante.

«Però è fortunata, eccolo là» riprese l'infermiere e indicando il dottore lo chiamò a gran voce:

«Dottor Anselmi... dottore... questa signora vuole parlare con lei!»

Il medico si fermò e si voltò verso di loro, dando il tempo a Emma di raggiungerlo muovendosi rapida sugli immancabili tacchi alti. Sul volto dell'uomo era dipinta un'espressione incuriosita, era evidente che cercava di ricordarsi dove potesse averla incontrata.

«Piacere, Emma Castelli» si presentò lei allungando la mano per stringere quella del dottore. «È inutile che si sforzi di ricordare, questa è la prima volta che ci incontriamo» aggiunse sorridendo.

«Meno male, cominciavo a temere l'avanzare dell'Alzheimer, non potevo aver dimenticato una donna così affascinante» fu il galante commento.

Emma sorrise, era abituata ai complimenti maschili, anche se non amava civettare.

«Ora che mi ha rassicurato, mi levi una curiosità» continuò lui, «cosa posso fare per lei?»

«Posso offrirle la colazione? Non le ruberò molto tempo.»

Il dottor Anselmi aveva acconsentito e, seduti in

un bar poco lontano dall'ospedale, davanti a due tazze di caffè bollente, l'aveva ascoltata attentamente.

«Mi ricordo benissimo di quella donna, anche perché non era la prima volta che veniva» disse alla fine. «Era chiaro che era stata picchiata, ma non mi ha dato ascolto, non ha voluto denunciare il suo compagno. Quando venne la prima volta era incinta, quel disgraziato le aveva rotto una costola, avevo insistito tanto, mi era sembrata così fragile, ma non c'è stato verso di convincerla a denunciarlo...»

«Si sbaglia» lo interruppe Emma, «la prima volta che venne da lei la ascoltò. Se ne andò di casa e lo lasciò, ma non fu sufficiente.»

«L'ha ritrovata.»

Emma annuì.

«Sì, ed è per questo che ho bisogno della sua testimonianza. Tre settimane fa l'ha sorpresa mentre correva nel bosco...»

«... e l'ha massacrata di nuovo» concluse Anselmi per lei. «Lo so bene, perché anche quella volta ho insistito parecchio. L'accompagnava un uomo anziano e ho chiesto anche a lui di convincerla. Ma non c'è stato niente da fare. Non ha idea di quante donne vediamo che si inventano balle e dicono che sono cadute in casa o per le scale. La Colombo era una di queste.»

«Ha fatto bene a usare il passato. Ora è decisa a difendersi.»

L'uomo le sorrise.

«Sono pronto a testimoniare. Questi uomini non possono passarla sempre liscia, devono pagare per quello che fanno. Conti pure su di me.»

CAPITOLO DICIANNOVE

Secondo quanto aveva detto Chiara Colombo, Adelina Gualtieri, la segretaria storica di Giulio Dalmasso, la donna che gli era stata sempre al fianco, discreta, efficiente, devota, poteva rivelarsi una preziosa fonte di informazioni, compresa quella relativa alla decisione di ingaggiare Emma.

«Adelina era più di una segretaria per Giulio, era una persona di famiglia» aveva detto la giovane fisioterapista. «Con lei parlava, anche se non era il tipo d'uomo che si confidava facilmente. Ma aveva una completa fiducia in Adelina, e le voleva bene» aveva concluso.

Perciò, dopo il medico del pronto soccorso, quella sarebbe stata la seconda tappa dell'investigatrice.

Emma aveva telefonato in azienda e aveva scoperto che la segretaria sarebbe stata lì fino alla fine del mese, per lasciare tutte le carte in ordine a chi avrebbe rilevato la ditta. Erano le ultime volontà di Giulio e le avrebbe eseguite alla lettera. Aveva accettato di incontrarla, quindi appena lasciato l'ospedale Emma si diresse alla Seteria Dalmasso.

La fecero accomodare in un elegante salottino e poco dopo la Gualtieri la raggiunse. Emma notò il volto segnato e le occhiaie profonde, anche il sorriso che le rivolse non riusciva a cancellare la profonda tristezza dello sguardo. Indossava un abito nero con un colletto di pizzo grigio, delle calze fumée e un mocassino basso con tacco largo, indice di una persona abituata a stare molte ore in piedi.

«Buongiorno signora Castelli» l'accolse con cortesia, «ho pensato alla sua richiesta, ma temo di non poterle essere d'aiuto. Il dottor Dalmasso non mi aveva detto che doveva incontrarla e di conseguenza non ho la minima idea del motivo.»

Emma non si diede per vinta.

«Negli ultimi giorni le era sembrato preoccupato?»

La Gualtieri fece un sorriso triste.

«Lui era sempre preoccupato per qualcosa. Non è facile mandare avanti un'azienda come questa, ci sono spesso dei problemi da risolvere. E il dottore se ne faceva carico, anche a costo di rinunciare alla sua vita privata. Lei non lo ha conosciuto» proseguì «ma io ho avuto l'onore di lavorare al suo fianco e le assicuro che era una persona speciale, unica.»

Era evidente da quelle parole che la donna nutriva una sconfinata ammirazione per l'ex datore di lavoro. Potevano essere forse d'aiuto per delinearne il profilo psicologico, ma difficilmente si sarebbero rivelate utili ai fini dell'indagine.

«Si era confidato con lei sulla situazione della signora Colombo?»

"Magari le ha parlato delle percosse, della visita in ospedale."

Nel silenzio che seguì Emma comprese che la Gualtieri stava decidendo se accordarle fiducia. Alla fine prese una decisione e le parlò in tono accorato:

«Era molto in ansia per lei, l'aveva presa in casa perché voleva proteggerla da quel mascalzone con cui aveva fatto il bambino, Sacchi mi pare che si chiami, ma pensava che anche la villa non fosse più un posto sicuro per lei.» Fece una lunga pausa. «Giulio Dalmasso era un uomo burbero, ma aveva un cuore d'oro. Temeva di non aver fatto abbastanza per quella ragazza, le sembrerà strano, ma le si era affezionato come a una figlia. E Chiara lo ricambiava. Lasci stare le porcherie che scrivono i giornali» aggiunse con una smorfia. «Sono solo sciacalli. Chiara non se lo merita. Se lui le ha lasciato il patrimonio, aveva i suoi motivi, mi creda. Si è sempre preso cura di tutti, senza chiedere nulla in cambio» aggiunse con foga «e guardi come è stato ripagato da quelli che erano sangue del suo sangue.» Tacque di colpo, come se si fosse pentita di aver detto troppo, come se, pensò Emma, la sua lealtà si estendesse anche al resto della famiglia Dalmasso.

La donna si voltò e, preso dalla tasca un fazzoletto ricamato, si asciugò gli occhi con un gesto furtivo, per pudore dei propri sentimenti. L'investigatrice rimase in silenzio, lasciandole il tempo di riprendersi. Se c'era qualcuno a cui Giulio Dalmasso sarebbe mancato era proprio lei, pensò. Aveva la sensazione che la vita di Adelina Gualtieri avesse ruotato intorno a quella dell'uomo che era stato così brutalmente assassinato. Lui era stato il suo sole e la sua assenza doveva esserle insopportabile.

«Mi scusi, ancora non riesco a capacitarmi che qualcuno lo abbia ucciso» disse la segretaria con gli occhi offuscati.

«Visto che li ha nominati, posso chiederle come erano i rapporti del dottor Dalmasso con i familiari?» Emma si augurava che quanto era accaduto potesse sciogliere il riserbo della donna.

Le labbra di Adelina Gualtieri si stirarono in una linea dura e sottile.

«Non mi costringa a essere indiscreta, la prego. Non è mia abitudine parlar male delle persone.»

Emma le si avvicinò e la guardò dritta negli occhi.

«Non ho nessun dubbio in proposito, signora Gualtieri. Ma se c'è qualsiasi cosa che possa aiutarmi a capire chi è il responsabile, la prego di dirmela.»

«Mi sta chiedendo se penso che Liliana o Massimo possano essere degli assassini?» la donna ricambiò lo sguardo con la stessa franchezza.

«Crede che sia possibile?» Emma pensò alla lite che aveva preceduto l'omicidio. «Sappiamo che prima di essere ucciso il dottor Dalmasso aveva avuto una violenta discussione con la sorella.»

La bocca di Adelina Gualtieri si incurvò in un'espressione di disprezzo.

«Le liti tra loro erano all'ordine del giorno» ribatté. «E sempre per lo stesso motivo: soldi. A Liliana non bastavano mai.» Fece una pausa, poi: «Per rispondere alla sua domanda, no, non lo credo. Liliana è una donna prepotente e viziata e Massimo un debole, che soffriva per la mancanza di stima dello zio, ma non credo che siano capaci di uccidere.»

Tacque e, dalla sua espressione, Emma capì che non avrebbe aggiunto altro.

Cambiò argomento.

«Può dirmi se di recente è successo qualcosa che potrebbe essere legato al delitto? Se per esempio il dottor Dalmasso avesse avuto litigi o discussioni?»

La segretaria scosse il capo.

«Non che io sappia.»

«C'era qualcuno che ce l'aveva con lui? Che nutriva rancore nei suoi confronti al punto da arrivare a ucciderlo?» chiese ancora Emma.

La donna rimase in silenzio per alcuni istanti. Poi mormorò:

«No... non posso credere che...»

«La prego, ogni particolare può essere importante» la sollecitò Emma.

«L'anno scorso un nostro impiegato si è licenziato dopo una lite con il dottor Dalmasso. Lui non mi disse cosa era successo, solo che i rami malati vanno tagliati alla radice. So che non lo cacciò perché aveva due bambini piccoli e preferì far figurare che se n'era andato di sua spontanea volontà.»

«Come si chiama questa persona?» chiese l'investigatrice.

«Angelo Bocchio.»

«Le prometto che scoprirò che cosa è successo» dichiarò Emma posando una mano su quella della donna. Un piccolo gesto che voleva trasmetterle l'empatia per il suo dolore.

«Proprio per questo la prego di avvisarmi se nota qualcosa di strano, anche un semplice dettaglio che le sembra fuori posto. Tutto può essere utile a far luce su una morte così assurda.»

La segretaria annuì e prese il biglietto da visita che Emma le porgeva,

L'accompagnò fino all'entrata, dove la salutò promettendole che l'avrebbe chiamata se fosse emerso qualcosa di nuovo. Quando Emma salì in macchina vide che era ancora davanti all'ingresso, immobile, come raggelata nel suo dignitoso dolore.

CAPITOLO VENTI

LILIANA CHIUSE LA COMUNICAZIONE SBATTENDO IL telefono sulla base.

«L'avvocato Butti ci aspetta alle sette e mezzo, gli ho spiegato che vogliamo impugnare il testamento.»

Massimo la guardò preoccupato. Da quando erano usciti dallo studio del notaio la madre era in uno stato di sovraeccitazione che le impediva di essere lucida.

Gesticolava come una erinni infuriata, la voce acuta e stridula per la rabbia. E sembrava del tutto dimentica della loro situazione economica.

«Mamma, non abbiamo un centesimo e Butti è il miglior avvocato di Como.»

«Abbiamo bisogno di lui, non permetterò a quella poco di buono di appropriarsi di quello che ci spetta di diritto» ribatté lei accendendosi una sigaretta. La mano le tremava leggermente e Massimo l'aiutò con un altro accendino.

«Io dovrei dipendere da quella? Farle gestire i miei soldi?» riprese Liliana fuori di sé.

Massimo cercò di blandirla.

«Mamma, adesso però calmati, altrimenti ti sale la pressione e ti senti male» le fece una carezza sul volto arrossato. «Cerca di stare tranquilla, troveremo un'altra soluzione, te lo prometto.»

Liliana ebbe un gesto di stizza.

«Quei soldi mi servono, Massimo.»

Lui le prese le mani tra le proprie.

«Mi avevi promesso che avresti smesso» mormorò.

Liliana distolse lo sguardo, poi ebbe un moto rabbioso e tornò a fissarlo dura.

«E comunque sono fatti miei» ribatté. «Dopo quello che ho passato, non permetterò più a nessuno di mettersi in mezzo.» Lo squadrò risoluta «A nessuno, capisci?»

Massimo annuì rassegnato. In una situazione così delicata non poteva contrariarla, sarebbe bastato poco a far precipitare tutto e con sua madre fuori controllo poteva succedere qualunque cosa. Come era già accaduto. E questa volta non è detto che sarebbe stata altrettanto fortunata. Non poteva rischiare.

«Andremo da Butti» dichiarò Liliana in tono definitivo. «Se serve, chiederai la cessione del quinto dello stipendio.»

Come poteva pretenderlo? Non si rendeva conto che non era nelle condizioni di farlo?

«Almeno questo me lo devi» continuò lei. «E comunque verrai ripagato con gli interessi.»

«Mamma» provò a obiettare Massimo «ora l'azienda è di Mandelli, devo stare attento se non voglio perdere il posto.»

Lei si avvicinò e gli fece una carezza, inanellando

le dita nei riccioli bruni che aveva preso da suo padre. «Resta comunque l'azienda di famiglia, Mandelli non può buttarti fuori.»

«Non è così e lo sai benissimo, se non gli piace come lavoro…»

Liliana lo interruppe:

«Perché non dovrebbe piacergli? Tu sei eccezionale, amore mio. E comunque in due o tre anni rientreremo in possesso di ciò che è nostro.»

«Io non c'entro con l'eredità dello zio.»

«Tu sei mio figlio. E quello che è mio è tuo» replicò lei addolcendo la voce e posandogli le labbra sulla guancia. «Mi aiuterai, vero?»

Massimo cedette, come sempre.

«Ti ho mai detto di no?»

CAPITOLO VENTUNO

EMMA SI VERSÒ NEL BICCHIERE UN ALTRO DITO DI Amarone, mentre Kate rifletteva sulle ultime novità che le aveva raccontato. Si portò il calice al naso per gustare il bouquet avvolgente, quel tocco vanigliato con sfumature di cacao e spezie che le piaceva tanto.

«Delizioso» disse fra sé chiudendo gli occhi, «si sente che è stato affinato in barriques di rovere francese.»

«Non ti distrarre» la riprese Kate. «Da quello che mi hai detto, dalla nostra abbiamo il medico che può confermare che è stata picchiata, anche se non ci sono prove che sia stato Sacchi, giusto?»

«Giusto. Quel bastardo gioca sporco. Sta attento a non esporsi. Chiara mi ha detto che ieri sera qualcuno ha chiamato sul fisso della villa. Telefonate mute, sospiri, voce alterata e minacce, non ci è voluto molto per mandarla in paranoia. Sono sicura che si trattasse di lui.»

Kate aggrottò le sopracciglia, sapeva che quando vivi nella paura basta poco per gettarti nel panico più completo e Sacchi aveva già dato prova di cosa fosse in grado di fare.

«Sappiamo che Pietro Sacchi è un violento e, per quanto possa apparire controllato all'esterno, questo genere di uomo lascia degli indizi» affermò. «Bisogna riuscire a trovarli. I tipi come lui vogliono avere sempre ragione, sono gelosi in modo parossistico, hanno facili cambiamenti d'umore che degenerano in aggressività. Sono spie forti e chiare, lui cerca di mascherare certi comportamenti, ma possono saltare fuori all'improvviso, quando meno se lo aspetta. Potrebbe essere successo.»

«Devo cercare nel suo passato» affermò Emma «Chiara non può essere stata la prima.».

«E presumibilmente non sarà neanche l'ultima, se non lo fermiamo. Ma qualcosa deve per forza essere sfuggito al suo controllo. Perché non vai a parlare con i colleghi di lavoro?» suggerì Kate, poi sollevando un dito aggiunse: «Meglio con le colleghe, gli uomini fra di loro sono piuttosto omertosi, le donne sono più sensibili, specialmente su certe tematiche.»

Emma annuì sorseggiando il vino.

«Voglio parlare anche con i colleghi di Chiara al centro fisioterapico, se qualcuno testimoniasse a suo favore sarebbe importante per noi» posò il calice vuoto sul tavolino di cristallo. «E poi non possiamo escludere questo Bocchio che mi ha segnalato Adelina Gualtieri. Un uomo che viene cacciato su due piedi può covare molto rancore, anche se si parla di qualcosa avvenuto quasi due anni fa.»

«Certo. Di lui mi occupo io» dichiarò Kate.

«Sappiamo solo che si chiama Angelo Bocchio e che alla seteria lavorava come chimico.»

«Il web per me non ha segreti. Quasi tutti lasciano delle tracce, anche se impercettibili. Lo troverò.»

CAPITOLO VENTIDUE

La telefonata angosciata con cui Chiara le aveva riferito delle chiamate ricevute, che l'investigatrice attribuiva a Pietro Sacchi, aveva rafforzato in Emma la convinzione che fosse necessario trovare quanto prima delle testimonianze, oltre a quella del medico, in grado di confermare quale fosse la vera natura di quell'uomo e quanto potesse essere pericoloso.

Ma la visita all'agenzia di brokeraggio dove lavorava Pietro Sacchi era stata un buco nell'acqua. Emma aveva parlato con varie persone, però non era emerso niente di compromettente. Sacchi era stato trasferito lì quattro anni prima dalla sede madre che si trovava a Milano, era piuttosto stimato nel lavoro e disponeva di un buon pacchetto di clienti che gli affidavano i propri risparmi. L'unico dettaglio che l'aveva fatta riflettere era che il broker non aveva familiarizzato con nessuno dei nuovi colleghi. Le avevano detto che andava in sede due volte a settimana e si fermava solo lo stretto necessario.

Era stata la frase di una delle impiegate a darle da pensare: "Sembra proprio che voglia evitare i rapporti personali" ed Emma si era chiesta quale fosse il motivo. Forse valeva la pena di provare ad approfondire a Milano, magari sarebbe stata più fortunata.

Quel giorno il traffico scorreva veloce, imboccò la E35 e dopo un'ora e dieci entrò in città.

Aveva l'indirizzo della sede, ora doveva solo trovare un modo per scoprire se Pietro Sacchi nascondeva qualche scheletro nell'armadio.

L'agenzia si trovava al settimo piano di un palazzo moderno a Corso Indipendenza. Seduta dietro al desk d'accoglienza una donna sui trent'anni la accolse con un sorriso professionale.

«Come posso aiutarla?»

Emma si avvicinò e sfoderò una delle sue espressioni più cordiali.

«Sto cercando delle informazioni su un vostro dipendente.»

«Forse non conosce le regole sulla privacy» puntualizzò subito la segretaria.

L'investigatrice si accostò al desk e, abbassando la voce, rispose:

«Le conosco benissimo, ma c'è il rischio di una denuncia penale ed è per questo che sono venuta di persona.»

«Di chi si tratta?»

«Di Pietro Sacchi.»

La donna si irrigidì.

«Non lavora più da noi» si affrettò a dire, «è stato trasferito.»

«Lo so» ribatté Emma, «ma la sua ex lo vuole

denunciare per lesioni e stalking.» Aveva deciso di spararsi subito tutte le cartucce.

«Cosa vuole da noi? La sua vita privata non riguarda l'azienda. Forse dovrebbe parlare col direttore...» Si era messa sulla difensiva e stava per chiamare il capo con l'interfono, quando Emma le bloccò la mano abbassando il pulsante.

«Non voglio niente, solo capire.» Gli occhi azzurri scrutavano la donna per cercare di cogliere tutte le sue emozioni. «Chiara Colombo si è inventata tutto o Sacchi è veramente un violento?»

La segretaria si guardò intorno furtiva.

«Non dovrei dirglielo, ma quell'uomo non mi è mai piaciuto» istintivamente aveva abbassato anche lei la voce. «Quattro anni fa è stato trasferito a Como per evitare proprio una denuncia da parte di una collega con cui aveva avuto una relazione.»

«Posso parlarle?»

«Non è più qui. Mesi fa ha vinto il concorso all'INPS e si è licenziata.»

«Può darmi il nome? Ho bisogno di contattarla.»

La donna prese un foglietto, scrisse rapida qualcosa e glielo passò.

«Io non le ho detto niente.»

Emma lo afferrò e annuì.

«Grazie.»

Uscendo lesse le due parole scritte sul post-it: Carolina Vinali.

Forse adesso avevano qualcosa.

Mentre guidava in direzione di Como per raggiungere il centro fisioterapico dove aveva lavo-

rato Chiara, una struttura specializzata a pochi chilo-
metri dal centro della città, Emma si augurava che il
messaggio che aveva lasciato a Carolina Vinali, la
inducesse a richiamarla. Nel nuovo ufficio dove lavorava le avevano detto che la donna era in congedo di
maternità e naturalmente, per la privacy, non avevano
potuto darle il suo recapito. Un'impiegata gentile le
aveva però promesso di farle avere il messaggio che
Emma aveva vergato frettolosamente su un foglietto:
"Sono un'investigatrice privata, la cliente per cui
lavoro ha assoluto bisogno di dimostrare che il suo ex,
Pietro Sacchi, è un uomo violento. Mi aiuti, per favore", seguito dal suo numero di cellulare.

E adesso sperava che al centro fisioterapico
avrebbe ottenuto delle testimonianze per avvalorare
le dichiarazioni della sua assistita.

Purtroppo, appena entrata nella stanza della direttrice, capì che questa non era molto disponibile. La
donna dichiarò che aveva già detto tutto alla polizia e
che Chiara Colombo non lavorava più da loro da oltre
un anno. Per finire, specificò che non amava che si
parlasse di ciò che avveniva con i pazienti all'interno
della struttura. In pratica le diede il benservito, conge-
dandola frettolosamente.

L'investigatrice stava andando via senza riuscire a
liberarsi di una sensazione sgradevole quando venne
avvicinata da una ragazza.

«Cosa vuole sapere?» le chiese a bruciapelo.

Emma fu sincera:

«Ho bisogno di informazioni sul compagno di
Chiara Colombo...» cominciò, ma la direttrice non le
diede modo di aggiungere altro perché uscì dalla
propria stanza e richiamò la fisioterapista, facendole

notare che il paziente che doveva seguire era pronto e l'aspettava nella cabina.

«Stacco alle sei, mi aspetti al parcheggio» le disse a bassa voce la giovane prima di allontanarsi.

Mancavano tre ore, Emma allora decise di passare in agenzia, per controllare se ci fossero novità. Ormai l'ufficio le serviva fondamentalmente per incontrare i clienti. Da quando lavorava con Kate su un caso, la prima con cui voleva scambiare opinioni e confrontarsi era la sua coinquilina, preferiva andare a Villa Mimosa piuttosto che tornare in quello che era sempre stato il suo piccolo regno.

Nello studio o in cucina, magari davanti a una bella tazza di tè caldo, lei e Kate si scambiavano idee e ragionamenti. Dalle loro conversazioni emergevano nuove ipotesi investigative. Emma si rendeva conto che il sodalizio con la scrittrice era proprio quello di cui aveva sempre avuto bisogno da quando aveva lasciato la polizia. Il tempo le volò controllando le bollette e mettendo in ordine il materiale sparso che aveva accumulato nei giorni. Quando guardò l'orologio si rese conto che mancavano cinque minuti alle sei. Si chiuse la porta alle spalle e corse alla macchina. Non poteva mancare all'appuntamento.

Arrivò al parcheggio proprio nel momento in cui la fisioterapista usciva dal portone. Scese dall'auto per farsi vedere. Una folata di vento freddo le scompigliò i capelli, bastò un cenno per farsi notare e la donna la raggiunse, montando dalla parte del passeggero.

«Mi dispiace ma non ho molto tempo, lavoro anche in un altro studio e attacco fra poco.»

«Doppiamente grazie, allora» disse Emma, poi

andò dritta al punto: «Perché la direttrice mi ha liquidato in quel modo?»

«Perché Chiara si è portata via la gallina dalle uova d'oro» fu la risposta. «Giulio Dalmasso era un ottimo cliente e lei non glielo ha perdonato. Per questo quando è venuta la polizia ha fatto di tutto per metterla in cattiva luce.»

"Ecco scoperto il motivo dell'atteggiamento di Andrea."

«Lei sa cosa gli ha detto?»

La ragazza annuì.

«Che Chiara aveva circuito Dalmasso facendo la vittima, lasciandogli credere che era una ragazza madre vessata da tutti.»

«Ed era vero?»

La fisioterapista fece un deciso gesto di diniego.

«Assolutamente no. Chiara è sempre stata corretta, semmai era Dalmasso che chiedeva di lei. Tanto che la misi in guardia, non mi sembrava molto normale che insistesse così.»

Emma l'ascoltava attenta, quella era una nuova angolazione.

«E lei come reagì?»

«Mi tranquillizzò, disse che era tutto a posto, che Dalmasso aveva solo bisogno di qualcuno con cui parlare. La SLA non è una malattia che si affronta a cuor leggero e, da quello che mi confidò Chiara, lui non aveva grandi rapporti con i suoi familiari.»

"Fin qui tutto torna."

«E del suo compagno le ha mai parlato?»

«No, ma spesso veniva a studio con maglie a maniche lunghe e più di una volta ho notato che aveva dei lividi. Sono sicura che fosse stato lui a farglieli, anche se lei non voleva toccare l'argomento.» Parlava con sicurezza, guardando negli occhi Emma. Diretta. «A me è sempre stata simpatica e l'ho stimata molto quando ha deciso di crescersi il figlio da sola troncando quella storia. Non capisco perché darle contro solo per invidia. Ho sentito il telegiornale, se Dalmasso ha deciso di lasciarle il suo patrimonio avrà avuto i suoi motivi e non erano certo di natura sessuale, per quello che l'ho conosciuta io non era proprio il tipo.»

Emma annuì.

«Lo penso anch' io, per questo ho deciso di aiutarla. Lei se la sentirebbe di testimoniare se ce ne fosse bisogno?»

La giovane ebbe un attimo di incertezza, poi rispose affermativamente. Tirò fuori dalla borsa un biglietto da visita e lo diede a Emma.

«Questo è il mio numero di telefono. Se ha bisogno, mi chiami.»

CAPITOLO VENTITRÉ

DI ANGELO BOCCHIO KATE NON AVEVA TROVATO tracce, salvo un profilo su Linkedin che però nessuno aveva aggiornato da più di un anno. Da quello risultava che, dopo vent'anni di lavoro alla Seteria Dalmasso, era stato assunto alla Silk Fashion il mese dopo aver lasciato l'azienda.

Se voleva rintracciarlo, l'unica chance era provare a telefonare e chiedere di lui. Guardò l'orologio e pensò che probabilmente era troppo tardi. Alle sei le fabbriche di solito erano chiuse, anche se aveva scoperto, da un vecchio articolo di giornale, che questa in particolare aveva un discount delle stoffe della stagione precedente che faceva orario di negozio.

Compose il numero e, con sua sorpresa, una voce elettronica la informò che era inesistente. Convinta di aver sbagliato, controllò le cifre sul sito dove l'aveva trovato e si rese conto che non c'era alcun errore. Possibile che la fabbrica avesse chiuso i battenti?

Non era da lei fermarsi alla prima difficoltà: visto che sul web non si riusciva a trovare alcuna informazione utile, decise di chiamare Michela Russo, la commercialista che curava le sue dichiarazioni in Italia. Gliel'aveva presentata Eleonora Galli, la sua vicina di casa nonché grande amica prima che la morte se la portasse via. Michela era una delle fiscaliste più note della città, ma era anche una persona particolarmente attenta alla realtà che la circondava. Sempre informatissima su tutto quello che succedeva a Como, non si lasciava sfuggire nulla. Era la persona giusta a cui chiedere notizie della Silk Fashion. Se aveva cambiato indirizzo, se fosse fallita nel frattempo, Michela l'avrebbe saputo.

CAPITOLO VENTIQUATTRO

Dopo le ultime minacce di Pietro, Chiara non si era separata da Sergio neppure per un secondo. Ma c'era una visita che non poteva più rimandare, perciò quel giorno aveva chiamato Maricel e si era raccomandata di non lasciare mai soli Sergio e Lucia.

«Non voglio che escano per nessun motivo. E non dovete nemmeno aprire ad estranei.»

La paura che Pietro si ripresentasse a sua insaputa non la lasciava, sentiva che stava giocando con lei come il gatto col topo ed era riuscito pienamente nel suo intento: l'aveva terrorizzata.

«Stai tranquilla, resto io con loro fino al tuo rientro. Non devi preoccuparti di niente. Sergio sta con me. Noi non apriamo a nessuno» le assicurò Maricel.

Prima di prendere la macchina Chiara si guardò più volte intorno. Il timore di essere spiata non l'abbandonava. Lui sapeva dove abitava, l'aveva seguita, le aveva fatto le poste e non poteva illudersi che fosse finita. Con un brivido entrò nella vettura e fece scattare subito le sicure, anche se si rendeva conto che non sarebbe certo bastato quello a fermarlo.

Respirò a fondo, verificò che non ci fossero macchine sospette in vista e partì, continuando a controllare nello specchietto retrovisore che nessuno la seguisse. Quanto sarebbe dovuta andare avanti così? si chiese, augurandosi con tutta se stessa che Emma Castelli mantenesse la promessa che le aveva fatto.

Con l'aiuto del navigatore dopo una ventina di minuti raggiunse Villa Serena.

Fulvio Scalese, il responsabile medico della casa di riposo, che aveva incontrato in precedenza dal notaio, l'accolse nel suo studio.

«Aspettavo la sua visita, purtroppo le condizioni del signor Marini non sono delle migliori, ha avuto un infarto il mese scorso e si sta riprendendo poco alla volta, ma un'emozione forte potrebbe provocargli una ricaduta che rischierebbe di essere fatale» esordì per farle presente il quadro clinico.

«Mi dispiace, non lo conosco ma spero che qui possa ricevere le cure mediche adeguate, proprio come avrebbe desiderato il dottor Dalmasso.»

«Su questo non ci sono dubbi. La fibrillazione atriale si è stabilizzata, ma nonostante l'Eliquis potrebbe esserci bisogno di un altro intervento per applicare dei nuovi stent. È per questo che abbiamo evitato qualsiasi contatto con i mass media. Purtroppo i notiziari regionali e i quotidiani locali in questi giorni non parlano d'altro e venire a conoscenza dell'omicidio in questo modo potrebbe provocare una nuova crisi cardiaca.»

Chiara annuì.

«Me ne rendo conto. Posso farle una domanda?»

«Certo, chieda pure.»

«Il dottor Dalmasso veniva a trovarlo?»

Il medico fece un sorriso di circostanza.

«Era qui una volta al mese, compatibilmente con i suoi impegni. Credo che il signor Marini fosse molto più che un tuttofare per lui, piuttosto una persona di famiglia» spiegò. «È per questo che ancora non gli ho detto niente, ma non si può continuare a rimandare. Se la sente di comunicarglielo lei?»

Chiara ebbe la netta sensazione che stesse cercando di scaricarle un'incombenza fastidiosa. Quell'atteggiamento non le piacque e accettò, pensando che era il minimo che lei potesse fare per un uomo che per tanti anni era stato al servizio di Giulio. Il medico apparve sollevato, ribadì che l'anziano andava preparato alla notizia ma che, malgrado l'età, era lucido, anche se ogni tanto soffriva di malinconia e si perdeva dietro il filo di vecchi ricordi che solo lui riusciva a seguire. Poi chiamò prontamente un'inserviente per farla accompagnare.

La donna la precedette nella sala adibita a zona ricreativa della casa di riposo.

«Eccolo, è quello laggiù con il maglione grigio.»

Chiara guardò nella direzione che le veniva indicata e vide un anziano magro e un po' curvo, con i capelli bianchi e un cardigan grigio, impegnato a giocare a carte con altri tre uomini più o meno della sua età.

L'inserviente si diresse verso il tavolino occupato dai quattro anziani.

«Albino» disse sorridendo al vecchio con il cardigan «hai una visita.»

L'uomo si voltò e fissò stupito Chiara, mentre i suoi compagni ridacchiavano e si davano di gomito.

«Questa bella signorina cerca te» aggiunse l'inserviente, mentre Chiara sorrideva un po' imbarazzata.

«Me?» chiese lui stupito. «È sicura?»

Chiara annuì.

«Mi dispiace interrompere la partita, ma avrei bisogno di parlarle.»

«Vai vai, non fare aspettare la signorina!» lo sollecitò uno dei giocatori.

«Non si preoccupi, possiamo giocare a tresette col morto» aggiunse l'altro sghignazzando alla battuta.

Con un certo sforzo Albino Marini si alzò e indicò una stanza adiacente la sala.

«Venga, possiamo andare a parlare lì» disse precedendola.

Chiara lo seguì.

Una volta seduti uno di fronte all'altra su due comode poltrone, l'anziano la fissò incuriosito.

«La memoria ormai non mi assiste molto, ma non credo di conoscerla, signorina…» le disse.

«Chiara, Chiara Colombo. No, lei non mi conosce, sono un'amica del dottor Dalmasso.»

L'uomo la osservò con uno sguardo attento.

«Come mai non è venuto lui?»

Chiara sospirò. Adesso veniva la parte difficile.

«Perché non gli è più possibile farlo.»

L'anziano valutò la risposta per alcuni istanti.

«È malato?» chiese infine con voce incerta.

La giovane si rese conto che continuare a rimandare sarebbe servito solo a metterlo ancora più in ansia.

«Purtroppo devo darle una brutta notizia, Albino.»

Il vecchio impallidì e contrasse le mani su braccioli della poltrona.

«Era malato, aveva la SLA. Io ero la sua fisioterapista. Ci ha lasciato qualche giorno fa.»

L'uomo parve accartocciarsi su se stesso.

Di colpo sembrò molto più vecchio di quello che era. Gli occhi diedero l'impressione di essere ancora più infossati nel volto segnato dalle rughe e le mani presero a tremare.

«Io l'ho visto crescere il signorino Giulio» mormorò. «Gli ho insegnato ad andare in bicicletta, l'ho medicato ogni volta che si faceva male, gli ho tenuto bordone quando marinava la scuola, lo sono andato a cercare per riportarlo a casa quando andava a ubriacarsi perché…» s'interruppe di colpo, come se avesse detto troppo.

Lacrime che cercava inutilmente di trattenere gli scesero lungo le guance scavate. «Era un uomo generoso» mormorò. «Molti non lo capivano ma lui ha fatto tanto per tante persone, anche per me. Non potrò mai dimenticarlo.» Si asciugò gli occhi e cercò di recuperare il controllo.

«Come è morto?» chiese alla fine.

Chiara si chiese se poteva almeno risparmiargli la parte peggiore. Poi pensò che in un modo o nell'altro lo avrebbe scoperto e allora decise di dirgli la verità.

«Finirebbe per saperlo dai giornali o dalla televisione. Lo hanno ucciso. È una brutta storia che ci ha sconvolto tutti.»

L'uomo rimase in silenzio, come se cercasse di assimilare quella notizia.

«Chi è stato?» mormorò alla fine.

Chiara scosse la testa.

«Non lo sappiamo. I poliziotti stanno indagando ma per ora non hanno scoperto niente.»

Una luce di consapevolezza si accese negli occhi del vecchio.

«Ecco perché dopo che sono stato male non mi hanno fatto leggere i giornali e guardare la tv... adesso ho capito.»

Poi Albino Marini tacque a lungo e Chiara si sentì a disagio. Doveva salutarlo e andare via? Restare e cercare di confortarlo? Parlare o stare zitta? Infine l'anziano ruppe il silenzio:

«È la maledizione che li perseguita» mormorò e di nuovo parve perso in chissà quali pensieri. Chiara ebbe la sensazione che non vedesse lei ma qualcosa o qualcuno che apparteneva a un passato dal quale era esclusa.

«C'è sempre un prezzo da pagare» aggiunse Albino Marini tra sé.

Chiara stava per chiedergli cosa intendesse, ma lui l'anticipò:

«E Lucia?» le chiese. «Che farà adesso? Chi si occuperà di lei?»

«Giulio l'ha affidata a me» rispose Chiara. «Penserò io a lei.»

Lui sembrò sollevato ma poi le rughe d'espressione del suo viso parvero accentuarsi mentre le chiedeva ancora:

«Come l'ha presa? Come ha reagito alla morte del dottor Dalmasso?

Chiara gli raccontò della disperazione della donna

e della sua incapacità di accettare quello che era successo.

«A volte non so come fare con lei» ammise.

«È sempre stata difficile» disse lui. «Anche da bambina. Era chiusa, introversa, parlava da sola, a scuola le maestre non sapevano come prenderla. Alla fine Tina decise di non mandarcela più. Da allora non è praticamente mai uscita dalla villa.» Fissava davanti a sé e di nuovo Chiara ebbe l'impressione che stesse assistendo a un film che poteva vedere solo lui. «Ha avuto una vita difficile» continuò Albino. «Povera creatura» aggiunse con tristezza.

Poi si scusò, le disse che era stanco e chiamò l'inserviente per farsi riaccompagnare in camera. Chiara fece appena in tempo a dirgli che avrebbe provveduto lei a continuare a pagare la retta della casa di riposo, ma ebbe l'impressione che, perso nei suoi ricordi, non l'avesse neppure sentita.

CAPITOLO VENTICINQUE

«Perché hai accettato questo incarico?»

Andrea Del Greco le aveva piantato addosso uno sguardo contrariato. Tornando a Como, Emma si era fermata in questura, perché preferiva essere lei a dirglielo, prima che lo venisse a sapere da qualcun altro. Negli ultimi casi avevano lavorato fianco a fianco e non si aspettava un atteggiamento simile da lui.

«Perché non avrei dovuto? Sono convinta che Chiara Colombo sia innocente. Anche se ha ereditato, non c'entra niente con questo omicidio.»

L'espressione di lui diceva che la pensava diversamente. Andrea la osservò con attenzione:

«Ti ha detto che nel suo alibi c'è un buco di venti minuti? Abbiamo controllato i tempi e potrebbe essere andata dal medico, tornata e uscita di nuovo dopo aver ucciso Dalmasso, per rientrare quando sei arrivata tu e crearsi un alibi.»

Emma non si lasciò smontare.

«Invece si è fermata su una panchina per riflettere dopo le notizie che aveva avuto dal medico sulla salute di Dalmasso» replicò.

«E immagino che nessuno l'abbia vista» commentò Andrea.

Emma ignorò la punta di sarcasmo che trapelava dalle sue parole.

«Questo non significa che menta. Dovresti sapere che il suo ex, Pietro Sacchi, ha minacciato di uccidere Dalmasso se non fosse tornata a casa da lui» rilanciò.

«Davvero?» Ovviamente non le credeva. «È quello che dice *lei*» il tono del vicequestore non dava adito a dubbi, aveva ragione Chiara, per lui era colpevole.

«E come mai allora la Pozzi non ha detto niente su di lei?» chiese Emma.

«È evidente che le è molto affezionata e anche al bambino, cerca di proteggerla.»

Emma alzò gli occhi al cielo.

«Ti rendi conto che stai procedendo con i paraocchi? Lucia Pozzi non è in grado di proteggere nessuno, neanche se stessa!»

Ma lui la incalzò, determinato.

«Non ti è passato per la mente che Dalmasso ti avesse chiamato per indagare proprio sulla Colombo, per scoprire se era davvero chi diceva di essere? E che lei sia venuta a saperlo e per questo lo abbia ucciso, prima che la verità venisse a galla e lui rifacesse il testamento?»

Per un attimo l'investigatrice fu presa in contropiede, poi reagì.

«Ma che stai dicendo Del Greco? Se lui le aveva addirittura chiesto di sposarlo!»

Andrea le lanciò un'occhiata ironica.

«Anche questo lo dice la Colombo. E magari lei avrebbe pure rifiutato, vero? Fa parte della favoletta che ci vuole propinare. Ma dai!»

«Perché avrebbe dovuto ucciderlo, visto che a tuo avviso sapeva del testamento? È illogico. Il medico aveva confermato che la malattia stava progredendo velocemente.»

Andrea scrollò le spalle.

«Forse dopo un anno la signorina non ne poteva più di vivere con un malato di SLA e una donna con un disturbo cognitivo. Io non fatico a capirla. Un colpo in testa e in un attimo diventi milionaria. Apri gli occhi Emma, la realtà è molto più banale di quello che si può immaginare.»

Emma rimase male. Andrea non si era mai comportato così nei suoi confronti, come mai aveva reagito in quel modo?

«Mi spieghi perché te la prendi tanto?»

«Perché ti stai facendo manipolare e non è da te» fu la secca risposta. «Del resto non mi stupisce, la Colombo è riuscita a raggirare anche uno come Dalmasso, deve saperci fare.»

«Quello che stupisce me è che uno come te creda ancora nel cliché della bella donna che intorta il vecchio, senza prendere in considerazione il carattere delle persone» contrattaccò lei. «Se solo avessi parlato con qualcuno, la sua segretaria, i dipendenti, gli stessi domestici, avresti scoperto che Giulio Dalmasso era tutto fuorché uno che si lasciava manipolare. Tutt'al più era lui il manipolatore. Era risaputo. Controllava tutto e tutti.» Era evidente che basava le sue affermazioni sulle testimonianze di quelli che conoscevano l'imprenditore e che era ben convinta delle sue asserzioni.

Andrea aspettò un attimo prima di ribattere.

«Avrà perso la testa. Succede. Era anziano e malato e lei si prendeva cura di lui, era giovane, carina e apparentemente bisognosa di protezione. Un cocktail micidiale. E infatti le ha lasciato tutto.»

«E se, invece, lo avesse fatto perché non si fidava dei suoi parenti?» Come sempre Emma aveva la capacità di rigirare le situazioni e mostrare l'altra faccia della medaglia. «Se leggi il testamento con attenzione, scoprirai che le ha lasciato vari legati per permettere alle persone che gli erano care di vivere senza problemi economici. Ha inserito i domestici, la sorella, ha pensato a mettere in buone mani l'azienda per salvaguardare i suoi operai. Questo non mi pare un uomo fuori di testa. Forse si fidava di più della sua fisioterapista che di sua sorella.»

«E secondo la tua teoria chi lo avrebbe ucciso?»

«Non lo so» ammise Emma, ma poi aggiunse: «Però questo Sacchi potrebbe davvero essere un indiziato. È un violento, è anche stato allontanato improvvisamente dall'ufficio di Milano, mi hanno detto per evitare una denuncia da parte di una collega.»

A quelle parole Andrea si fece attento.

«Hai le prove?»

«No, ma le sto cercando. Magari però la polizia può convincere chi lavorava con lui a parlare.»

«Verificherò, e ti assicuro che se c'è qualcosa salterà fuori.»

Si salutarono con una certa freddezza e Emma si accorse che, per la prima volta, lo sentiva distaccato, addirittura sulla difensiva. Le dispiaceva molto ma cominciava a essere evidente che si trovavano sui lati opposti della barricata.

CAPITOLO VENTISEI

La discussione con Andrea l'aveva amareggiata, non si era aspettata una simile chiusura. Era stata dura convincerlo a fare ulteriori accertamenti su Sacchi, ma Emma sperava che dopo le dovute verifiche questo spostasse l'attenzione della polizia sul broker.

Una volta uscita dalla questura sentì il desiderio di tornare a Lenno e di parlare con Kate. Forse era poco professionale, ma in quel momento aveva bisogno di uno scambio con qualcuno che stesse dalla sua parte e remasse nella sua stessa direzione. Imboccò via Innocenzo XI dirigendosi verso il lago, poi lo costeggiò fino a prendere la statale 340. Percorse la strada alla massima velocità consentita e quando, dopo l'ultima curva, vide comparire Villa Mimosa sorrise. Era bello tornare a casa.

Trovò Kate che stava ammirando il tramonto sul lago nel giardino d'inverno e la raggiunse con tutto l'occorrente per preparare un aperitivo.

«Ti aspettavo, ho rintracciato Bocchio.»

«Questa sì che è una buona notizia! Ne avevo proprio bisogno» rispose Emma, e raccontò all'amica dell'atteggiamento quasi ostile del vicequestore.

«Capisco quanto tu sia dispiaciuta» fu il commento della scrittrice. «Ma non puoi non considerare quanto purtroppo le frizioni tra polizia e investigatori privati siano direi fisiologiche. Soprattutto in casi come questo. Mettiti nei suoi panni. Immagino che la PM e la stampa gli stiano con il fiato sul collo.»

Emma annuì con un sospiro.

«Me ne rendo conto, ma forse irrazionalmente pensavo che tra noi questo non sarebbe successo visto quello che abbiamo condiviso, e invece...» la frase rimase in sospeso ma Kate tacque, lasciandole il tempo di elaborare quel pensiero. Non era tipo da inutili frasi consolatorie, Emma lo sapeva e gliene fu grata. Cercò di allontanare dalla mente tutte le sensazioni sgradevoli e di concentrarsi sullo splendido panorama di fronte a lei. Guardò il sole che scendeva fra i monti, conferendo al lago un'atmosfera magica.

«Certe volte mi dimentico quanto è bello stare qui.»

Kate si volse verso di lei.

«Se non fosse così forse non sarei in grado di sopportare la mia reclusione.»

C'era un velo di amarezza nelle sue parole ed Emma si affrettò a replicare:

«Non sarà per sempre e tu lo sai. Pensa a quante cose sono cambiate da quando siamo piombati nella tua vita» aggiunse versando in un bicchiere del succo di ananas.

«Voglio crederci, solo un anno fa mi sarebbe

sembrato impossibile vivere con qualcuno e oggi sarebbe molto difficile per me stare senza di voi. Piuttosto, dove è Tommy?»

Emma si portò un dito alle labbra.

«Sshh! È in cucina e sta vedendo un programma di giardinaggio.»

«È incredibile con quanta velocità si riprendano i bambini, una sfebbrata e passa tutto.»

«Il problema adesso è tenerlo dentro casa» rispose Emma, poi aggiunse: «Godiamoci in pace il tramonto mentre ci gustiamo l'aperitivo e mi aggiorni sulle tue scoperte» e le porse un bicchiere contenente del liquido rossastro.

Kate lo guardò sospettosa avvicinandolo al naso per captarne il profumo.

«*Red Sunset*, rigorosamente analcolico. Succo di ananas, arancia e pesca, con qualche fogliolina di menta e ghiaccio» la prevenne Emma. «Forza, racconta» la spronò mentre per sé versava il solito bicchiere di rosso.

«Per fortuna ho pensato di chiedere informazioni a Michela Russo» disse Kate sorseggiando il drink, «la mia fiscalista, un autentico caterpillar. È stata lei a dirmi che la Silk Fashion, dove era stato assunto Bocchio, ha chiuso dopo nemmeno sei mesi perché è stata acquistata e inglobata nella Seteria Dalmasso. Quindi ne ho dedotto che il signor Bocchio si fosse di nuovo ritrovato senza lavoro.»

«E che fine ha fatto?»

«Sparito nel nulla. Allora mi sono permessa di telefonare a Adelina per chiederle se negli archivi avessero ancora l'indirizzo e il telefono di casa.»

«Ottima idea. Te li ha dati?»

Kate annuì.

«Ho parlato con la moglie di Bocchio e mi ha detto che si è separata da più di sei mesi perché il marito, da quando aveva perso il posto, aveva cominciato a bere ed era diventato aggressivo con i bambini e con lei.»

«Quindi Bocchio in meno di due anni ha perso tutto, prima il lavoro poi la famiglia. Direi che sono due ottimi motivi per odiare Dalmasso» rifletté Emma.

«È quello che penso anch'io.»

«La moglie sa dove si è trasferito?»

«No, ma ci sto lavorando. Sai che ho mille risorse» rispose Kate facendole l'occhiolino e sollevando il bicchiere in un brindisi scherzoso.

Emma le riferì della sua giornata, anticipandole che il giorno seguente sarebbe andata con Basile al funerale di Dalmasso per fotografare i partecipanti.

«Se siamo fortunate ci sarà anche l'assassino, è un classico» affermò Kate. «Guarda sul profilo Linkedin le immagini di Angelo Bocchio. Se fosse presente potrebbe essere un indizio molto concreto della sua colpevolezza.»

CAPITOLO VENTISETTE

«LA MORTE DI QUALCUNO FA SOFFRIRE MOLTI. Soprattutto quando è una morte assurda, causata dalla cattiveria degli uomini. Giulio Dalmasso era una grande persona, lascia un vuoto immenso e io confido che venga fatta giustizia. Non ci sono parole per colmare questo vuoto, solo il silenzio. Familiari e amici di Giulio, non vergognatevi di piangere, perché le lacrime che vengono dal cuore dimostrano i nostri sentimenti.»

La voce del sacerdote risuonava sotto le arcate della splendida cattedrale gotica di Santa Maria Assunta, gremita di fedeli e di curiosi. Giulio Dalmasso era un personaggio molto noto e la sua morte violenta, e il fatto che avesse lasciato l'intero patrimonio alla fisioterapista, aveva attirato al funerale anche gli amanti del gossip e numerosi rappresentanti dei media locali.

Seminascosto dietro una delle colonne che delimitavano l'imponente navata centrale, Bruno Basile riprendeva tutto con una microcamera, allargando fino a ottenere una panoramica dell'intero duomo. Emma lo osservava a una certa distanza, pensando che aveva fatto bene a chiedere l'aiuto del suo mentore ed ex datore di lavoro all'agenzia investigativa, che poi aveva ereditato da lui. In questo modo era più libera di muoversi senza dare nell'occhio.

Con cautela si avvicinò alle prime file di sedie disposte ai lati della navata. Riconobbe subito Liliana Dalmasso. Alta, snella ed elegante, con un cappello a falde larghe e occhiali scuri da diva Anni Cinquanta, ostentava un atteggiamento da primadonna affranta e si appoggiava volutamente al braccio del figlio Massimo, piuttosto anonimo in un completo scuro con camicia bianca, che non sembrava aver ereditato nulla né della teatralità né dell'avvenenza della madre. Massimo ogni tanto si chinava su di lei e le sussurrava qualcosa all'orecchio, la perfetta incarnazione del figlio e del nipote premuroso, attento e addolorato, pensò Emma.

All'estremità opposta, Adelina Gualtieri faticava a nascondere la sua commozione e tormentava un fazzoletto passandolo da una mano all'altra. Gli occhi rossi e l'atteggiamento composto, quasi rigido, raccontavano di un dolore silenzioso, tenace e profondo.

Accanto a lei c'era Chiara, che aveva con sé Sergio nel passeggino e stringeva la mano di Lucia, seduta al suo fianco con lo sguardo perso nel vuoto, apparentemente inconsapevole del significato di quella cerimonia. Emma immaginò che fosse sotto l'effetto di qualche tranquillante. Solo quando il sacerdote aveva pronunciato il nome di Giulio, aveva sobbalzato e si era guardata intorno smarrita, come se aspettasse di vederlo comparire da un momento all'altro. Chiara le aveva stretto con maggior forza la mano e le aveva mormorato qualcosa che sembrava aver tranquillizzato la donna. Alle spalle di Lucia, i volti impassibili, sedevano impettiti un uomo e una donna filippini, probabilmente i domestici di casa Dalmasso, ipotizzò Emma. Tra di loro, su una sedia a rotelle, c'era un uomo molto anziano, la schiena curva, i radi capelli bianchi pettinati all'indietro e lo sguardo che non si staccava dalla bara di legno scuro coperta di mazzi e corone di fiori collocata davanti all'altare. L'investigatrice notò che era molto provato e si chiese chi potesse essere.

Si guardò intorno alla ricerca di Angelo Bocchio, ma di lui sembrava non esserci traccia. Invece, accanto a una delle cappelle della navata laterale opposta, vide Andrea con l'agente Marra. Erano tutti e due in borghese e anche loro riprendevano il funerale con una telecamera, soffermandosi sui volti dei presenti. Quando i loro sguardi si incrociarono, Andrea le rivolse un breve cenno di saluto a cui Emma rispose nello stesso modo. La freddezza che percepiva tra loro le faceva male, ma date le circostanze non sapeva come rimediare. Stava pensando di seguire l'impulso e affrontarlo ma venne distratta da due avvenimenti che si verificarono quasi contemporaneamente.

Il sacerdote stava procedendo alla benedizione della bara, agitando il turibolo da cui si sprigionava il fumo dell'incenso e recitando le litanie dei defunti, quando l'anziano in carrozzella si accasciò su se stesso, evidentemente preda di un malore, e i due filippini si affrettarono a portarlo fuori dalla chiesa, nello stesso momento in cui un uomo alto, stempiato e con gli occhiali entrava e, percorrendo deciso la navata, si dirigeva verso Chiara.

I sensi di Emma scattarono in allerta e lei si mosse in direzione della giovane cercando di non farsi notare. Con la coda dell'occhio vide che anche Andrea stava seguendo la scena con attenzione.

In quell'istante Chiara girò lo sguardo e si accorse della presenza dell'uomo a pochi passi da lei. Sul volto le comparve un'espressione di terrore, mentre d'istinto la ragazza prendeva il piccolo dal passeggino e lo stringeva a sé. I sospetti dell'investigatrice trovarono conferma e cercò di raggiungerla ma fu bloccata dalle numerose persone che si erano messe in fila per fare le condoglianze alla famiglia. Per alcuni istanti perse di vista Chiara e l'uomo che, Emma non aveva più dubbi, doveva essere Pietro Sacchi. Quando riuscì a superare la folla vide che lui le aveva poggiato una mano sul braccio e Chiara si era ritratta come se l'avesse sfiorata con un ferro bollente.

«Non mi toccare, va' via!» la sentì sussurrare mentre li raggiungeva.

«Le consiglio vivamente di darle retta.»

Pietro Sacchi si girò di scatto, mentre Chiara le lanciava un'occhiata piena di gratitudine.

«Lei chi è? Perché si immischia?» chiese l'uomo con arroganza.

«Sono della polizia e se continua a importunare la signora dovrà seguirmi in questura» la frase le era venuta d'istinto e non si soffermò a pensare che cosa sarebbe successo se avesse dovuto mettere in atto la minaccia.

Lui cambiò di colpo atteggiamento.

«Mi scusi, non era mia intenzione importunare nessuno, le stavo solo porgendo le mie condoglianze» rispose mellifluo. «Ciao Chiara, ci vediamo presto» aggiunse con un sorriso carico di sottintesi, poi girò le spalle e tornò sui suoi passi.

Chiara si lasciò andare sulla sedia, stringendo a sé il bambino.

«Grazie» mormorò.

Emma la guardò preoccupata. L'istinto e l'esperienza le dicevano che quell'uomo era pericoloso. Si augurò che Bruno avesse ripreso l'intera scena.

CAPITOLO VENTOTTO

Non avrei mai voluto saperlo.

No, non avrei mai voluto che accadesse.

Avrei dovuto fare più attenzione, essere più vigile.

È mia la responsabilità, non sua.

Avrei dovuto intervenire prima. Ma non ho potuto farlo.

E adesso siamo arrivati a questo punto.

Ho cercato di non pensare alla sua sofferenza, al sangue denso e viscido che la imbrattava, la sporcava.

La nausea mi attanagliava lo stomaco.

Lei non mi ha voluto accanto a sé in quel momento, e io invece desideravo starle vicino.

Sapevo che aveva bisogno di me.

Come so con assoluta certezza che quel bambino sarà un ostacolo tra noi.

La distruggerà, l'allontanerà da me.

Lo odio.

Non è giusto, non sarebbe dovuto succedere. Non a lei. Non a noi.

Non posso permetterlo.

Devo fare qualcosa. Tocca a me rimediare, trovare una via d'uscita.

CAPITOLO VENTINOVE

Quella mattina Kate si era messa subito al computer. L'idea le era venuta ripensando a un personaggio che voleva utilizzare in un romanzo di Celia. Aveva letto molto sul fenomeno dei padri separati e sui gravi problemi economici in cui versavano nel momento in cui erano costretti a lasciare casa. Così aveva iniziato a cercare sui social gruppi che rispondessero a questa tipologia. Le si era aperto un mondo, erano tanti, a Roma, Milano e altre città. Le informazioni erano sempre le stesse, si battevano per avere pari dignità, pari diritti e pari doveri.

Kate si creò un'identità fake ed entrò in un gruppo che aveva attirato la sua attenzione *Papà di Como e dintorni*. Non appena venne accettata la sua iscrizione, cominciò a scorrere la pagina dove erano riportati i nomi delle persone che ne facevano parte.

«Yeah!» esclamò sollevando il pugno in segno di vittoria quando vide quello di Angelo Bocchio.

Fece subito una ricerca per trovare i post dell'ex

dipendente di Giulio Dalmasso. Ce n'erano diversi in cui l'uomo descriveva la sua situazione. Da quando la moglie lo aveva cacciato di casa viveva in macchina, arrangiandosi come poteva e cercando un pasto caldo alle mense per i poveri e per i barboni. Dalle sue parole trapelava una rabbia potente, lucida, ammetteva anche di aver cercato sollievo nell'alcol per un certo periodo e di esserne uscito.

"Dicono tutti così," pensò Kate, "ma non è vero." Lei lo sapeva bene perché troppe volte aveva creduto alle parole di sua madre.

"Non toccherò più un goccio tesoro mio, devi aver fiducia in me."

Ma poi le rubava i soldi dal borsellino e scappava allo spaccio sotto casa per acquistare liquore scadente che nascondeva in giro per l'appartamento.

Sentì qualcuno armeggiare con la porta blindata e, per un attimo, il cuore accelerò i battiti. Era qualcosa di istintivo, che non riusciva a controllare. Guardò l'orologio e fece un lungo respiro. Emma. Il funerale doveva essere finito.

«Maria è andata a prendere Tommy a scuola» disse, sperando che l'amica avesse ragione e che, prima o poi, quella paura irrazionale sarebbe scomparsa. Comunque era bello poterci credere.

Emma si affacciò nella stanza mentre, come sempre, si toglieva le scarpe.

«Bocchio si è fatto vedere?» le chiese Kate.

«No. Ho controllato bene, non c'era nessuno che gli assomigliasse.»

«Io sono stata più fortunata. Guarda qui» Kate girò lo schermo del computer verso Emma, che si avvicinò alla scrivania.

«Accidenti, te l'ho mai detto che sei un genio?» esclamò l'investigatrice dopo aver visto quello che aveva scoperto.

Kate rise.

«Mi pare di sì, ma non guasta sentirselo ripetere.» Poi tornando seria aggiunse:«I commenti li ha postati con il telefono e non dice dov'è la macchina.»

Emma scorse rapida i messaggi.

«Però ci dà un altro indizio. Penso di sapere come trovarlo.»

CAPITOLO TRENTA

LA PRIMA DESTINAZIONE DI EMMA ERA STATA LA MENSA della Caritas di via Lamberteghi dove, nei locali dei Padri della Missione, era allestito un refettorio che accoglieva i senza fissa dimora e le persone in temporaneo stato di indigenza.

Aveva mostrato la foto di Angelo Bocchio presa dal profilo su Linkedin ma aveva avuto risposte piuttosto vaghe e niente che potesse aiutarla a rintracciarlo.

A pochi passi da lì, in via Tatti, si trovava la mensa dei poveri della Casa Vincenziana di Como, altro importante punto di riferimento per i senzatetto della città.

La giovane volontaria che accolse Emma guardò la foto che le mostrava e sorrise:

«Ma certo, è Angelo» la anticipò «È uno di noi volontari, oggi è di turno, dovrebbe arrivare tra poco.»

Emma nascose il suo stupore e la ringraziò, dicendole che lo avrebbe aspettato.

Si guardò intorno e apprezzò l'ordine e la pulizia che regnavano nella vasta sala, attrezzata con tavoli di legno disposti in file regolari coperti da allegre tovaglie di plastica colorata. Anche la grande cucina in acciaio, dove varie persone si affaccendavano nella preparazione del pranzo, trasmetteva la stessa sensazione di decoro e di calore.

A poco a poco gli ospiti cominciarono ad arrivare e a prendere posto, alcuni in gruppo, altri da soli. C'erano quelli che si muovevano con la disinvoltura di chi è di casa, salutavano gli altri e scherzavano tra di loro; e quelli che invece tenevano gli occhi bassi e avevano l'aria di vergognarsi di essere lì. Emma pensò che a volte bastava poco, come nel caso di Angelo Bocchio, perché la tua vita precipitasse in una spirale inarrestabile che ti privava del lavoro, degli affetti, della casa e, a volte, anche della dignità.

«Mi hanno detto che mi stava cercando» la voce alle sue spalle interruppe le riflessioni di Emma.

Si voltò e si trovò di fronte l'uomo della foto, molto più magro e scavato, con i capelli prematuramente imbiancati, ma senza dubbio lui.

«Buongiorno signor Bocchio, mi chiamo Emma Castelli, sono un'investigatrice privata e sto indagando sulla morte di Giulio Dalmasso» gli disse a bruciapelo per studiare la sua reazione.

Sul volto di Bocchio si alternarono amarezza e rassegnazione.

«Non riuscirò mai a liberarmi di quella storia» mormorò. «Cosa le hanno detto per farmi candidare al ruolo di possibile omicida?»

«Che lei è stato mandato via dall'azienda di

Dalmasso ma che non è stato fatto risultare perché altrimenti non avrebbe trovato un altro lavoro, che si è separato e oggi vive come un senza fissa dimora.»

L'uomo annuì.

«È la verità. Ho provato a vendere alcune formule alla concorrenza e Dalmasso mi ha scoperto. Mi ha cacciato e ne aveva tutte le ragioni. Devo riconoscere che da parte sua è stato molto generoso far figurare che fossi io a dare le dimissioni. Quello che è successo dopo, l'alcol, le cose che ho fatto a mia moglie e ai miei figli, come mi sono ridotto è tutta una conseguenza delle mie azioni, non posso incolpare nessuno, la responsabilità è soltanto mia.»

Emma ebbe l'impressione di avere di fronte una persona che aveva attraversato l'inferno ma ne era uscita. Sentiva che quell'uomo era sincero, ma aveva bisogno di un riscontro.

«Può dirmi dov'era quando il dottor Dalmasso è stato ucciso?» gli chiese.

«Certo, ero qui» rispose Bocchio senza esitazioni. «Vengo a dare una mano due volte alla settimana, è il minimo che posso fare per loro, per come mi hanno accolto e sostenuto. Li aiuto a servire i pasti e poi a rassettare la cucina, e anche quel giorno sono rimasto fino alle sedici e trenta, ci sono parecchie persone che possono testimoniarlo.»

«D'accordo, la ringrazio per la sua disponibilità e... le faccio tanti auguri» disse Emma e fece per andar via, ma lui la fermò.

«Signora Castelli, io ho buttato via la mia vita, tutto quello che avevo e che ho capito quanto valeva solo nel momento in cui l'ho perso, ma sono riuscito a risalire la china, ce la sto mettendo tutta per riscattarmi e per riprendermi la mia famiglia. Questo per dirle che mi dispiace che Dalmasso abbia fatto quella fine, non lo meritava, malgrado quello che è successo io lo stimavo e gli sono grato perché avrebbe potuto denunciarmi e non lo ha fatto.»

Emma uscì portandosi addosso una sensazione positiva che non l'abbandonò neppure mentre chiamava Kate per aggiornarla e dirle che potevano cancellare Angelo Bocchio dalla lista dei sospetti.

CAPITOLO TRENTUNO

KATE SCOSTÒ LA TENDA E GUARDÒ FUORI DELLA finestra. Improvvisamente il vento aveva girato, come spesso succedeva in quel periodo dell'anno. L'aria, ancora impregnata dell'umidità notturna, faceva sì che dalle acque plumbee del lago si alzasse una leggera foschia che rendeva l'atmosfera lattiginosa.

Un brivido le corse lungo la schiena. Forse Emma avrebbe dovuto aspettare ancora qualche giorno prima di riportare Tommy a scuola. La febbre era passata, ma improvvisamente sembrava arrivato l'inverno.

Kate si scaldò le mani sulla tazza di caffè che le aveva portato Maria. Aveva fatto bene a mettere il golfino nero di cachemire a collo alto. Detestava il cambio di stagione e faticava ad abituarsi a quei mutamenti repentini di temperatura.

Tornò a sedersi alla scrivania, posò la tazza, acca-rezzò Cagliostro che dormicchiava sul pouf vicino alla scrivania e accese il computer. Non aveva molta voglia di mettersi in cerca di un'idea per il nuovo romanzo, si rendeva conto che il caso Dalmasso la stava coinvolgendo e desiderava aiutare Emma a scoprire la verità e a scagionare Chiara. A maggior ragione adesso che Bocchio non era più un possibile sospettato. Decise che Celia poteva aspettare.

Scaricò dalla mail la cartella con le foto che Emma aveva scattato nella villa dell'imprenditore assassinato e il filmato che Bruno Basile aveva girato al funerale.

Decise di cominciare dal video delle esequie di Dalmasso.

I volti delle persone presenti al funerale cominciarono a scorrerle davanti. Kate si soffermò su Liliana e suo figlio. In passato aveva seguito dei corsi per approfondire la conoscenza della comunicazione non verbale e del linguaggio del corpo e pensò che adesso potevano tornarle utili non soltanto per le indagini di Celia.

Osservò la donna con attenzione. Le spalle contratte, il piede che batteva ritmicamente a terra, le mani che si sfioravano una con l'altra erano segnali che tradivano il nervosismo e gesti manipolatori di auto consolazione. Dicevano tutta la sua insofferenza e contrastavano con l'immagine della sorella afflitta che voleva dare agli occhi del mondo.

Ma non bastava certo questo a indicare che fosse colpevole, pensò Kate, passando a studiare Massimo Fontana. Cosa le comunicavano i suoi gesti, soprattutto quelli involontari? Ricordò la frase di uno dei saggi che aveva letto: "L'uomo cartografa i suoi pensieri sul proprio corpo con gesti inconsci estremamente precisi; estremamente precisi proprio perché inconsci." Tra questi, rammentò di essere stata colpita dalle microespressioni: la durata di un istante per esternare qualcosa che invece stiamo cercando di nascondere. Con un video, che metteva in pausa l'immagine, e una buona capacità di osservazione si poteva riuscire a scoprirle. Mandò avanti e indietro le inquadrature che riprendevano il figlio di Liliana Dalmasso. Se era impegnato a manifestare empatia e comprensione nei confronti della madre, dei passaggi impercettibili mostravano un'espressione di rabbia repressa che era tradita anche da un repentino stringere i pugni per una frazione di secondo.

Molto interessante per le relazioni emotive tra madre e figlio, rifletté la scrittrice, ma senza dubbio nulla che potesse essere utilizzato per provare una qualche responsabilità di Massimo nella morte dello zio.

La postura e i gesti della segretaria di Dalmasso, Adelina Gualtieri, e di Chiara Colombo le sembravano i più trasparenti e tradivano tensione, ansia e sofferenza. Lucia Pozzi sembrava catatonica, probabilmente imbottita di sonniferi si disse Kate. I suoi pochi gesti erano meccanici, lo sguardo quasi vitreo. Difficile trarre qualche conclusione. Solo a un certo punto, quando il sacerdote aveva ricordato che lo spirito di Giulio Dalmasso era lì con loro, il suo sguardo aveva preso vita e la donna si era guardata intorno come se cercasse qualcuno. Poi, a poco a poco, Lucia si era spenta come una candela, fissando di nuovo il vuoto.

Kate mandò avanti il filmato fino a quando in primo piano non comparve Pietro Sacchi. Lo studiò con attenzione. Senza dubbio, dal punto di vista del suo esame, era il soggetto più interessante. Se l'abbigliamento, gli occhialetti tondi e anche un certo modo di incurvare le spalle sembravano denotare mitezza e disponibilità, le sue microespressioni, la gestualità di alcuni istanti che non era riuscito a controllare, tradivano una aggressività tanto più repressa quanto più esplosiva.

Per quanto di fronte a Chiara si sforzasse di mettere in atto l'*effetto camaleonte* (Kate lo aveva usato più di una volta nei romanzi di Celia, consisteva nell'imitare pose e posture dell'interlocutore per accordarsi alle sue e farlo sentire a proprio agio e al sicuro), Pietro Sacchi non era riuscito a dominare lo scatto di aggressività quando Emma gli aveva detto di lasciare in pace Chiara. Subito dopo era tornato nei panni dell'uomo mite e sottomesso all'autorità, ma - almeno per Kate - era troppo tardi. Questo poteva essere una conferma dei suoi modi violenti, ma non ne faceva necessariamente un assassino.

Tornò indietro per concentrarsi sul labiale dell'uomo. Ingrandì l'immagine e la esaminò fotogramma per fotogramma. La lettura delle labbra era stato un altro degli esercizi a cui si era dedicata dopo la sua autoreclusione. Aveva l'impressione che affinare certe capacità compensasse, almeno in parte, l'handicap di quello che aveva definito, con una buona dose di ironia, 'il suo splendido isolamento'.

«Questo - è - l'ultimo - avvertimento» scandì Kate. Purtroppo Sacchi poi si girava di profilo e non riusciva più a vedergli le labbra. Quello lasciava pensare che fosse lui l'autore delle telefonate minatorie ricevute da Chiara. Ma non era sufficiente.

"Prove, abbiamo bisogno di prove", si disse Kate passando a esaminare le foto.

Le sistemò una vicina all'altra per osservarle meglio. Non l'aveva mai fatto nei giorni precedenti, si era affidata ai racconti di Emma, che fin dalle prime immagini le sembrarono molto fedeli a quello che aveva inquadrato.

C'erano alcune foto esterne dell'edificio, tra cui una vicino a una vetrata con un'aiuola dove era impressa in modo evidente la forma del carrarmato di una scarpa, e poi quelle della scena del crimine.

L'attenzione della scrittrice si focalizzò su queste ultime.

La lampada rotta, il vaso e le sedie rovesciati, i cassetti divelti, il posacenere gettato distante dal cadavere facevano pensare a una lite, o a uno sfogo di rabbia. Violento.

Chi aveva ucciso Giulio Dalmasso non lo aveva premeditato. Era d'accordo con Emma: la scena del delitto rivelava la natura passionale di quell'omicidio.

Kate riprese la tazza e bevve un sorso di caffè continuando a esaminare le foto.

Gelosia. Rabbia. Odio.

Queste potevano essere le cause che spingevano una persona a uccidere d'istinto.

Prese una penna e sul blocco che teneva sempre vicino al computer scrisse:

Chi risponde a questi tre requisiti?

Ripensò alle immagini del funerale e a quello che le avevano trasmesso la postura e la gestualità delle persone che avrebbero potuto essere responsabili del delitto.

Cerchiò la domanda con una penna rossa, poi fece una prima freccia e appuntò un nome: Pietro Sacchi.

Come faceva quando creava una trama per le avventure di Clelia, proseguì con le domande.

Movente?

La risposta arrivò immediata: gelosia. Dalmasso aveva offerto protezione a Chiara e lui non poteva accettarlo.

"Hanno avuto un diverbio e quando Dalmasso gli ha dato le spalle lo ha colpito con la prima cosa che gli è capitata a tiro, il posacenere."

Chi altro poteva avere interesse a ucciderlo? fu la domanda successiva. Come in un romanzo, si avvicinava per approssimazione.

Con la penna disegnò un'altra freccia e sopra scrisse in stampatello: Massimo Fontana.

Movente?

Rabbia, frustrazione.

"Massimo non sopporta più le umiliazioni che gli infligge lo zio e non tollera come lui tratta sua madre. La rabbia repressa per anni esplode in un gesto estremo di violenza."

Ma c'era ancora qualcun altro.

Un'altra freccia e un nuovo nome: Liliana Dalmasso.

Movente: soldi.

"Dalmasso si rifiuta di farle la fideiussione e le dice che l'ha diseredata. Lei perde la testa e lo uccide a tradimento, quando lui si volta."

Kate si fermò a riflettere. Cosa sapevano di lei? Molto poco. Per il momento.

Digitò sulla tastiera 'Liliana Dalmasso' e avviò la ricerca.

CAPITOLO TRENTADUE

«Signor Sacchi, si definirebbe una persona violenta?»

Andrea Del Greco studiò la reazione dell'uomo che aveva di fronte, leggermente stempiato, ben vestito, mani curate e occhialetti tondi. Il suo stupore sembrava sincero.

«Perché me lo chiede dottore?» la voce era bassa e ben modulata.

Andrea attese qualche istante prima di rispondere, una vecchia tecnica degli interrogatori per innervosire gli eventuali colpevoli. Peccato, pensò il vicequestore, che spesso facesse lo stesso effetto anche sugli innocenti.

«Perché la signora Colombo ha dichiarato che ha minacciato di fare del male al dottor Dalmasso se non fosse tornata a vivere con lei.»

Pietro Sacchi scosse vigorosamente il capo.

«Non le ho mai detto una cosa simile! Io rivolevo

solo lei e mio figlio. Forse sono stato troppo impulsivo, magari ho detto qualche parola di troppo sul vecchio, lo ammetto» aggiunse contrito. «Ma lei che avrebbe fatto nella mia situazione?»

«Non stiamo parlando di me» replicò Andrea secco. «Una persona è stata uccisa e lei poteva avere un buon movente per farlo.»

L'uomo tacque per alcuni istanti.

«Capisco» disse alla fine. «Ma non sono stato io.»

«Ammette di essersi presentato a Villa Dalmasso per minacciare la sua ex?»

«Ammetto di esserci andato, ma non l'ho minacciata. L'ho scongiurata di tornare con me. E Chiara ha detto che non ci pensava neanche lontanamente.» Sollevò su Andrea uno sguardo amareggiato: «D'altra parte mi ha lasciato per mettersi con Dalmasso perché era ricco, quello che le davo io non le bastava.»

«È stata la Colombo a dirle che avevano una relazione?»

Sacchi lo fissò ironico:

«Secondo lei un vecchio si prende in casa una giovane donna con un figlio per fare beneficienza?»

Era la risposta indiretta ma inequivocabile alla domanda di Andrea.

«Torniamo a noi. Nega di averla aggredita verbalmente?»

«Dottore, no, non lo nego. È volata qualche parola grossa, è vero. Ero in uno stato alterato, volevo vedere mio figlio ma lei me lo ha impedito.»

Andrea aprì il cassetto della scrivania e gli mise davanti alcuni fogli.

«E perché ha continuato a telefonarle? Questi sono

i tabulati telefonici di Villa Dalmasso. Ci sono delle chiamate dal suo numero di cellulare, alcune anche di notte.»

Pietro Sacchi sospirò.

«Lei ha figli dottore?»

Andrea si irrigidì.

«Le ho già detto che non stiamo parlando di me. Risponda alla domanda.»

Sacchi contrasse la mascella e sul suo volto si dipinse un'espressione decisa.

«Io non rinuncio a mio figlio. Se Chiara non vuole tornare con me non posso costringerla, ma combatterò per ottenere almeno un affido condiviso.» Cercò lo sguardo di Andrea come a voler ottenere la sua solidarietà. «Lo so che lei è la madre e che adesso ha ereditato un patrimonio, ma non sarà questo a scoraggiarmi, perché la mia è una giusta causa.»

Andrea non reagì a quella implicita richiesta di condivisione. Anche se per un attimo pensò alla madre di Maya, sua figlia, che se n'era andata in cerca della libertà lasciando a lui la responsabilità di crescere la loro bambina. Allontanò subito il pensiero. Niente di peggio dell'empatia nei confronti di un potenziale sospettato. Fissò Pietro Sacchi negli occhi.

«Perché ha lasciato il suo ufficio di Milano?» chiese a bruciapelo.

L'uomo parve a disagio. Abbassò lo sguardo e non rispose.

«Allora, signor Sacchi? È una domanda facile» lo incalzò il vicequestore.

«Non è qualcosa di cui essere fieri» fu la risposta quasi sussurrata.

«Si spieghi per favore.»

«È stato per una donna. Una storia finita male, mi ero abbrutito, non riuscivo più a lavorare, non rispondevo ai clienti, mi ero lasciato completamente andare. Perciò» continuò Sacchi «ho chiesto di essere trasferito. Volevo tagliare i ponti e ricominciare. Se solo avessi saputo che avrei incontrato Chiara e che ora mi sarei ritrovato in questa situazione...»

«E perché ieri era al funerale di Giulio Dalmasso?» lo interruppe Andrea, provando a spiazzarlo.

L'uomo abbassò di nuovo lo sguardo.

«Perché non riesco a rinunciare a lei» mormorò. «Se questa è una colpa, allora sono colpevole dottor Del Greco.»

Andrea decise che per il momento poteva bastare. O quell'uomo era un attore nato oppure era sinceramente affranto. In entrambi i casi da lui per ora non avrebbe ottenuto altro.

Congedò Sacchi dicendogli di restare a disposizione e, una volta che fu uscito, cercò di riflettere sgombrando la mente dai pregiudizi. L'accusa di Emma di essere prigioniero dello stereotipo della ragazza giovane e bella che circuisce il vecchio ricco ancora bruciava ma, come le aveva detto e come entrambi sapevano, a volte la soluzione più banale e più scontata è proprio quella giusta. L'intuito di Emma raramente sbagliava, ma Andrea riteneva che questa volta lei l'avesse presa troppo sul personale, che si fosse in qualche modo immedesimata nella Colombo, che non fosse del tutto lucida.

Pietro Sacchi sembrava un padre affranto, non aveva mostrato segni di aggressività, non aveva accu-

147

sato Chiara, non aveva il physique du rôle dello stal-ker. Certo, questo non significava niente, non era così superficiale da farsi ingannare dalle apparenze. Però non c'era nessuna evidenza che quell'uomo potesse essere l'assassino e il suo lavoro si basava sulle prove, non sulle sensazioni.

CAPITOLO TRENTATRÉ

«Maya può venire con noi, mamma?»

Emma si rese conto di sfuggire lo sguardo carico di aspettativa del figlio.

«Mi dispiace Tommy, ma devo passare da una cliente e non posso portarvi tutti e due.» Aveva appuntamento con Chiara Colombo per comunicarle i risultati dei colloqui fatti e la ragazza aveva detto di volerle parlare.

«Capito.»

In quella singola parola l'investigatrice percepì tutta la delusione del bambino e lottò per tenere a bada i sensi di colpa. Sapeva che la sua risposta era in parte dovuta al disagio che aveva provato durante lo scambio con Andrea in questura.

Da quando si erano ritrovati, dopo che lei aveva lasciato la polizia a seguito della morte di Giorgio, e soprattutto dal momento in cui il vicequestore l'aveva salvata da un incendio che poteva costarle la vita, lo aveva sempre sentito vicino, dalla sua parte. Adesso, per colpa di questa situazione, le cose stavano diversamente e le dispiaceva molto che i bambini venissero penalizzati dalla tensione che si era creata tra di loro.

«Ti prometto che inviteremo Maya a casa nei prossimi giorni» disse sorridendo al faccino imbronciato di Tommy «e prepareremo i marshmallows tutti insieme.»

L'espressione del bambino si rasserenò.

«Promesso?»

«Promesso» rispose lei mettendosi la mano sul cuore. Avrebbe parlato con Andrea e gli avrebbe detto che i loro problemi professionali non dovevano influenzare la quotidianità dei due bambini e tantomeno il loro rapporto di amicizia. Era certa che avrebbe capito e sarebbe stato d'accordo con lei, era un padre eccezionale, pensò con un involontario moto di tenerezza, non avrebbe mai fatto nulla che potesse turbare o creare problemi a Maya.

«Forza, ora andiamo» disse aiutando Tommaso a sistemarsi sul seggiolino «e dopo, prima di tornare a casa, ci prendiamo un bel gelato.»

Una ventina di minuti più tardi la Mini di Emma si fermava davanti al cancello di Villa Dalmasso.

«Che bella casa» commentò Tommaso. «Ma la nostra è più bella» aggiunse subito dopo.

Emma pensò a come i bambini avessero una capacità e una duttilità nell'adattarsi alle nuove situazioni che gli adulti hanno perduto. Malgrado la disponibilità della scrittrice e, ormai poteva dirlo, l'affetto reciproco che la legava a Kate, lei faticava a non sentirsi ospite a Villa Mimosa, mentre per Tommy quella ormai era 'casa nostra.'

Gli sorrise mentre apriva lo sportello per scendere a citofonare.

«Hai assolutamente ragione.»

Sulla porta d'ingresso c'era Lucia Pozzi. La sua attenzione fu subito calamitata da Tommaso.

«Ciao bimbo, come ti chiami?» gli chiese con un sorriso.

«Mi chiamo Tommaso e sono grande, faccio la prima elementare» replicò lui piccato. «E so anche leggere, scrivere e coltivare le piante e i fiori, quando finirò la scuola farò il giardiniere» aggiunse impettito.

«Davvero?» esclamò la donna. «Allora devi vedere le mie aiuole, sono bellissime, ti piaceranno!» dichiarò con entusiasmo.

Il suo atteggiamento genuino e l'accenno alle piante fecero breccia e Tommaso si rivolse a Emma, mentre Chiara li raggiungeva nell'ingresso per accoglierli.

«Posso andare con questa signora a vedere le piante, mamma?»

Emma lanciò un'occhiata a Chiara, che annuì con un sorriso:

«Ma certo, che bella idea!»

«Va bene, Tommy. E mi raccomando, comportati bene.»

Il bambino lanciò alla madre un'occhiata che significava che non c'era bisogno di ricordarglielo e Emma sorrise tra sé: aveva ragione Kate, Tommaso era davvero un piccolo uomo.

«Andiamo signora?» chiese impaziente il bambino.

«Sì, ma io non mi chiamo signora, sono Lucia» rispose la donna.

«Andiamo Lucia?» fece lui con un grande sorriso.

Lei gli prese la mano con un gesto quasi timido e lo condusse fuori.

Chiara indicò il salone:

«Venga, si accomodi, preferisco non parlare davanti a Lucia, non vorrei che si agitasse.»

«È successo qualcos'altro?» chiese Emma seguendola.

Chiara entrò nella grande sala e sedette, indicando a Emma di fare altrettanto.

«Il giorno dopo il funerale l'ho trovata nello studio di Giulio, aveva tolto i sigilli, diceva che doveva mettere a posto, che lui non avrebbe sopportato tutto quel disordine…» si interruppe, la voce alterata. Poi si riprese: «Aveva un'aria strana, non riesco a descriverla bene, e poi è successa anche quell'altra cosa.»

Le raccontò che Lucia aveva avuto un episodio di sonnambulismo.

«Venga, le faccio vedere.»

Emma la seguì e dal salone tornarono nell'atrio e poi nel corridoio che conduceva alla cucina.

«Era qui» disse Chiara indicando la libreria che occupava gran parte della parete. «Faceva così» continuò mimando i movimenti di Lucia.

Emma aggrottò la fronte perplessa.

«Credi che stesse ricordando qualcosa del giorno dell'omicidio?» le chiese.

«Non lo so, non sono riuscita a capirlo, forse. Ma non potevo farle troppe domande perché era molto aggressiva.»

L'investigatrice annuì.

«Hai fatto bene, è inutile forzarla. Non possiamo far altro che aspettare.» Studiò il volto teso di Chiara.

«C'è altro Chiara?»

La ragazza la guardò angosciata.

«No, ma ho sempre la sensazione di essere spiata, forse è una mia paranoia ma conoscendo Pietro ho paura» confessò mentre tornavano nel salone. «Non esco praticamente più» aggiunse lasciandosi cadere sconfortata su una poltrona.

«Non hai pensato di registrare quella telefonata?» chiese Emma. «Almeno avremmo qualcosa in mano.»

Chiara scosse la testa.

«Non avrei potuto, ha chiamato sul fisso della villa.»

«E come aveva il numero?»

«Non lo so.»

«Ti ha cercato ancora?»

«No, ma ogni tanto il telefono squilla e quando rispondo nessuno parla. Io penso che sia lui.» Chiara rabbrividì. «Ma potrebbe anche essere Liliana» aggiunse «mi odia, mi ha minacciata di riprendersi tutto. Prima dell'apertura del testamento era venuta e si era portata via l'argenteria e un quadro, ha detto a me e a Lucia che ci avrebbe cacciate. Povera Lucia, era sconvolta.»

Emma la ascoltava con preoccupazione crescente:

«Davvero vuoi restare qui?» le chiese alla fine. «Non sarebbe meglio se ti trasferissi con Sergio in un posto più sicuro?»

Chiara si raddrizzò e assunse un'aria decisa.

«Non me la sento di lasciare sola Lucia. Giulio me l'ha affidata ed è il minimo che posso fare per lui dopo quello che ha fatto per me. E per lei spostarsi adesso sarebbe troppo traumatico.»

Emma annuì.

«D'accordo, ma qualsiasi altra iniziativa da parte del tuo ex devi comunicarmela subito, in modo che si possano prendere provvedimenti.»

Chiara la fissò sconsolata.

«La polizia non mi crederebbe, lo sa anche lei. Ha parlato con il vicequestore Del Greco?»

A malincuore Emma fu costretta ad ammettere che lo aveva fatto.

«Non mi sbagliavo» commentò Chiara amareggiata. «Lui vuole dimostrare che sono colpevole.»

«E noi gli faremo cambiare idea!» replicò Emma determinata. «Cosa ti ha detto Sacchi al funerale? Kate è riuscita a leggere il labiale solo in parte.»

La giovane si prese il volto fra le mani.

«Che quello era l'ultimo avvertimento. Se non cambio idea, andrà alla polizia e dirà che sono instabile e potrei essere un'assassina.»

"Bastardo", pensò Emma. Ma cercò di arginare l'emotività. Solo restando distaccata poteva aiutare Chiara.

«Il suo ricatto non funzionerà, riusciremo a dimostrare quello che ti ha fatto» dichiarò. E le riferì delle sue ricerche e degli incontri che aveva avuto.

«Spero che questa Carolina Vinali mi ricontatti» concluse. «E comunque abbiamo la testimonianza del medico e quella della tua collega al centro fisioterapico.»

«E secondo lei saranno sufficienti?»

Emma non intendeva mentirle.

«No, ma sono un inizio. Sentiremo altre persone e continueremo a cercare finché non avremo trovato quello che serve per scagionarti.»

D'impulso Chiara le afferrò la mano.

«Grazie» disse soltanto, ma Emma sentì che si aggrappava a lei come a un' àncora di salvezza e questo non fece che aumentare la sua determinazione.

«Ce la faremo, Chiara.»

La ragazza si alzò, probabilmente anche per nascondere la commozione.

«Andiamo da Lucia e da Tommaso.»

Uscirono in giardino e raggiunsero Lucia e Tommy sul retro, dove li trovarono davanti a una splendida aiuola con al centro il disegno di un cuore composto da gerbere rosso acceso.

«È bellissima, vero mamma?» chiese lui indicandola. «Voglio farne anch'io una così.»

Emma annuì, poi gli disse che dovevano andare e salutò Lucia che le rispose con un gesto assente.

Chiara li accompagnò al cancello e la ringraziò ancora.

«Invece di ringraziarmi, dammi del tu» le disse Emma con un sorriso «e chiamami per qualsiasi cosa, mi raccomando.»

Chiara annuì

«La... ti ringrazio.»

Si guardarono e si sorrisero. Emma pensò che almeno le aveva regalato un momento di leggerezza.

Mentre stava per salire in macchina con Tommy, il bambino si bloccò.

«Guarda, mamma!»

Emma seguì il suo sguardo estasiato e vide la donna con il cucciolo di cane da pastore al guinzaglio che avanzava sul marciapiede e che indirizzò un gesto di saluto a Chiara.

«Potrei avere anch'io un cucciolo?» chiese Tommaso

«Per il momento credo che dovrai accontentarti di Ofelia quando vai a trovare la nonna» replicò Emma sorridendo. «Avanti sali, andiamo a prendere quel famoso gelato.»

CAPITOLO TRENTAQUATTRO

UNA MANTELLA DI VOLPE ARGENTATA AVVOLGEVA Liliana Dalmasso che usciva da quella che era stata l'ultima dimora di Wagner, il Casinò di Venezia. Il palazzo rinascimentale era sfavillante e lei era stata fotografata mentre prendeva una gondola in compagnia del figlio.

Un'altra immagine, questa volta estiva, si intuiva dall'abito lungo di paillettes nero con una scollatura mozzafiato, la riprendeva mentre entrava al casinò Wien illuminato a festa nella capitale austriaca. E ancora a Salisburgo e a Campione d'Italia, dove era ritratta in tutte le stagioni di apertura del casinò.

Kate aveva stampato le numerose foto trovate sul web: Liliana Dalmasso apparteneva al jet set e la sua vita era stata ampiamente documentata dai vari paparazzi. Fin quando il padre era vivo Villa Dalmasso era il cuore di molte feste, come dimostravano le foto del giardino illuminato a giorno dove erano stati immortalati ospiti illustri.

Erano in salotto e, mentre Emma osservava le foto sparpagliate sul tavolo, Kate accarezzava il teschio di quarzo trasparente che aveva acquistato da poco da una studiosa tedesca. Aveva speso un occhio della testa, ma ne era valsa la pena perché era un pezzo veramente prezioso e non poteva mancare nella sua collezione privata.

«Come vedi, la signora ama la bella vita e i casinò» commentò notando l'interesse dell'amica.

«Il che potrebbe significare che ama anche il gioco» completò Emma posando sul tavolo la foto che stava guardando.

«Non è detto, ma è probabile.»

«Devo dire che questa donna ha un gran gusto, questi abiti sono uno più bello dell'altro.»

«Concordo, indossa con la stessa disinvoltura un tubino di Valentino e un abito Dolce e Gabbana. L'ho notato anche io. Solo abiti firmati. E di sicuro è un'habitué dei vari casinò, non si perde un evento» commentò Kate avvicinandosi al tavolo. Con il dito cominciò a spostare le immagini in piccoli gruppi. «Montecarlo. Nizza. Venezia, Lido e città» sottolineò separando le varie foto, «Marbella. Costa Brava. Lugano. Si potrebbe tracciare una cartina dell'Europa.»

«Ho capito dove vuoi arrivare, ma perché chiedere una fideiussione al fratello se aveva tutti questi soldi?»

Kate accennò un sorriso.

«È la prima domanda che mi sono fatta. E la risposta che mi sono data è che forse, a forza di giocare, potrebbe aver dilapidato il capitale.»

«Questo spiegherebbe anche l'argenteria e il

quadro che ha portato via dalla villa» rifletté Emma. «Pensavo l'avesse fatto per dimostrare che era lei la padrona, ma forse i motivi erano molto più concreti. E forse» proseguì «sempre parlando ipoteticamente, potrebbe aver scoperto che il fratello intendeva diseredarla e averlo aggredito. Magari con l'aiuto del figlio.»

Kate annuì sedendosi su una poltrona.

«O comunque il figlio potrebbe averla coperta. Siamo arrivate alla stessa conclusione.» Rifletté per alcuni istanti. «Abbiamo escluso Bocchio e per ora non abbiamo prove concrete contro Sacchi, credo sia arrivato il momento di indagare sulla signora Liliana Dalmasso e suo figlio.»

CAPITOLO TRENTACINQUE

«Guardi da questa parte per favore.»

Liliana si voltò verso il fotografo, la testa lievemente inclinata per tirare la pelle del collo e mascherare le rughe. Piccoli trucchi che aveva imparato negli anni per salvaguardare la sua bellezza almeno davanti al pubblico. Per l'occasione aveva tirato su i capelli fissandoli in un morbido chignon e indossava un tubino di seta nera Ralph Lauren con una cinta che esaltava il suo vitino di vespa. Un girocollo di perle completava il tutto sottolineando la sua classe con la sobrietà che esigeva la situazione.

«Perfetto, semplicemente perfetto. Grazie» disse il fotografo continuando a scattare, poi rivolgendosi a un uomo che stava in disparte aggiunse: «Claudio, per me può bastare»

Liliana sorrise e si alzò dal divano.

«Spero che abbia materiale a sufficienza per il suo articolo.»

Claudio Nicotera, il giornalista freelance più gettonato dalle testate di gossip, le si avvicinò sorridendo compiaciuto.

«Con tutto quello che ci ha raccontato riempiamo quattro pagine» rispose, poi con fare galante aggiunse: «per non dire che le sue foto saranno strepitose, stavo pensando di proporle per la copertina.»

Liliana abbassò lo sguardo, per tutto il pomeriggio aveva tenuto un basso profilo e non intendeva smettere: faceva parte della recita che aveva orchestrato a beneficio del giornalista e dei suoi lettori.

«Non è per me, o per mio figlio, ma mio fratello era un grande uomo, non meritava di fare una fine simile. È giusto che la gente sappia» la sua voce era poco più che un sussurro, ma era certa che Nicotera avesse sentito più che bene. Era un gioco delle parti. Ognuno tirava l'acqua al suo mulino. Nicotera portava uno scoop al giornale e lei otteneva ciò che desiderava, gettare fango su Chiara Colombo.

«Sono d'accordo con lei e la ringrazio per averci dato la sua fiducia. Non se ne pentirà» la voce del giornalista la riscosse dai suoi pensieri.

«Me lo auguro, apprezzo la rivista e so che non mi deluderete» sottolineò Liliana mentre il fotografo e l'aiuto raccoglievano le loro attrezzature.

Li accompagnò all'ingresso e si accomiatò. Come chiuse la porta Massimo, che fino a quel momento era rimasto in disparte, sbottò:

«Mamma, ti rendi conto di quello che hai fatto?»

Liliana lo squadrò gelida.

«Certo. Non sono una sprovveduta. Se quella lì pensa che noi subiamo senza contrattaccare si sbaglia. I Dalmasso non cedono. Non le permetterò di portarci via tutto!»

Lui la afferrò per le spalle e la scosse.

«Tu sei pazza! Non ti basta che l'avvocato ci abbia sconsigliato di impugnare il testamento? Con tutto quello che hai detto rischiamo una querela per diffamazione, te ne rendi conto?»

Liliana si liberò dalla presa del figlio e lo respinse con un gesto deciso.

«Lasciami! E modera i termini, chiaro? So quello che faccio, non ho bisogno di un grillo parlante» lo rintuzzò aggressiva. «E vedrai che non servirà fare causa. La gatta morta verrà arrestata per l'omicidio di tuo zio e noi ci riprenderemo quello che è nostro, contaci.»

Poi afferrata al volo una giacca dall'armadio la indossò e uscì. Non intendeva sentire rimproveri da nessuno, tantomeno da suo figlio.

Appena chiusa la porta, udì nell'appartamento il fragore di un oggetto che andava in frantumi. Liliana alzò le spalle. Che si sfogasse pure così, non aveva preso dai Dalmasso, aveva ereditato il carattere debole del padre e lei non poteva farci niente.

CAPITOLO TRENTASEI

Appostata in macchina sotto il palazzo di Liliana Dalmasso, in piazza Volta, quando aveva visto uscire Claudio Nicotera con la sua corte al seguito, Emma non aveva faticato a capire da chi fosse andato. Era evidente che la Dalmasso stava gettando legna sul fuoco per avere dalla sua l'opinione pubblica.

Chiara Colombo era una ragazza madre, con un bambino piccolo e nessuna famiglia a coprirle le spalle. Era un bersaglio facile per chi avesse voluto distruggerla. A peggiorare le cose c'era il fatto che era anche una bella ragazza e che il cliché della Circe che incanta l'uomo anziano le calzava a pennello, peccato che facesse a botte con il suo carattere così schivo e riservato.

"Bisognerà trovare il modo di rispondere agli attacchi", pensò Emma.

Proprio in quel momento la sorella di Giulio Dalmasso uscì dal portone. Emma aspettò che si incamminasse per seguirla. Non sapeva cosa aspettarsi da quel pedinamento, ma al momento le aveva fruttato la conoscenza del prossimo attacco di quella donna: la stampa.

La seguì per pochi isolati fin quando entrò in una tabaccheria. La Dalmasso non la conosceva ed Emma la raggiunse all'interno. Con sua sorpresa la vide acquistare un blocchetto di Gratta e Vinci per un totale di trecento euro, pagati in contanti.

«Questo è il resto, l'aspetto per le vincite» le disse il tabaccaio sorridendole con la familiarità che si riserva agli habitué. La donna si limitò a un cenno di saluto col capo, mise il blocchetto in borsa e uscì.

Emma continuò a seguirla tenendosi a distanza.

Liliana Dalmasso si fermò in un bar sul Lungo Lario, ordinò qualcosa al cameriere poi prese dalla borsa i Gratta e Vinci e, con una moneta, cominciò a strofinarli con una concentrazione spasmodica. Uno dopo l'altro. Veloce. Ogni tanto un'espressione soddisfatta si dipingeva sul volto, poi riprendeva a grattare sui foglietti stampati.

Bevve il suo caffè senza prestargli troppa attenzione, mise via i biglietti vincenti e, invece di uscire, si avvicinò a una delle slot machine e cominciò a giocare.

CAPITOLO TRENTASETTE

«LOTTO, CAVALLI, MACCHINETTE... NON CI VUOLE UNO specialista per capire che Liliana Dalmasso ha una dipendenza patologica dal gioco» commentò Kate dopo aver ascoltato attentamente il resoconto di Emma.

Si alzò, prese dalla libreria uno dei suoi teschi di cristallo e cominciò a passare il dito sulla superficie lucente, gesto che faceva spesso quando rifletteva su qualcosa.

«Questo spiegherebbe molte cose. Bisogna capire se si tratta di un fatto recente per fronteggiare una situazione economica critica o se, invece, il gioco è all'origine di una débâcle finanziaria.»

Emma si tolse le scarpe e incrociò i piedi sotto di sé sistemandosi sul divano.

«Io propendo per la seconda ipotesi. A Liliana Dalmasso piace la bella vita e, a poco a poco, il gioco è entrato a farne parte assumendo un ruolo determinante.»

«In altre parole la sorella di Giulio Dalmasso è ludopatica» dichiarò Kate.

«I sintomi ci sono tutti, ha comportamenti compulsivi, sappiamo che è una persona ansiosa e iperattiva e ha familiarità con i casinò» riassunse Emma.

«La ludopatia è una malattia. Se non viene curata può ridurti sul lastrico» rifletté Kate. «E se la Dalmasso non avesse problemi di soldi non si sarebbe portata via l'argenteria del fratello, a mio avviso un atteggiamento del genere denuncia una certa fretta di far cassa.»

«Lo possiamo verificare abbastanza facilmente» dichiarò Emma. «Ho un'idea, ma devi fidarti di me perché ho bisogno del tuo aiuto.»

CAPITOLO TRENTOTTO

CHIARA STRINSE A SÉ SERGIO, CHE DORMIVA CON LA testa appoggiata alla sua spalla, e cercò di reagire al potere paralizzante della paura, che strisciava dentro di lei come un serpente velenoso.

Emma non si era fatta sentire, e questo significava niente novità e lei temeva che, da un momento all'altro, il vicequestore Del Greco si presentasse alla sua porta con un mandato d'arresto. O provvedimento di custodia cautelare, per usare la dicitura corretta, si disse amara. Che ne sarebbe stato di Sergio se fosse accaduto? Glielo avrebbero portato via e Pietro…

«Chiara, Chiara, guarda!» la voce acuta di Lucia dall'ingresso la strappò al peggiore dei pensieri.

La donna la raggiunse sventolando una rivista.

«Guarda» ripeté «c'è la tua foto!»

Chiara mise Sergio nel lettino e tese la mano per farsi dare il rotocalco. Notò subito il titolo, che spiccava a caratteri cubitali: "La Mantide di Cernobbio?"

e sotto: "La fisioterapista ereditiera responsabile della morte di Giulio Dalmasso?"

I punti interrogativi erano un pro forma e la domanda era ovviamente retorica: i media avevano già emesso la loro sentenza. La foto era un vecchio scatto pubblicato sul profilo Facebook che aveva chiuso quando aveva lasciato Pietro, ma che evidentemente qualcuno era riuscito a scovare.

Rimase senza fiato, come se le avessero dato un pugno nello stomaco. Un conto era sapere di essere sospettata, un altro vederselo spiattellato sulle pagine di un giornale.

Provò a leggere l'articolo, ma faceva fatica, aveva la vista annebbiata e il significato delle parole le sfuggiva. L'unica cosa che le balzò agli occhi furono le insinuazioni, neppure tanto velate, sulla natura dei suoi rapporti con Giulio, dietro cui non ebbe difficoltà a riconoscere l'intervento di Liliana, e un'intervista a Pietro che recitava la parte del compagno affranto e del padre a cui era stato strappato il figlio. Avrebbe dovuto aspettarselo, ma le venne ugualmente da vomitare.

«Chiara, che cos'è una mantide?»

L'ingenua curiosità di Lucia fu il grimaldello che scardinò le sue difese.

Le lacrime trattenute a stento esplosero in un pianto rabbioso e irrefrenabile. Chiara si accasciò sul giornale, la testa tra le braccia, il corpo scosso dai singhiozzi.

«Che succede? Perché fai così? Chiara, stai male? Che c'è?» la voce spaventata di Lucia penetrò attraverso la barriera di angoscia e disperazione.

Con un immenso sforzo, Chiara sollevò il capo e la guardò.

«Non è niente Lucia, tranquilla. Solo stanchezza e nervosismo. Adesso passa.»

La donna la fissava con i grandi occhi chiari spalancati e Chiara si disse che era lei quella più fragile, quella che aveva promesso a se stessa di proteggere, come aveva fatto Giulio.

Allungò una mano e strinse quella di Lucia.

«Va tutto bene.»

L'altra la fissò con lo sguardo che si era fatto vacuo.

«Tu non mi lasci, vero? Io non voglio rimanere sola...» disse cominciando a singhiozzare.

Chiara aveva la sensazione che Lucia, dalla morte di Giulio, stesse regredendo a uno stadio quasi infantile. E non sapeva come gestire la situazione.

«Io resto con te, lo sai» le disse con dolcezza «andrà tutto bene, vedrai» aggiunse cingendole le spalle.

Lucia sembrava essersi calmata, quando improvvisamente scattò in piedi liberandosi dall'abbraccio.

«Sei bugiarda!» gridò. «Bugiarda! Bugiarda!» ripeté con voce sempre più alta. Poi le voltò le spalle e corse fuori della stanza.

CAPITOLO TRENTANOVE

CHIARA ERA RIMASTA A RIGIRARSI A LUNGO NEL LETTO, tormentata dall' immagine della mantide evocata dall'articolo del giornale e angosciata per la propria incapacità di contenere le reazioni di Lucia.

Era appena riuscita a prendere sonno quando fu svegliata dal rumore di colpi sordi che, come la volta precedente, provenivano dal piano inferiore. Cercando di reagire all'intorpidimento, si alzò e scese con cautela le scale, diretta al corridoio che conduceva in cucina. Davanti agli occhi le si presentò la stessa scena: Lucia camminava avanti e indietro nel corridoio, si fermava di fronte alla libreria, batteva i palmi sugli scaffali, poi la scuoteva e tornava a camminare lungo il corridoio, arrivava alla fine, girava su se stessa e ricominciava da capo.

A Chiara venne la pelle d'oca. C'era qualcosa di inquietante nell'espressione intensa della donna, in quella ripetitività apparentemente priva di senso, nella sua angosciosa attesa di qualcosa... ma cosa?

Le si avvicinò con cautela, pensando di ricondurla a letto come la volta precedente. Stava per parlarle quando Lucia alzò una mano e gridò:

«Che hai fatto?!»

La giovane si immobilizzò.

L'altra la fissava senza vederla, con uno sguardo stravolto dalla sofferenza.

Chiara cercò di controllare l'ansia che l'invadeva e le si avvicinò.

«Lucia» disse piano «vieni, andiamo a dormire, è tardi» e le posò la mano sul braccio.

«No!» Lucia urlò e si sottrasse al suo tocco. «No! Lasciami… lasciami…»

Chiara si convinse che Lucia stesse cominciando a ricordare e si rese conto del dolore che questo doveva causarle.

Avrebbe voluto aiutarla, fare qualcosa, ma non sapeva cosa e si rendeva conto che poteva essere un momento cruciale per squarciare il velo che avvolgeva gli avvenimenti di quel maledetto giorno.

Fu allora che Lucia gridò ancora, un grido disperato e straziante:

«No! L'hai ucciso! Nooo…» poi rovesciò gli occhi e si accasciò tra le braccia di Chiara.

CAPITOLO QUARANTA

ERA MOLTO PROBABILE CHE NON AVREBBE OTTENUTO nulla: al posto di Liliana, Emma avrebbe evitato tutti i 'compro oro' di Como, eppure il suo istinto le aveva suggerito di provare prima in città per poi spostarsi su Varese e Milano. In fondo si trattava di una dozzina di negozi, con la macchina si sarebbe tolta il pensiero in una mattinata.

Dopo i primi tre stava quasi per cambiare idea, quando decise di darsi ancora una chance, guardò sulla mappa il più lontano dal centro e vi si diresse.

"Se volessi vendere dell'argenteria o dei gioielli senza farlo sapere, cercherei un posto dove non mi conoscono."

Digitò sul navigatore l'indirizzo e si avviò decisa.

Il negozio era in una via di scorrimento dell'estrema periferia di Como. La porta blindata garantiva la sicurezza e le vetrine fumé l'anonimato. Emma parcheggiò poco distante poi raggiunse l'ingresso e citofonò. Dopo qualche istante la serratura scattò per lasciarla entrare.

Il locale era vuoto, sul balcone c'erano una bilancia di precisione e un vassoio con un panno blu, poco distante una lente di ingrandimento, segno che acquistavano anche gioielli.

«In cosa posso aiutarla?» domandò cortese il commesso, un uomo sulla cinquantina dall'aria distinta. Emma sorrise, aprì la borsa e tirò fuori il cofanetto per gioielli che le aveva affidato Kate.

«La signora Dalmasso mi ha parlato di voi, vorrei vendere questo.» Lo aprì e posò sul banco un collier di diamanti.

L'uomo non sembrò reagire al nome di Liliana, prese la collana e con la lente esaminò una a una le grandi pietre.

«Gran bell'oggetto» disse, poi tornò a guardare Emma, «immagino che sia in grado di fornirmi un certificato di proprietà.»

«Veramente Liliana mi aveva detto che avreste chiuso un occhio...» lanciò l'esca l'investigatrice.

«Non può averle detto questo!» esclamò l'uomo. «L'argento è un discorso e i gioielli un altro, la signora Dalmasso lo sa benissimo.»

«Dunque è stata qui.»

Il commesso serrò la mascella evidentemente contrariato.

«Sono informazioni riservate.»

«Se non vuole parlarne con me, forse preferirà farlo con la polizia.» Era una minaccia neppure tanto velata, ma doveva trovare il modo di aprire un varco visto che lui aveva ammesso di conoscere la Dalmasso.

173

«Non è necessario» si decise alla fine il commesso, confermandole di aver premuto il tasto giusto. «Ma non c'è niente di illegale in quello che ha venduto» si affrettò ad aggiungere. «I gioielli avevano tutti il certificato di garanzia. E l'argenteria…».

«…era quella di famiglia, lo so» concluse per lui l'investigatrice.

«Allora cosa vuole sapere?» chiese l'uomo perplesso.

«Solo da quanto tempo è vostra cliente.»

«Anni. Ma ormai ha raschiato il fondo. Ha provato anche a vendermi un quadro senza nemmeno l'expertise.»

Emma lo ringraziò e uscì. Ormai aveva saputo quello che le interessava.

CAPITOLO QUARANTUNO

Per fare quello che aveva deciso, Chiara aveva dovuto vincere la paura di uscire e, mentre si recava per la seconda volta a Villa Serena, aveva lanciato occhiate continue nello specchietto retrovisore per verificare di non essere seguita. Sergio era al sicuro con Maricel e Joma nella dépendance e lei contava di tornare presto. D'altra parte era preoccupata per Lucia e Albino Marini era l'unica persona rimasta in vita che conosceva la donna da molti anni e che forse avrebbe potuto esserle d'aiuto.

Il responsabile sanitario sulle prime si era opposto.

«Come lei sa, il signor Marini ha avuto un malore al funerale del dottor Dalmasso. Non è stata una buona idea lasciarlo venire. Io ero contrario ma lui ha tanto insistito. Se fosse rimasto qui probabilmente non sarebbe successo» aveva sottolineato.

Chiara aveva ignorato la provocazione del dottor Scalese, concentrando le energie per perorare la sua causa e alla fine il medico le aveva dato il permesso di vedere l'anziano ospite per un tempo limitato

«Mi raccomando» aveva insistito «eviti di stressarlo. Nelle sue condizioni può essere pericoloso.»

La giovane adesso osservava l'anziano semisdraiato sulla poltrona della sua stanza, le gambe coperte da un plaid, lo sguardo che le parve più sfocato dell'ultima volta. A stento aveva risposto al suo saluto e Chiara si chiese se avesse fatto bene a venire.

«Sono preoccupata per Lucia, Albino. Lei la conosce bene e speravo che potesse aiutarmi. È la seconda volta che la trovo che cammina in piena notte nel corridoio vicino alla cucina. Ma non è sveglia. Sa se in passato avesse già avuto episodi di sonnambulismo?»

L'anziano continuava a fissarla senza rispondere.

Di fronte a quell'atteggiamento, Chiara tornò a chiedersi se non avesse commesso un errore a voler parlare con lui.

Quando si era ormai convinta che non avrebbe risposto, l'uomo mormorò:

«Mi dica che è successo.»

«Nel sonno continuava a picchiare le mani sulla libreria.»

Lui allora chiese con urgenza:

«Ha detto qualcosa?»

Lei lo fissò stupita.

«Sì, ma…»

«Cosa?» la interruppe il vecchio, la voce tesa.

Chiara lo guardò e notò che il suo sguardo si era fatto più attento e che ora aveva assunto una postura più eretta.

«Che ha detto Lucia?» ripeté per la terza volta.

Chiara si sforzò di ricordare.

«Era molto agitata. Non so con chi parlasse, ma diceva "Che cosa hai fatto? L'hai ucciso". Credo che stesse cominciando a ricordare qualcosa del giorno dell'omicidio e che questo le abbia provocato una grossa sofferenza.»

Il volto di Albino Marini si era fatto improvvisamente terreo. Aveva il fiato corto, come se gli mancasse l'aria.

«Non mi sento bene» disse con voce roca «chiami l'infermiera per favore.»

Chiara avrebbe voluto insistere, fargli altre domande, ma il respiro affannoso dell'uomo la spinse a desistere. Si diresse rapida vero la porta e la aprì di scatto.

«Per favore, qualcuno venga, il signor Marini sta male!»

CAPITOLO QUARANTADUE

Un'idea aveva continuato a ronzare nella mente di Kate come una mosca insistente, disturbandole il sonno.

Perciò si era alzata presto, era scesa in palestra e si era dedicata a una sessione di jogging sul tapis roulant. Era uno dei suoi modi per riflettere: mente e corpo in sincrono, veloci e concentrati.

Giulio Dalmasso in pochi anni aveva sgominato tutta la concorrenza, inglobando nella sua impresa quelli che non erano riusciti a stare al passo con le innovazioni che aveva introdotto sul mercato grazie al suo brevetto rivoluzionario.

L'analisi della scena del crimine faceva pensare a una lite e non si poteva scartare l'ipotesi che ci fosse qualcun altro, oltre a Bocchio, che avesse avuto dei motivi per volersi vendicare dell'imprenditore.

La polizia aveva escluso senza troppi approfondimenti la pista dello spionaggio industriale e di una vendetta legata all'ambiente lavorativo, anche perché

Del Greco, convinto della colpevolezza di Chiara, stava cercando solo in quella direzione qualsiasi cosa che avvalorasse la sua tesi. Non era da Andrea un atteggiamento del genere, l'aveva decisamente sorpresa, ma forse in questo caso la pressione dei media era veramente troppo forte anche per lui.

Kate cominciò il defaticamento e dopo cinque minuti spense la macchina.

Quello che intendeva fare era esattamente il contrario: scavare nella miniera di informazioni che era la rete per scoprire qualsiasi notizia riportata dalla stampa locale relativa alla Seteria Dalmasso e alla famiglia dell'industriale.

Fece una rapida doccia tonificante poi sedette al computer in compagnia di una tazza di caffè fumante. Non sapeva con esattezza che cosa cercare, ma se c'era qualcosa, da navigatrice esperta era ben decisa a scovarla.

Dopo aver spulciato a lungo tra i vari motori di ricerca, si concentrò sugli archivi online dei quotidiani locali e rintracciò tre tipi di notizie sulla famiglia Dalmasso nelle sezioni di costume e di gossip: quelle che riguardavano la ditta e la sua espansione sul mercato, quelle sugli scandali e quelle sui lutti che l'avevano segnata.

Molti articoli erano relativi all'incidente in cui aveva perso la vita il marito di Liliana - Valerio Fontana, il campione di motonautica - poi, come aveva raccontato Maria, ce n'erano un paio che riportavano la morte di Tina Pozzi, la madre di Lucia e governante di casa Dalmasso, a causa di un incidente domestico, una caduta rovinosa da una scala.

Le riviste di gossip davano spazio ai ricevimenti di

Villa Dalmasso, documentando spesso gli articoli con immagini degli sfarzosi allestimenti del giardino, dove veniva servito il buffet.

Ma era tutto materiale che non aggiungeva nulla a quello che già sapevano. Kate provò allora a restringere il campo, digitando solo il nome di Massimo Fontana e trovò il link a un articolo di un anno e mezzo prima. Si trattava di uno scarno resoconto in cui si diceva che il rampollo di casa Dalmasso aveva aggredito un fotografo, Sandro Migliavacca, in un locale notturno e gli aveva sfasciato la macchina fotografica e quasi rotto il naso.

Il perché l'avesse fatto non era riportato. Non c'era altro, ma due elementi avevano catturato l'attenzione della scrittrice. Il primo riguardava il comportamento di Massimo Fontana, un ragazzo apparentemente remissivo e succube della madre che però, in modo del tutto inaspettato, era capace di compiere un gesto violento ed eclatante.

Ripensò al filmato del funerale e alle microespressioni che aveva colto sul volto e nella postura del nipote di Dalmasso e che le avevano fatto pensare a una rabbia repressa e contenuta. Quell'aggressione ne era una conferma, spesso proprio i soggetti più deboli e passivi hanno delle reazioni eccessive e inaspettate, si disse.

Poi c'era il nome del fotografo: Sandro Migliavacca. Era sicura di averlo già sentito, le ricordava qualcosa, ma non riusciva a metterlo a fuoco, più ci pensava più quel collegamento continuava a sfuggirle. Decise di accantonarlo per un po' senza accanirsi, sperando che il ricordo riaffiorasse da solo, come spesso le succedeva.

Riprese la ricerca passando in rassegna gli articoli di cronaca dove compariva il nome Dalmasso.

Fu ricompensata: un breve trafiletto di alcuni mesi prima faceva riferimento a un episodio avvenuto nella seteria. La guardia giurata addetta alla sicurezza era rimasta ferita da un colpo di arma da fuoco, per fortuna senza gravi conseguenze, ma nessuno aveva sporto denuncia. La polizia ne era venuta a conoscenza in quanto l'uomo era finito in ospedale il giorno seguente perché la ferita si era infettata. Interrogato, il vigilante aveva dichiarato che si era trattato di un incidente: mentre stava controllando l'arma, per errore era partito un colpo.

Kate stampò l'articolo e rimase a fissarlo pensierosa. Le cose potevano essere effettivamente andate come aveva affermato la guardia, ma le sembrava che in quella storia ci fosse una nota stonata.

D'altra parte, se qualcuno avesse sparato al vigilante, perché Dalmasso e l'uomo non avevano sporto denuncia? In quel caso, era stato rubato qualcosa? E soprattutto, *chi* aveva sparato?

CAPITOLO QUARANTATRÉ

CHIARA SI ERA ATTARDATA AL SUPERMERCATO, ERA troppo scossa dopo la sua visita a Villa Serena e voleva riprendersi prima di rientrare in casa. Non poteva rischiare di compromettere il fragile equilibrio di Lucia, bastava un nulla per metterla in agitazione e doveva sforzarsi di evitarle qualsiasi sbalzo emotivo.

Però, mentre si avviava verso la villa, continuava a pensare a quello che era successo alla casa di riposo.

Perché Albino Marini insisteva nel chiederle che cosa avesse detto Lucia? E perché si era sentito male? L'infermiera era accorsa subito, seguita a ruota dal dottor Scalese, che aveva allontanato Chiara in malo modo. E questa volta lei non se la sentiva di dargli torto. Era evidente che il malore dell'anziano era stato causato dalle sue domande.

Ma perché le frasi pronunciate da Lucia durante l'episodio di sonnambulismo lo avevano sconvolto fino a quel punto? Poteva dipendere dal fatto che, dopo il funerale di Giulio, avesse avuto un crollo emotivo e non ci stesse tanto con la testa? Non riusciva a darsi una risposta e temeva che non avrebbe potuto averne una, dato che era molto improbabile che Scalese le permettesse di incontrarlo di nuovo.

Le giornate si stavano accorciando e si stupì, entrando nel viale d'accesso della villa, che le luci del salone fossero accese. Di solito Lucia preferiva giocare con Sergio nella grande cucina, per non dire che quella era l'ora della pappa.

Come mai erano lì?

Parcheggiò la macchina, prese le buste del supermercato dal bagagliaio e si avviò verso l'entrata. Cercò le chiavi del portone e le infilò nella toppa.

Sentì subito la risata di Lucia e si rallegrò: nei giorni precedenti, dopo il funerale, era molto scossa e sentirla ridere le faceva piacere. Con lei non sapeva mai come doveva comportarsi, proprio perché bastava poco per turbarla.

Posò le buste all'ingresso e si avviò verso il salone, chiedendosi chi fosse venuto a trovarla. Non riusciva a distinguere le voci, fino a quando sentì:

«Pa-pà, forza piccolino ripeti con me, pa-pà...»

Per un istante le mancò l'aria. Non poteva essere lui. Non poteva aver fatto una cosa simile!

Affrettò il passo sperando di sbagliarsi, ma si fermò raggelata sulla porta del grande salone. Il suo peggior incubo si stava avverando.

Pietro era lì, seduto sul divano, con in braccio suo figlio.

Lucia, seduta poco distante, ridacchiava felice come una bambina che si pavoneggia con un nuovo amico.

Chiara si portò la mano alla bocca come a soffocare il grido che le nasceva nel petto e fu allora che lui si voltò, la vide e le sorrise.

«Tesoro, sei arrivata, era ora. Meno male che mi ha aperto questa gentile signora» disse sorridendo a Lucia che lo ricambiò con una risatina. «Vieni a sederti qui, vicino a noi» le disse dando un colpetto con la mano sul cuscino accanto a lui, «guarda come gioca il nostro Sergiolino. Non vedi come mi assomiglia? Ha il mio stesso taglio d'occhi.»

Se non lo avesse conosciuto per ciò che era veramente, se non avesse saputo cosa nascondeva quel sorriso ammaliante, si sarebbe fatta incantare da lui come Lucia.

«Perché non ce lo hai mai presentato il tuo fidanzato?» le chiese la donna con un sorriso complice.

Chiara si avvicinò, guardinga.

«Lucia, per favore, prendi Sergio e portalo in cucina, è tardi, deve cenare.» Il tono, nonostante le parole, non ammetteva repliche e Lucia cercò di prendere il bambino dalle braccia del padre, ma l'uomo fece resistenza.

«No. Lascialo a me.» Ora Chiara riconosceva il tono duro e imperioso.

Lo sguardo di Lucia andava da uno all'altra. Non sapeva cosa fare ed era evidente che temeva di dispiacere a entrambi.

Chiara, intuendolo, si avvicinò a Pietro.

«Sergio non c'entra» disse togliendogli il bambino dalle braccia.

La mano di lui le si serrò sull'avambraccio. Le dita lasciarono un'impronta bianca sulla pelle. Dolorosa.

«Lasciami, mi fai male, lasciami ti dico, o chiamo la polizia.»

Il sorriso che si stampò sul viso di lui ormai le incuteva solo terrore.

«Non ti conviene amore, te l'ho già detto» replicò con falsa dolcezza. Poi guardando il bambino aggiunse: «È tutta colpa sua se ci siamo allontanati, ma potrei decidere di portartelo via e, lo sai, io sono un uomo di parola.» Aveva abbassato la voce, fino a ridurla a un sussurro, ma Chiara aveva capito benissimo e si era sentita invadere dal panico.

«Lucia, spero di rivederla presto» salutò Pietro tornando a sorridere. Poi rivolto a lei aggiunse: «Non dimenticarlo, potrei togliertelo... per sempre.»

Se ne era andato senza aspettare una risposta, convinto che quella minaccia sarebbe bastata per annullare ogni sua reazione.

Ma questa volta si sbagliava.

Stringendo Sergio al petto, Chiara corse a chiudere la porta di casa a doppia mandata, poi apostrofò duramente Lucia:

«Quell'uomo non deve entrare mai più, non devi aprirgli la porta, hai capito?»

«Ma ha detto che è il papà di Sergio ...» provò a obiettare l'altra.

«Non è vero! Ti ha detto una bugia. Pietro è cattivo. Devi ricordartelo sempre. Lui non vuole bene a Sergio, non vuole bene a me, non vuole bene a nessuno.»

Era disperata, consapevole che in quel modo avrebbe ottenuto solo di

spaventarla, ma non sapeva come altro fare perché capisse che Pietro Sacchi rappresentava un pericolo.

«Scusa... scusa... Non è colpa mia...» balbettò Lucia prima di scoppiare in un pianto dirotto. «Io non lo sapevo...»

Chiara si avvicinò e la strinse a sé insieme a Sergio in un unico abbraccio.

Sergio, Lucia e lei. La sua nuova famiglia.

«Lo so cara, e per questo mi sono spaventata» le sussurrò accarezzandole i capelli.

Come poteva dirle che nella sua mente era tornato improvviso il ricordo del giorno in cui Pietro l'aveva aggredita nel bosco, il giorno in cui aveva minacciato di far del male a Giulio? Non avrebbe mai dimenticato le sue parole: "O torni con me o sarà peggio per lui."

E Giulio era morto.

"Te lo porterò via per sempre."

Sergio. Il suo bambino. Non poteva permettergielo. Lasciò il piccolo a Lucia e si raccomandò che gli desse la pappa.

Poi andò nella sua stanza, prese il computer e avviò una ricerca.

Sarebbero andati lontano, molto lontano.

Loro tre soli.

CAPITOLO QUARANTAQUATTRO

IL PENSIERO MI ATTRAVERSA LA MENTE E SI CONFICCA dentro, in profondità.

Devo farlo per lei, devo trovare la forza.

So che è quello che vuole, anche se nega.

Troppi errori. Troppo dolore.

Devo cancellare ciò che è successo.

Rimuoverlo.

Quel bambino è uno sbaglio.

Per tutti.

Non sarebbe mai dovuto nascere.

Lei non potrebbe mai farcela.

Lo so.

Vergogna, orrore, senso di colpa sono solo un attimo, svaniscono al pensiero di lei, al pensiero di noi vicini, uniti.

Lo saremo ancora di più, uniti.

Quando condividi un segreto così grande non c'è niente al mondo che possa separarti.

Provo un senso di esaltazione mai provato prima.

La decisione è presa.
Lei capirà, e mi amerà di più.
E io porterò il peso di quel fardello per amor suo.
Così tutto sarà come prima.

CAPITOLO QUARANTACINQUE

L'IDEA DI KATE POTEVA RIVELARSI UN VICOLO CIECO, MA non potevano permettersi di scartare alcuna ipotesi. Se non scopriva qualcosa che facesse pendere la bilancia a suo favore, Chiara rischiava di venir incriminata.

Certo, contro di lei la polizia - Andrea - aveva solo prove indiziarie, ma d'altro canto fino a quel momento con Kate non erano riuscite a trovare niente che provasse l'estraneità della ragazza all'omicidio, e più passavano i giorni, più le possibilità si assottigliavano.

Non era stato facile rintracciare la guardia giurata di cui parlava l'articolo, anche perché aveva cambiato ditta più volte, ma alla fine, grazie alla testardaggine di Kate, c'erano riuscite.

L'uomo viveva a Milano in una traversa di via Cesare Pascarella, nel cuore di quello che una volta veniva definito "il Bronx", Quarto Oggiaro, e che ora, grazie ai suoi abitanti, aveva cominciato a essere riqualificato.

Emma parcheggiò sotto il palazzo decorato dal murales che il collettivo Orticanoodles aveva dipinto con immensi fiori di tutti i colori, in omaggio alla periferia e alle donne che la abitavano.

Scesa dalla macchina, seguì le indicazioni di Google Maps e imboccò una piccola traversa. Doveva essere stato giorno di mercato, la strada era ancora sporca e qualche barbone frugava nei mucchi di verdura lasciati vicino ai cassonetti.

Dopo pochi metri arrivò davanti al palazzo. L'edificio era malridotto, uno dei pochi ancora non restaurati. Emma controllò il nome sul biglietto, poi citofonò. La porta in ferro si aprì e una voce roca disse solo: «Secondo piano». Si guardò intorno ed entrò. Due secchioni della immondizia straripanti emanavano cattivo odore e con la coda dell'occhio notò un movimento furtivo proprio lì vicino. Nel migliore dei casi si trattava di un gatto, nel peggiore di un topo. Essendo rotto l'ascensore, imboccò rapida le scale. Fece i gradini due a due per sbrigarsi.

Arrivò al secondo piano e notò sul pianerottolo una porta socchiusa.

«Tràsi e chiudi» le intimò la stessa voce maschile che le aveva risposto al citofono.

Emma non se lo fece ripetere due volte. Si trovò in un corridoio buio con la carta da parati strappata. Lo percorse e si diresse verso l'unica fonte di luce, ignorando le due porte chiuse che incontrò.

Con sua sorpresa si ritrovò in una cucina tutta bianca. Pulitissima. Un uomo sui cinquant'anni in tuta da ginnastica stava sistemando i piatti nello scolatoio.

«Scusa se non sono venuto ad aprire, ma non volevo che trovassi i piatti sporchi nell'acquaio» disse accogliendola, «ti va un buon caffè? Come lo faccio io non lo fa nessuno» sottolineò sorridendo, «Ciro Esposito» aggiunse poi porgendole il gomito, «dimmi tutto e vediamo se posso aiutarti.»

A pelle quell'uomo le rimase subito simpatico. Aveva capelli neri ricci con qualche filo argentato e grandi occhi scuri a mandorla dall'espressione intelligente.

Davanti a due tazze di caffè gli spiegò il motivo che l'aveva portata lì e lui, dopo averla valutata con una lunga occhiata indagatrice, decise di parlare.

«Quello era un momento molto difficile per la mia famiglia, mia moglie aspettava il terzo bambino, c'erano pochi soldi in casa, così quando il commendatore Dalmasso mi propose di prendere trentamila euro per dire che ero stato io a sparare per sbaglio e non sporgere denuncia non ci pensai un attimo e accettai. Tanto il proiettile me lo ero preso comunque e quei soldi per noi facevano la differenza, potevo prendere in affitto una casa più grande e stare più tranquillo» le raccontò, poi alzando gli occhi al cielo ammise: «Peccato che, come li ho presi, Rosina, mia moglie, mi ha buttato fuori di casa e ha chiesto la separazione. Così mi sono trovato a pagare l'affitto per quella e per questa casa, che è un po' una schifezza, come avrai visto, ma di più non mi potevo permettere.»

Come molti napoletani parlava a raffica ed Emma lo ascoltava curiosa.

«Ma perché Dalmasso ti ha offerto quei soldi?»

Esposito si portò una mano alla fronte e si diede un piccolo colpo.

«La capa non mi aiuta, come, non te l'ho detto? Me sparaje Liliana Dalmasso!»

Ciro scoppiò a ridere vedendo l'espressione stupefatta sul volto di Emma.

«E sai perché? Perché la colsi con le mani nel sacco.»

«Fammi capire, rubava nella sua stessa ditta?»

«Esatto. Stavo facendo il mio solito giro di perlustrazione e la trovai nell'ufficio del commendatore con le mani dentro la cassaforte. Sulle prime non la riconobbi, per cui le puntai la pistola contro e le intimai di alzare le mani e quella non ci pensò nemmeno un secondo, prese la pistola che era nella cassaforte e mi sparò. Per fortuna mi buttai da un lato e mi colse di striscio. All'epoca ero un giovanotto, non mi ci volle molto a fermarla e legarla. Poi chiamai subito il fratello, prima di avvisare la polizia. Certe volte i panni sporchi è meglio lavarli in famiglia.»

CAPITOLO QUARANTASEI

MENTRE ASPETTAVA CHE EMMA LE DESSE NOTIZIE sull'incontro con la guardia giurata, Kate aveva cercato di distrarsi leggendo un classico di Simenon, "L'assassino". Adorava lo scrittore per la capacità d'introspezione e l'approfondimento dei personaggi e, quando leggeva i suoi libri, riusciva a rilassarsi completamente, ma non quella mattina.

Il nome del fotografo aggredito e malmenato da Massimo Fontana - Sandro Migliavacca - continuava ad assillarle la mente. Di solito aveva una memoria di ferro e quella défaillance la innervosiva.

Posò il libro sul tavolino di cristallo e prese il cellulare.

Digitò il nome insieme alla parola 'fotografo'. Cliccò su 'immagini' e aspettò che si aprisse la schermata di Google.

Riconobbe subito il giovane sorridente con la barba bionda e le macchine fotografiche a tracolla. Un'altra immagine si sovrappose a quella. Un'immagine di alcuni anni prima, quando ancora usciva di casa. Quando era del tutto ignara di quello che sarebbe diventata la sua vita.

Lei e Sandro Migliavacca che si incontravano nello storico Caffè Monti di Como per conoscersi, prima che lui si recasse a Villa Mimosa per farle un servizio fotografico.

Sandro era il fotografo che le aveva mandato il suo editore italiano per realizzare quel servizio in vista dell'uscita di uno dei romanzi di Celia in Italia. All'epoca era poco più che un ragazzo, ma la sua simpatia e il suo savoir-faire avevano fatto breccia nella riservatezza di Kate.

La scrittrice sorrise al ricordo: da qualche parte doveva avere ancora il suo recapito telefonico.

Le bastò un rapido controllo nel cassetto dove conservava tutti i biglietti da visita per trovarlo. Un attimo dopo compose il numero.

«Sandro? Sono Kate Scott, ti ricordi di me?»

Due ore più tardi, dopo che Emma l'aveva raggiunta nel giardino d'inverno e aggiornata sull'incontro con l'ex guardia giurata, la scrittrice le raccontò quello che aveva scoperto grazie alle confidenze del fotografo.

«Sandro stava facendo il solito giro dei locali notturni di Como per fotografare qualche VIP quando ha sorpreso Massimo Fontana in atteggiamento diciamo affettuoso con un altro ragazzo. Quando si è accorto che Sandro lo aveva ripreso, ha avuto una reazione violenta, lo ha aggredito, lo ha preso a pugni, gli ha strappato la macchina fotografica, l'ha buttata a terra e l'ha calpestata.»

Emma fece un'espressione stupita.

«Non so se mi colpisce di più che un tipo come lui abbia avuto una reazione del genere oppure che se la sia presa per qualcosa che oggi non dovrebbe più creare problemi» commentò.

Kate si strinse nelle spalle.

«Non lo so, resta il fatto che la Dalmasso voleva pagarlo perché non trapelasse nulla e non denunciasse il figlio. Ma Sandro ha accettato solo i soldi per ricomprare l'attrezzatura fotografica.»

«E perché non ha sporto denuncia?»

Un sorriso addolcì l'espressione di Kate.

«Perché ci sono ancora persone con un'etica e dei valori, pure tra i cosiddetti paparazzi. Anche se gli ha quasi rotto il naso, oltre alla macchina fotografica, Sandro ha detto che Massimo gli ha fatto pena. Era con Liliana quando lei ha cercato di pagare il suo silenzio e dice che sembrava un cane bastonato, balbettava e non riusciva nemmeno a guardarlo in faccia. Perciò ha preso i soldi per la macchina fotografica e ha chiuso lì la cosa.»

«Una persona notevole» commentò Emma.

«Un ragazzo in gamba» disse Kate «mi ero trovata subito bene con lui.»

Emma rimase in silenzio per qualche istante.

«Sembra proprio che il modus operandi della famiglia Dalmasso sia eliminare tutti i problemi pagando» commentò alla fine. «Per quanto riguarda la guardia giurata, probabilmente se la ferita non avesse fatto infezione nessuno ne sarebbe venuto a conoscenza. Esposito me ne ha parlato perché tanto è storia vecchia e Dalmasso è morto.»

«A questo punto mi sembra evidente che la ludopatia non sia un problema di oggi» proseguì Kate. «Stiamo parlando di qualche anno fa e questo significa che Liliana Dalmasso ha sempre avuto bisogno di soldi.»

Versò un po' di acqua sul piccolo melo punteggiato di minuscoli frutti. Non lo faceva mai quando c'era Tommaso in casa perché non voleva che si offendesse, dal momento che il bambino si era preso l'onere di innaffiare i preziosi bonsai della scrittrice quando ne avevano bisogno, ma tutti i giorni Kate passava a controllare e nel caso a rimediare alle piccole mancanze del suo giovane amico.

«Questa storia getta una nuova luce su di lei» dichiarò.

«E anche sul figlio» sottolineò Emma. «Ora sappiamo che Massimo Fontana, se perde il controllo, può diventare violento.»

Kate annuì posando l'innaffiatoio.

«E che se la madre è sotto pressione può compiere atti inconsulti.» Fece una lunga pausa. «E adesso è sotto pressione.»

CAPITOLO QUARANTASETTE

ANDREA L'AVEVA ASCOLTATA IN SILENZIO, CON attenzione. Né lui né i suoi avevano ipotizzato che Liliana Dalmasso potesse essere ludopatica, né erano a conoscenza del fatto che avesse sparato a sangue freddo a una guardia giurata e che Massimo Fontana potesse celare un temperamento violento.

Lei e Kate invece, convinte dell'innocenza di Chiara Colombo, erano andate a scavare nei recessi delle vite di madre e figlio, scoprendo persone completamente diverse dall'immagine pubblica che tutti conoscevano.

Andrea non poteva non tenerne conto. Emma lo conosceva e non avrebbe mai messo in discussione la sua onestà intellettuale.

«Secondo te Dalmasso le ha rifiutato la fideiussione e la sorella ha perso il controllo e lo ha colpito con il posacenere» disse infine il vicequestore.

«Le impronte ci sono.»

«Ma c'era pure il figlio, da quello che dici potrebbe essere stato lui, ci sono anche le sue impronte» le fece notare lui.

Emma si rese conto che Andrea stava davvero prendendo in considerazione la sua teoria e ne fu felice.

Finalmente aveva di nuovo la sensazione che fossero una squadra.

«Non possiamo sapere se era lì con lei al momento del delitto, da quello che ha detto Lucia Pozzi avevano avuto una discussione violenta, forse lui era già uscito. O forse l'inverso. O forse uno ha coperto l'altra.»

Andrea stava per ribattere quando la porta si aprì ed entrò trafelato l'agente Marra.

«Scusi dottore, ma abbiamo una grossa novità, questa volta la incastriamo, dai movimenti della carta di credito…» vedendo Emma si bloccò e le parole gli morirono sulle labbra al gesto imperativo di Andrea.

«Mi dispiace Emma, ma penso che capirai» si affrettò a dire il vicequestore.

L'investigatrice si alzò e annuì. Le era bastato lo scambio di sguardi fra Andrea e Marra per capire che era di troppo.

"Non sono più una poliziotta, è bene che io non lo dimentichi."

L'aria vibrava di tensione trattenuta. Quella situazione la mortificava. Invece di darle fiducia, Andrea aveva di nuovo alzato un muro tra loro. La ritrovata sintonia era stata vanificata nel breve spazio di quello scambio di battute.

«Nessun problema» ribatté, «capisco. Capisco

perfettamente» sottolineò. Poi prese le sue cose e uscì in fretta. Sapeva di avere poco tempo. Doveva arrivare a Villa Dalmasso prima di loro.

CAPITOLO QUARANTOTTO

L'ESPRESSIONE COLPEVOLE DELLA SUA CLIENTE, UNA volta che se la trovò di fronte, non fece che confermare le peggiori paure di Emma

«Che cosa hai comprato con la carta di credito?» le chiese con urgenza.

«Io... lo so che non avrei dovuto ma...»

«Che cosa hai comprato?» ripeté l'investigatrice cercando di mantenere la calma.

Chiara abbassò lo sguardo.

«Tre biglietti aerei per il Messico.»

Tre biglietti per il Messico! Pericolo di fuga. Ecco perché Marra aveva detto che questa volta la incastravano.

«Come ti è venuto in mente? Non ti rendi conto che ti sei messa il cappio al collo da sola? Gli hai dato un motivo perfetto per un fermo.»

«Ma non mi hanno detto che non potevo allontanarmi!» Chiara era impallidita, istintivamente aveva preso in braccio Sergio e lo aveva stretto a sé. «Non possono arrestarmi...»

«Ne abbiamo parlato tante volte, sei stata proprio tu a dirmi che Del Greco non aspettava altro che metterti le manette, ero quasi riuscita a fargli cambiare idea quando hanno scoperto che volevi fuggire in Messico!»

«Ho sbagliato, ma non volevo scappare, o meglio sì, però non dalla polizia, da Pietro.»

Era molto spaventata, Emma se ne rendeva conto, ma ormai era troppo tardi.

«Che cosa è successo?» le chiese, cercando di controllare la tensione.

«Ieri sono tornata e l'ho trovato qui, mi ha minacciata, ha detto che mi avrebbe tolto Sergio e ho avuto paura.»

«Non lo può fare, Chiara. Non dovevi farti prendere dal panico, se mi avessi chiamato avremmo avvisato la polizia»

«Tu non capisci, quando mi minacciò di far del male a Giulio poi lui...»

Il suono insistente del citofono la interruppe.

«Cerca di stare calma, sicuramente saranno loro. Non avranno faticato ad ottenere un provvedimento di custodia cautelare dalla Ripamonti.»

«Che facciamo?» domandò angosciata la ragazza.

«Li affrontiamo. Ti porteranno in questura per interrogarti.»

«E Sergio?»

«Non lo so» mentì Emma, era inutile preoccuparla ulteriormente dicendole che sarebbe stato affidato a un'assistente sociale, avrebbe rischiato di fare qualche sciocchezza e già ne aveva fatte troppe. Non potevano permetterselo. «A questo punto abbiamo bisogno di un avvocato. Purtroppo non credo che ci sia altro da fare.»

«Ma tu non mi abbandonerai, vero?» Era come una bambina terrorizzata, una bambina che sta affogando e non sa come salvarsi.

«No, ma tu devi aiutarmi. Non possiamo più commettere errori così grossolani.»

Il citofono suonò nuovamente.

«Cosa devo dirgli?»

«La verità. E, se ti fanno qualche domanda che ti mette in crisi, ti avvali della facoltà di non rispondere. Io intanto chiamo il mio ex capo perché trovi un avvocato. Tu apri il cancello.»

Chiara annuì e, mentre l'investigatrice prendeva il cellulare per telefonare a Basile, andò a rispondere.

Dopo aver composto il numero dell'amico, Emma sollevò lo sguardo. In primo piano sul videocitofono era inquadrato il volto di Andrea Del Greco. Alle sue spalle un agente e una donna in borghese.

«Polizia. Avremmo bisogno di parlare con la signora Chiara Colombo.»

Con la mano che le tremava, la ragazza fece scattare il pulsante di apertura del cancello.

CAPITOLO QUARANTANOVE

TOMMY ERA APPENA RIENTRATO DA SCUOLA CON MARIA e stava facendo merenda quando si affacciò nel giardino d'inverno dove Kate era intenta a fare le parole crociate. Dal suo arrivo in Italia aveva scoperto che era un ottimo metodo per approfondire la conoscenza della lingua.

«Cosa stai facendo?» le domandò il piccolo prima di dare un morso al panino con la cioccolata.

Kate alzò la rivista di enigmistica e gliela mostrò.

«Diciamo che studio l'italiano» rispose sorridendo, «è un buon esercizio, credo che ce ne siano anche di adatte alla tua età, se vuoi dico a Maria di cercare in edicola la prossima volta che ci va.»

Tommy si avvicinò, prese la rivista, la posò sul tavolo di ferro battuto e cominciò a sfogliarla incuriosito.

«E questo cos'è?» chiese, fermandosi su una pagina dove erano riprodotti due disegni apparentemente uguali.

«Se leggi il titolo lo capisci da solo» Kate glielo indicò, poi aiutandolo lesse a voce alta: «Scopri le differenze.»

Tommy osservò attentamente le immagini, ma non colse nulla di diverso.

«Ma non ci sono!»

«Ti sbagli» lo rintuzzò la scrittrice e, dopo aver studiato per qualche istante i due disegni, gli mostrò tutti i piccoli dettagli che non combaciavano.

«Non vale, tu li avevi già visti» protestò il bambino.

Ma Kate non lo assecondò.

«No, Tommy. Semplicemente sono una attenta osservatrice. Colgo la più piccola sfumatura. È una dote che ho sempre avuto e che, a forza di stare chiusa in casa, ho sviluppato ancora di più. È solo questione di allenamento.»

Tommaso la guardò con aria scettica poi rispose serio:

«Preferisco il giardinaggio. Ho pensato, se tu sei d'accordo, di fare una bella aiuola in giardino come quella dell'amica della mamma» le disse.

Kate apprezzava molto che il bambino chiedesse il permesso prima di rivoluzionare qualcosa in casa, dimostrava attenzione per gli altri e, nello specifico, per lei.

«Non ci sono problemi, trova il posto e magari fatti aiutare dal marito di Maria per scavare la buca dove piantare i tuoi fiori» gli rispose sorridendo. «Cosa hai scelto?»

Il loro rapporto era sempre molto diretto e Kate non lo trattava mai da bambino, ritenendolo molto più adulto della sua età.

Il piccolo arricciò il naso.

«Devo vedere al vivaio cosa c'è di disponibile in questo periodo dell'anno.»

"Sempre molto assennato", pensò Kate.

«Di sicuro non voglio fare un cuore con le gerbere rosse, perché i cuori sono cose da femmine e il mio ce l'ho qui in petto, non certo nell'aiuola come ha detto lei.»

In quel momento squillò il cellullare. Kate si scusò con il bambino e si allontanò per rispondere.

Sul display era comparso il nome di Emma.

«Chiara è stata arrestata» disse la voce dell'amica prima che lei potesse parlare.

«Che cosa è successo?» Come sempre Kate andò dritta al punto.

«Ha fatto una sciocchezza e non c'è stato modo di rimediare, dopo ti racconto. Sto cercando un penalista con Basile, dobbiamo trovare un modo per tirarla fuori di lì.»

«Certo. Tienimi informata.» Kate interruppe la comunicazione e rimase a fissare un punto fuori della finestra.

Quelli erano i momenti in cui detestava maggiormente l'agorafobia che la bloccava dentro casa, facendola sentire inadeguata e impotente. Incapace di stare accanto a chi aveva bisogno del suo aiuto.

CAPITOLO CINQUANTA

ORMAI ERA UFFICIALMENTE ISCRITTA NELL'ALBO DEGLI indagati e la PM aveva stilato un'ordinanza di custodia cautelare. Motivo: pericolo di fuga.

Le avevano strappato Sergio e lo avevano affidato a quella donna. A niente era servito pregarli di lasciarlo a Maricel, a Lucia. L'assistente sociale l'aveva afferrato e lo aveva portato via.

Come in un incubo era stata accompagnata in carcere dove l'avevano perquisita, le avevano preso le impronte digitali e le avevano scattato delle foto segnaletiche.

Si era sentita violata. Calpestata.

Emma non l'aveva abbandonata. Mentre la caricavano in macchina aveva cercato di rassicurarla: "Troveremo il modo di farti uscire, stai tranquilla!"

Poi non l'aveva più vista. Per farsi coraggio si ripeteva che avrebbe fatto qualcosa per Sergio, per il suo bambino, ma il ricordo del pianto disperato di quando glielo avevano tolto dalle braccia e delle urla strazianti di Lucia non la lasciava.

Quando si era trasferita da Giulio pensava che fosse la fine di un incubo, ma non sapeva che di lì a poco ne avrebbe dovuto affrontare uno molto peggiore.

Chiuse gli occhi e cercò di convincersi che Emma l'avrebbe aiutata, che l'avrebbe riportata a casa.

CHIARA NON SI SBAGLIAVA: Emma era a poca distanza da lei.

Era arrivata mentre lei varcava i cancelli della casa circondariale di Como e, proprio in quel momento, nel parcheggio del carcere, cercava di convincere Andrea dell'abbaglio che stava prendendo.

«Non dovresti essere qui. Non sei un avvocato.» Il tono del vicequestore era duro. «Se la Colombo fosse scappata, avresti passato un guaio e lo sai» l'ammonì.

«Lo so benissimo, ma come hai visto non è scappata. L'avvocato arriverà a momenti» ribatté Emma senza lasciarsi intimorire. «Ascoltami, Chiara ha fatto una sciocchezza, ne è conscia, ma non è lei quella che ha ucciso Giulio Dalmasso.» Doveva convincerlo e, prima che venisse fuori la storia dei biglietti aerei, c'era quasi riuscita, «Andrea, so come ci si sente quando si è incalzati dal Questore, quando si deve portare a casa un risultato costi quel che costi, ma tu non sei così…»

Andrea si avvicinò a Emma e la prese per le spalle, fissandola serio:

«Ce l'hai con me perché non ti ho detto subito

quello che avevamo scoperto, ma non sei più nella squadra, non potevo fare altrimenti.»

Emma deglutì. Quello era un colpo basso. Le parole di lui l'avevano ferita e Andrea lo sapeva.

«Sto solo dicendo che sei troppo pressato, dalla stampa, dal Questore, dalla Ripamonti... non lo so, quello che so è che stai perdendo la tua obiettività, stai andando avanti a senso unico. Spesso la verità non la scopri andando dritto per dritto, bisogna sforzarsi di guardare oltre.»

Mentre parlava aveva notato che i lineamenti di Andrea si erano induriti, non gli faceva piacere ascoltare le sue critiche ed era evidente che non era disposto ad accettarle.

«Ti sbagli se pensi che io stia agendo con superficialità. Se non fosse stata colpevole, non avrebbe cercato di espatriare.»

Questa volta a fare un sospiro esasperato fu lei.

«E io ti dico ancora una volta che non è così. Se veramente avesse cercato di sfilarsi dalle maglie della giustizia avrebbe scelto un Paese dove non c'è l'estradizione, Capoverde, Namibia, Malesia, Seychelles giusto per fare qualche esempio. Chiara Colombo è una persona che ha studiato, frequenta l'università, certe cose le sa. Ha fatto quei biglietti per scappare da Pietro Sacchi che l'ha appena minacciata, ma tanto tu a questo non ci credi. Quell'uomo è pericoloso e lei ha già pagato e sta pagando per essergli sfuggita.» Una piega amara le si disegnò sulle labbra. Le dispiaceva che Andrea non capisse, che entrasse anche lui a far parte della schiera di quelli che prendevano le minacce contro le donne con superficialità. «Quanto meno ora tra loro ci sono

delle sbarre per impedirgli di farle del male»
concluse.

Poi si allontanò per aspettare Bruno e l'avvocato.
Non aveva senso continuare a discutere con Andrea.
Ormai si era arroccato sulle sue posizioni e non
sarebbe arretrato per nessuna ragione.

SI ERANO FERMATI DAVANTI alla casa circondariale dove
Bruno Basile le aveva dato appuntamento. Quando
erano scesi dalla moto, Emma era rimasta colpita
dall'età del penalista. Non dimostrava più di tren-
t'anni ma aveva un'aria molto agguerrita. Da quello
che le aveva detto Bruno, Fabio Ferri era una delle
menti più brillanti del foro di Como.

L'investigatrice lo aveva velocemente ragguagliato
e lui si era mostrato ottimista. Se tutto quello che la
polizia aveva in mano erano solo i tre biglietti aerei
per il Messico, non erano messi poi così male.

A Emma quel giovane avvocato era subito
piaciuto e si augurava che anche Chiara provasse la
stessa sensazione positiva.

Si salutarono con la promessa che l'avrebbe
aggiornata dopo l'incontro con la sua assistita.

Rimasti soli, Emma insisté per riaccompagnare
Bruno a casa. A quel punto non potevano far altro che
aspettare notizie. Salirono sulla Mini parcheggiata
poco lontano. Emma era tesa e non faceva nulla per
mascherarlo. Non con lui. Erano troppo amici.

Entrato in macchina, Bruno partì all'attacco senza
inutili giri di parole:

«Capisco che tu sia preoccupata, ma come dice lui
questo fermo...»

Emma alzò una mano per interromperlo.

«Non si tratta di quello» rispose amareggiata, «è l'atteggiamento di Andrea che non capisco e che mi fa male» disse tutto d'un fiato. «Mi ha trattato da estranea, ha sottolineato che non ero più nella squadra e che non avrei dovuto essere lì.»

Questa volta fu Bruno a fare un sorriso amaro.

«A volte si dicono cose che non si pensano, Andrea è sotto pressione» affermò «ti assicuro che da quello che si dice nell'ambiente non è facile lavorare con quel manico di scopa della Ripamonti.»

«Sì, ma…»

Bruno la interruppe.

«Lasciami parlare. È vero che ultimamente vi siete trovati a collaborare, ma ha ragione Andrea. So che per te è importante fare squadra, lo vedo da come condividi le indagini con Kate Scott, che tra l'altro è un ottimo partner anche se sta chiusa fra quattro mura, ma con Andrea è diverso. È lui che ha sbagliato in precedenza. Se io fossi stato il suo capo non credo che avrei approvato i vostri» la guardò critico «come vogliamo chiamarli? Scambi di informazioni?»

«Non sono mai andata contro la legge» ribatté Emma sulla difensiva.

Bruno scosse la testa.

«Non venire a dirlo a me, so quello che hai fatto e so perché lo hai fatto. Non è facile lavorare come investigatore, io prima di te mi sono trovato in situazioni limite e talvolta bisogna infischiarsene delle regole se vuoi andare a rete.»

Improvvisamente Emma vide la questione sotto una nuova luce.

«Credi che lo abbiano ripreso?»

Bruno scrollò le spalle.

«Non lo so, comunque, anche se ti stima, anche se ha piena fiducia in te, non può considerarti parte della sua squadra. Prima lo accetti, prima i vostri rapporti torneranno a distendersi» disse posando una mano sulla maniglia dello sportello. «E ora arrivederci signora Castelli, la lascio andare perché ha ancora un bel po' di strada prima di arrivare a casa» la salutò con affetto. Poi aggiunse: «E non ti preoccupare, le cose con Andrea si sistemeranno, ne sono sicuro. Del Greco tutto è tranne che uno stupido e sa quanto vali.»

Emma si piegò verso Bruno e, sorridendo, gli stampò un bacio sulla guancia col suo rossetto color geranio.

«Quando sto giù di corda devo ricordarmi di telefonarti, sei un toccasana.»

Bruno rise e aprì lo sportello.

«Io per te ci sono sempre, lo sai.» Poi la salutò e si diresse verso casa.

CAPITOLO CINQUANTUNO

CHIARA. SERGIO. GIULIO. LI CERCAVA DA ORE, DOVE erano andati a finire? Perché non tornavano a casa?

Continuava a uscire in giardino e rientrare nella speranza di trovarli, ma sembravano spariti. Avrebbe voluto andare a cercarli giù in città, Maricel però le aveva detto che non doveva uscire, che doveva restare lì ad aspettarli.

Forse era solo un gioco?

Forse si erano nascosti da qualche parte?

Lucia sorrise e scese le scale di corsa.

Sì, doveva essere così.

«Sergio... Sergiolino... conta conta contarello, questo gioco è molto bello, molto bello come te, conta uno, due e tre...»

La corsa si era fermata davanti allo studio di Giulio. Chiara aveva detto che non doveva entrare, ma quale posto migliore per nascondersi di una stanza dove non si può entrare? Allungò la mano sulla maniglia. La spinse in basso.

«Conta, conta contarello, questo gioco è molto bello…»

La porta si aprì.

Un flash improvviso la raggelò.

Un puntino rosso che si allargava sempre più.

Un grido terrorizzato ruppe il silenzio. Il suo grido.

Lasciò la maniglia come se fosse bollente. La porta si richiuse di scatto.

Il cuore le batteva forte in petto. La mano tremava.

Sentì dei passi alle sue spalle, qualcuno che correva.

«Lucia, che è successo?»

Era Maricel che, vedendola davanti allo studio, la rimproverò:

«Te l'ha detto Chiara che lì non ci devi entrare, la polizia ancora non ha tolto quelli» disse indicando il nastro giallo sulla porta. «Cosa cercavi?»

«Chiara, Sergio…»

«Non ci sono, sono usciti e tu devi stare tranquilla» rispose Maricel guidandola lungo il corridoio, «devi stare con me. Vieni, andiamo in cucina, aiutami a preparare le verdure.»

Lucia si fece condurre come una bambina, ma mentre camminava voltò di nuovo la testa e il suo sguardo tornò allo studio.

Dietro quella porta c'era qualcosa, qualcosa di brutto.

CAPITOLO CINQUANTADUE

"Cosa può fare una madre per un figlio?

Qualsiasi cosa, anche coprire un omicidio.

E un figlio per una madre? Un figlio come Massimo Fontana?

La risposta è la stessa: qualsiasi cosa.

Liliana Dalmasso e il figlio sono una l'alibi dell'altro, ma potrebbero mentire tutti e due.

E potrebbe mentire Pietro Sacchi, disposto a tutto pur di riprendersi Chiara, forse anche a uccidere."

Tutte le piste erano aperte, rifletté Kate, ma questo non era d'aiuto alla loro cliente (in realtà era cliente di Emma, ma il suo grado di coinvolgimento ormai era tale che la considerava anche un po' sua).

«L'avvocato mi ha fatto avere il permesso per andare da Chiara in carcere» disse Emma entrando in cucina e puntando verso la macchina del caffè.

«Bene, così si sentirà supportata, immagino che sia molto doloroso essere stata separata da suo figlio e il carcere non è esattamente il posto giusto per tirarsi su di morale.»

Emma sospirò.

«Il problema è che non so cosa dirle per incoraggiarla, non abbiamo nessuna novità e in più sono preoccupata per il bambino, ho saputo dall'avvocato che non vuole mangiare e piange in continuazione.»

«Forse avrebbe bisogno di vedere qualcuno che conosce» suggerì Kate.

«Ho pensato la stessa cosa e ho chiesto di poter andare con Lucia nella casa famiglia dove lo hanno portato, il bambino le è molto affezionato e forse con lei mangerà.»

Kate fece un gesto di approvazione.

«È una buona idea. Non credo che avranno problemi ad accordarti il permesso.» Rimase qualche istante sovrappensiero, poi: «Emma, che mi dici di Lucia?»

Emma smise di armeggiare con i filtri e la fissò sorpresa.

«Che intendi?» chiese.

«Che impressione hai di lei? Ti sembra sincera?»

«Stai pensando che potrebbe essere stata Lucia a uccidere Dalmasso?» chiese l'investigatrice perplessa.

«Penso che forse non possiamo scartare un'ipotesi perché si tratta di una persona con un ritardo cognitivo. In fondo in teoria all'ora del delitto era l'unica che si trovasse in casa o nei paraggi.»

«Oltre all'assassino» la contraddisse Emma. «Non l'abbiamo scartata per il ritardo cognitivo ma perché non aveva un movente e perché, secondo chi la conosceva, aveva una sorta di adorazione per Giulio Dalmasso. La psicologa che ha parlato con lei ha detto che davvero non ricorda niente di quello che è successo.»

Kate sapeva che, se il suo dubbio era legittimo, le obiezioni di Emma erano logiche. E comunque, anche a voler considerare Lucia Pozzi una possibile sospettata, questo non faceva che aggiungere una pista a quelle che già avevano, lasciando tutto nel campo delle ipotesi, mentre era di qualcosa di concreto che avevano assolutamente bisogno.

Come se le avesse letto nel pensiero Emma disse:

«Ci serve qualcosa che faccia pendere la bilancia a favore di Chiara.»

Tacquero tutte e due e nel silenzio che seguì lo squillo del cellulare di Emma le fece sobbalzare.

«Sì, pronto» disse l'investigatrice.

«La signora Emma Castelli?» chiese una voce femminile sconosciuta.

«Sono io, chi parla?»

«Carolina Vinali. Ho ricevuto il suo messaggio, se vuole possiamo incontrarci.»

CAPITOLO CINQUANTATRÉ

Si erano date appuntamento a Milano, nel bar all'interno del grande magazzino a piazza Duomo. Emma era arrivata in anticipo, il locale era stranamente poco affollato, lei cercò un tavolo appartato e si sedette.

Dopo un po' controllò l'ora e si guardò intorno. Nessuna delle persone presenti poteva essere la Vinali. Forse era semplicemente in ritardo, ma poteva anche averci ripensato. Si augurò con tutto il cuore che la seconda ipotesi non fosse quella giusta. La sorte di Chiara, in quel momento, era legata a quello che la ex di Sacchi avrebbe deciso di fare.

Lo sguardo di Emma spaziò oltre la grande vetrata e si perse per alcuni istanti nella contemplazione delle maestose guglie del capolavoro di arte gotica che aveva di fronte. Aveva già detto al cameriere che stava aspettando un'amica, ma avvertendo il suo sguardo fisso su di lei, ordinò un caffè. Lo sorseggiò continuando a tenere d'occhio l'entrata alla sala, ma inutilmente.

Sembrava che anche quel sottile filo di speranza fosse stato troncato.

Stava per alzarsi e rinunciare quando vide arrivare una donna che sembrava la copia esatta di Chiara Colombo. Stessa struttura fisica. Alta, longilinea, capelli a caschetto, grandi occhi scuri, look discreto. Sarebbero potute passare tranquillamente per sorelle. Si guardava intorno in cerca di qualcuno.

Si alzò e le fece un cenno. La donna la raggiunse.

«Emma Castelli?» chiese tendendole la destra. «Mi scusi per l'attesa, ma la babysitter ha fatto tardi e non ho trovato un taxi.»

«L'importante è che sia venuta» rispose l'investigatrice facendole cenno di accomodarsi, «cosa posso offrirle?»

«Grazie nulla, ho lo stomaco chiuso. Cosa voleva da me?»

Era andata dritta al punto, senza svicolare inutilmente.

Emma le riassunse in breve tutta la storia, spiegandole che Chiara era terrorizzata da Sacchi e che lui avrebbe potuto essere l'assassino di Dalmasso.

«Non fatico a crederle, per me è stato un incubo» disse Carolina Vinali. «Ho cambiato casa, lavoro, telefono. Ma non è bastato. Per caso lui mi ha incontrata in centro con il mio nuovo compagno e lo ha aggredito. Per fortuna Alessio è un maestro di karate, altrimenti non so come sarebbe finita.»

«Perché non lo ha denunciato?»

La Vinali abbassò lo sguardo.

«Stavo per farlo, ma poi fu trasferito a Como per

allontanarlo dall'ufficio ed evitare una pubblicità sgradevole per l'azienda. Speravo che fosse finita lì, ma lui continuava a telefonarmi a casa, a stalkerarmi. Alessio non ne poteva più perché io stavo per avere un esaurimento nervoso. Poi è arrivata la notizia che avevo vinto il concorso all'INPS, ho lasciato l'ufficio e ho chiesto il trasferimento in un'altra città, così ho chiuso definitivamente con quell' incubo.»

«So di chiederle tanto, ma lei e il suo compagno sareste disposti a testimoniare? Per Chiara sarebbe molto importante. È giovane, ha un bambino piccolo, non è giusto che debba vivere nel terrore.»

Carolina Vinali non rispose subito. Deglutì. Poi alzò lo sguardo su Emma.

«Alessio ne sarà felice, ho faticato non poco per convincerlo a non procedere per vie giudiziarie. E lo farò anch'io, quell'uomo non può continuare a distruggere la vita delle persone che hanno avuto la sfortuna di incontrarlo.»

CAPITOLO CINQUANTAQUATTRO

IL CARCERE NON È FACILE PER NESSUNO, MA A EMMA bastò un'occhiata per capire che c'era dell'altro. Chiara era l'ombra della bella ragazza che si era presentata da loro poco meno di un mese prima. Aveva occhiaie profonde e il volto segnato di chi non riesce a riposare nemmeno pochi minuti.

L'investigatrice la raggiunse e si sedette al tavolino.

La giovane non si sforzò neanche di fare un sorriso, senza nemmeno salutarla le porse una lettera.

«Oggi mi hanno recapitato questa.»

Nei suoi occhi Emma lesse la paura e la disperazione. Prese la busta e l'aprì.

Le bastarono poche righe per capire che Pietro Sacchi era stato di parola, aveva presentato l'istanza per il riconoscimento del bambino.

La prima domanda che le venne in mente fu: perché? Perché lo aveva fatto? A lui non importava niente di Sergio, malgrado quello che aveva raccontato ai giornali e alla polizia. Ma trovò subito la risposta: Sergio era quanto di più prezioso avesse Chiara e lui voleva usarlo come arma di ricatto per farla tornare con lui. Il bambino era solo un tramite per il raggiungere l'obiettivo.

«Come possiamo fermarlo?»

«Dobbiamo dimostrare che è un uomo violento. In quel caso, anche se il DNA confermerà che Sergio è suo figlio, nessun giudice glielo affiderà mai.» La guardò negli occhi sperando di infonderle coraggio: «Ho una buona notizia per te. Carolina Vinali, la sua ex, è disposta a testimoniare contro di lui insieme al suo compagno, che è stato aggredito da Sacchi.»

Una luce di speranza si accese negli occhi della ragazza.

«Grazie» mormorò. Ma poi il suo volto si oscurò di nuovo.

«E se io non dovessi uscire da qui?»

Emma si protese verso di lei e le strinse le mani.

«Non devi pensarlo nemmeno un secondo. L'avvocato dice che riuscirà a ottenere i domiciliari perché hai un bambino piccolo che ha bisogno di te e...»

«A chi lo hanno dato?» la interruppe Chiara angosciata.

Emma cercò di essere rassicurante, omettendo parte della verità per non peggiorare la situazione.

«Brava gente, è una coppia sulla cinquantina con molta esperienza, che gestisce una casa famiglia. Ci sono stata e lo trattano bene, non devi preoccuparti. Pensavo anche di portare Lucia a trovarlo, in modo da fargli vedere un viso amico.»

Chiara annuì asciugandosi una lacrima col dorso della mano.

«Ma tu devi cercare di riposare» aggiunse Emma «non puoi farti vedere da Sergio in questo stato. Da quanto non dormi?»

«Da quando sono qui. Il dottore mi ha dato delle pillole, ma non voglio prenderle.»

«Sbagli. Un sonnifero leggero non può che farti bene. Non dormire non aiuta né te, né Sergio. Io ti prometto che troveremo un modo per tenere Sacchi lontano da voi, ma tu devi promettermi che farai il possibile per rimetterti in sesto. Quando uscirai avrai bisogno di essere lucida e forte. D'accordo?»

Chiara tirò su col naso ma poi finalmente le sue labbra accennarono un sorriso.

«Mi fido di te e di Kate, so che ce la state mettendo tutta. Ma ho paura. Ho provato a dire che Pietro aveva minacciato di uccidere Giulio, ma nessuno mi crede e lui si sente sempre più forte.»

«Ancora per poco.»

CAPITOLO CINQUANTACINQUE

Seduta dietro la sua scrivania Gabriella Ripamonti lo osservava con le braccia conserte.

«Ho bisogno di prove concrete Del Greco, altrimenti rischiamo di fare un buco nell'acqua, il GUP potrebbe decidere per il non luogo a procedere.»

«Ma tutto porta alla Colombo» obiettò il vicequestore.

«Indizi, solo indizi. Lei mi fornisca prove tangibili e potrò chiedere il rinvio a giudizio» Poi la PM aggiunse: «Anche io sono convinta della sua colpevolezza, ma questa è la legge e per poterla processare quello che abbiamo non basta.»

Andrea annuì, la salutò e uscì dalla stanza frustrato.

Ventiquattr'ore per trovare quello che non avevano trovato fino a quel momento.

Doveva analizzare di nuovo il caso dall'inizio. Bisognava tornare sul luogo del delitto, interrogare nuovamente i vicini, risalire a tutti gli spostamenti di

Chiara Colombo per verificarne gli orari al centesimo di secondo.

Avrebbe mandato Marra a parlare con l'autista dell'autobus che aveva fatto la corsa sulla quale era salita la fisioterapista per tornare a Cernobbio. Magari questa volta avrebbero avuto un colpo di fortuna e qualcosa sarebbe emerso. Magari qualcuno l'aveva notata.

Doveva anche ricontrollare i filmati delle videocamere di sorveglianza, forse gli era sfuggito qualche dettaglio. L'unica speranza concreta, si disse, era che quella dei vicini, che finalmente erano riusciti a rintracciare e stavano rientrando, avesse ripreso un particolare utile all'indagine.

Sospirò portandosi indietro i capelli con la mano. La verità è che doveva farsi venire una nuova idea su come indirizzare le indagini e in quel momento non sapeva proprio a che santo votarsi.

Per un attimo il suo pensiero andò a Emma, alla determinazione che metteva nel difendere l'innocenza della sua cliente. Non poteva negare che avesse delle argomentazioni sensate, che avesse scavato a fondo nella vita delle persone che avrebbero potuto essere responsabili dell'omicidio di Dalmasso, ma quello che non riusciva ad accettare era il presupposto da cui partiva: che Chiara Colombo non fosse colpevole. Continuava a ritenere che non avesse mantenuto il distacco necessario e che questa sua convinzione derivasse dall'aver empatizzato con la ragazza.

I sentimenti che nutriva nei confronti di Emma in quel momento erano ambivalenti: da un lato ammirava la sua dedizione, la sua passione, il suo gettarsi nella mischia senza risparmiarsi, dall'altro era irritato dalle sue critiche e dai suoi giudizi, che riteneva di non meritare.

Per un attimo si impose di essere completamente sincero con se stesso e si chiese se la sua durezza e il suo essere aggressivo nei confronti dell'amica non derivassero in realtà dal dubbio che Emma potesse essere nel giusto.

Andrea allontanò con irritazione quel pensiero. Non era il momento di autopsicanalizzarsi e di produrre elaborate quanto inutili elucubrazioni. Gli dispiaceva per il clima di freddezza che si era creato tra loro ma uno dei due doveva restare lucido. E non aveva dubbi su chi.

Adesso doveva agire e doveva fare in fretta.

CAPITOLO CINQUANTASEI

PIETRO SACCHI, AL VOLANTE DELL'AUTO PARCHEGGIATA in modo da non dare nell'occhio, sorrise soddisfatto.

Il suo intuito era stato premiato.

Una donna era andata ad aprire la porta della villetta con un bambino in braccio. E lui lo aveva riconosciuto subito. Sergio. Suo figlio.

Era il punto debole di Chiara, il suo tallone di Achille.

Nonostante avesse avviato le pratiche di riconoscimento, i tempi erano molto lunghi, l'avvocato l'aveva avvisato.

Ma a lui questo non interessava.

Quello che voleva era insinuare in lei il terrore che glielo potesse portare via. E c'era riuscito, ne era convinto.

In carcere, Chiara era particolarmente vulnerabile e la notizia che aveva chiesto il riconoscimento di paternità doveva esserle piombata addosso con la violenza e gli effetti di un tornado.

Ma adesso, se voleva che Chiara tornasse con lui, doveva andare oltre.

Dopo quella visita a Villa Dalmasso aveva capito che la governante aveva un debole per il piccolo ed era certo che sarebbe andata a trovarlo.

Così era stato.

Quella ficcanaso di Emma Castelli era passata a prenderla e l'aveva portata dal bambino.

E con Lucia Pozzi aveva portato anche lui.

Non era stato difficile seguirle con la macchina. Era stato molto attento a mantenere una distanza di sicurezza. L'investigatrice non poteva sapere che lui stava cercando il bambino e glielo aveva servito su un piatto d'argento.

Sergio.

Lanciò uno sguardo alla villetta. Erano entrate e le vide in quella che sembrava essere la cucina. La governante era vicino alla finestra e teneva in braccio il piccolo.

Sacchi non provava alcuna tenerezza nei confronti di quel bambino. Era tutta colpa sua se le cose fra lui e Chiara erano precipitate. Se lei lo aveva lasciato andandosene di casa. Ma pensò che ora avrebbe rimesso a posto tutto.

Era solo una questione di tempo. Era sicuro che Chiara avrebbe capito. Era sempre stata ragionevole e sarebbe tornata ad esserlo.

"Forse dovrei andare a trovarla in carcere, potrei dirle che so dove si trova Sergio e che posso passare a prenderlo quando voglio."

Sì, gli sembrava un'ottima idea.

Una risata sommessa risuonò nella macchina. In

fondo lui era un paparino attento e Chiara lo avrebbe sicuramente apprezzato.

CAPITOLO CINQUANTASETTE

Quando Sergio aveva visto Lucia le aveva gettato le piccole braccia al collo e aveva smesso di piangere. Per il piccolo era stato un bene ritrovarla, per Lucia un po' meno, pensò Emma mentre guidava verso Villa Dalmasso.

Non era stato facile farla venir via dalla casa famiglia e durante tutto il tragitto di ritorno Lucia aveva ripetuto in maniera compulsiva: "Quando tornano a casa?".

A niente era servito cercare di tranquillizzarla con generici "Presto", la Pozzi non si dava per vinta, voleva saperlo con esattezza e la verità era che lei non aveva una risposta da darle.

Una volta arrivate alla villa, Emma accostò e si rivolse a Lucia:

«Mi raccomando, Maricel ti sta aspettando, non farla preoccupare.»

«Ma tu quando mi riporti da Sergio?»

«Domani, o dopodomani, quando l'assistente sociale ci dà il permesso.»

«Non è l'assistente sociale che deve dare il permesso, è la madre! Non possono tenere la madre lontano dal suo bambino!»

Emma cercò di non spazientirsi. Glielo aveva già ripetuto molte volte, ma per l'ennesima rispose con calma:

«Chiara non può stare con il suo bambino perché la trattengono in carcere, appena la faranno uscire tornerà a casa da te con Sergio.»

«Non si lasciano i bambini con le altre mamme, Sergio vuole stare a casa sua. Sergio non mangia» dichiarò la donna testarda. Era come se non la ascoltasse.

«E infatti sto facendo di tutto per farla tornare, stai tranquilla.» Era impossibile ragionare con lei, come i bambini sentiva solo quello che voleva sentire, quello che rispondeva alle sue esigenze.

«Perché non può tornare a casa? Perché Sergio deve stare con quella signora che non gli vuole bene?»

L'assenza del bambino e di Chiara la stava destabilizzando, si disse Emma.

«Perché così dice la legge, fin quando Chiara non sarà libera, lui dovrà stare in quella casa famiglia. Lo trattano bene, devi stare tranquilla.»

«Ma dovrebbe stare con me» dichiarò la donna.

Emma le sorrise, nella sua semplicità Lucia aveva ragione. Sicuramente il piccolo sarebbe stato meglio a casa sua con lei e Maricel ma, anche se aveva provato a parlarne con l'assistente sociale, non c'era stato verso di convincerla. Senza mezzi termini la donna le aveva detto che, se il fermo di Chiara Colombo fosse stato confermato e il bambino avesse continuato ad avere problemi con l'alimentazione, avrebbero preso in considerazione l'idea di portarlo alla madre in carcere. Ma questo era inutile spiegarlo a Lucia.

«Ci vediamo domani» la salutò Emma aprendole lo sportello. Controllò l'orologio. Erano le quindici e trenta, Maria doveva essere andata a scuola a riprendere Tommy.

Lucia scese restia dalla macchina.

«Ma torniamo da Sergio, vero? Mi accompagni?» Più che domande erano affermazioni.

«Certo» la rassicurò Emma. Poi controllò che entrasse nella villa. Solo una volta che il cancello si fu richiuso alle sue spalle mise in moto. Stava per entrare in carreggiata, quando vide di nuovo la donna con il cucciolo di pastore tedesco al guinzaglio che procedeva lungo il marciapiede.

Ebbe un flash improvviso. L'ora della passeggiata della donna con il cane coincideva con quella presunta dell'omicidio di Giulio Dalmasso.

Spense il motore e scese di corsa dall'auto. Aveva bisogno di parlarle.

CAPITOLO CINQUANTOTTO

EMMA AVEVA TELEFONATO SUBITO A KATE PER comunicarle quello che aveva scoperto e che aveva intenzione di recarsi in questura per parlare con Andrea. Questa volta il vicequestore avrebbe dovuto ascoltarla.

A sorpresa, Kate le aveva detto che Del Greco stava andando proprio da loro per riprendere Maya. La babysitter si era sentita poco bene e lui aveva lanciato un SOS chiedendo se, all'uscita di scuola, la figlia potesse tornare con Tommy e Maria.

Emma si preparò all'incontro con Andrea con un certo nervosismo. L'ultima volta che si erano visti, nel parcheggio del carcere, tra loro non c'era stato esattamente uno scambio amichevole. Doverlo considerare da alleato ad avversario le pesava molto, ma non poteva far finta che non fosse successo nulla.

Una volta che si ritrovarono nel salone di Villa Mimosa, Emma ripensò con rimpianto all'atmosfera rilassata e amichevole di quando erano stati lì tutti e tre insieme un po' di tempo prima. Adesso la tensione tra lei e Andrea era tangibile, malgrado Kate, da perfetta padrona di casa, facesse il possibile per stemperarla parlando del più e del meno.

Dopo che i bambini vennero mandati in giardino a giocare e Maria ebbe servito il caffè, fu Andrea che parlò per primo.

«Kate mi ha detto che hai una novità importante, ma questa volta non sei la sola» esordì con un vago tono di sfida.

«E io scommetto che resterai a bocca aperta quando saprai cosa ho scoperto» ribatté Emma con piglio battagliero.

Kate tossicchiò.

«Non vi metterete a fare a gara come degli scolaretti, mi auguro» li ammonì. «Io penso che in questo momento la cosa più importante sia unire le proprie forze per scoprire la verità, non credete?»

Emma notò che Andrea distoglieva lo sguardo e anche lei si sentì a disagio per il proprio comportamento. Ripensò alle parole di Bruno e decise di tenerle presenti. Kate aveva ragione, anche se le loro teorie sul delitto erano divergenti, non era un buon motivo per innescare un gioco di ripicche.

«Sono d'accordo» disse in tono conciliante. «Per quanto mi riguarda, ho la prova che Pietro Sacchi...»

«... era a Villa Dalmasso il giorno del delitto» concluse per lei Andrea.

«Bingo!» esclamò Kate. «Questa sì che è una notizia!»

«Come l'hai scoperto?» chiese Emma sorpresa.

«Stavo per farti la stessa domanda» rispose il vice-questore. «Noi abbiamo controllato il filmato della videocamera di sorveglianza della villa vicino a quella di Dalmasso» spiegò. «Nei giorni scorsi non l'avevamo potuto visionare perché i proprietari erano fuori, ma alla fine li abbiamo rintracciati. E tu?» le chiese poi.

«Io ho una testimone che l'ha riconosciuto, una donna che tutti i giorni a quell'ora porta il cane a fare una passeggiata. Le ho mostrato le foto dello staff dell'agenzia dove lavora Sacchi e l'ha individuato subito.»

Andrea le rivolse un sorriso che diede a Emma quella sensazione di calore che le era tanto mancata.

«Inutile chiederti se hai preso tutti gli estremi di questa persona, perché so che l'hai fatto» le disse. «Devo parlare subito con la Ripamonti e ottenere un mandato di perquisizione.»

LA PM AVEVA AUTORIZZATO senza discutere la perquisizione a casa di Pietro Sacchi.

Andrea si presentò dal broker con la scientifica, confidando di trovare le prove che confermassero che l'uomo era a Villa Dalmasso il giorno dell'omicidio. Sacchi aprì subito ma, di fronte al mandato, si mise sulla difensiva.

«Io non ho fatto niente, non c'entro con quella storia.»

«Allora non ha nulla da temere» replicò Andrea.

Gli uomini della scientifica si diressero subito in camera da letto e in bagno. Sapevano cosa cercare: un paio di scarpe 44 con la suola carrarmato.

Mentre la squadra lavorava, Andrea, guardandosi intorno, notò una foto di Sacchi vicino a una moto su una strada di montagna. Ai piedi indossava proprio un paio di scarpe di quel tipo. Voltandosi verso Sacchi gli chiese sorridendo:

«Belle scarpe, che numero porta?»

CAPITOLO CINQUANTANOVE

Pietro Sacchi sedeva di fronte ad Andrea e alla PM Ripamonti nella saletta degli interrogatori della questura. Accanto a lui c'era il suo avvocato, perché questa volta non si trattava di una conversazione con qualcuno informato sui fatti, ma dell'interrogatorio di un presunto colpevole.

Andrea studiava il broker cercando di individuare qualche segnale di nervosismo, ma era evidente che l'uomo manteneva un controllo ferreo sulle proprie emozioni. Stavolta però lui aveva in mano delle carte che poteva giocarsi. La PM gli aveva detto che gli avrebbe lasciato condurre il colloquio ma ovviamente aveva voluto essere presente.

«Signor Sacchi, perché ci ha mentito dicendo che il giorno dell'omicidio lei non era andato a Villa Dalmasso?» esordì il vicequestore.

Sacchi guardò l'avvocato.

«Può dirmi su cosa si basa questa affermazione, dottore?» chiese il legale.

Andrea decise che non era il caso di giocare a rimpiattino e che poteva calare il suo tris di assi.

«Abbiamo i fotogrammi del filmato di videosorveglianza della villa vicina che mostrano chiaramente il signor Sacchi che scende dalla macchina proprio nel lasso di tempo in cui la perizia del medico legale ha stabilito che sia avvenuta la morte del dottor Dalmasso. Poi la testimonianza di una persona che lo ha visto fuori del cancello di Villa Dalmasso nello stesso orario e infine, anche se evidentemente il suo cliente si è sbarazzato delle scarpe con cui ha lasciato un'impronta nell'aiuola del giardino proprio dove si affaccia la stanza in cui è stato commesso l'omicidio, abbiamo trovato in casa sua del terriccio compatibile con quello dell'aiuola e una foto in cui indossa delle scarpe di quel tipo. Anche il numero è lo stesso.».

Sacchi e l'avvocato si scambiarono un'occhiata.

«Posso restare un momento solo con il mio cliente?» chiese il legale.

Andrea guardò la Ripamonti che annuì.

«D'accordo, avete cinque minuti.»

Il poliziotto e la magistrata uscirono.

«Crede che confesserà?» chiese lei

«Non lo so, dobbiamo capire quale sarà la loro strategia» rispose Del Greco. «Ma ho la sensazione che non sarà così semplice.»

Allo scadere del tempo rientrarono nella stanza.

L'avvocato prese di nuovo la parola:

«Il mio assistito ha deciso di collaborare, in vista soprattutto del fatto che non è l'autore dell'omicidio e l'unico reato che ha commesso è quello di essere entrato nel giardino della villa.»

«Questo non sta a lei stabilirlo» affermò la Ripamonti.

«Ammesso e non concesso che sia come dice» sottolineò Andrea «sicuramente oltre alla violazione di domicilio ha fornito false informazioni alla polizia e, lo sa benissimo avvocato, anche questo è reato.»

Il legale stava per replicare ma Sacchi intervenne:

«Dottore, lei ha ragione, ma quando ho visto cosa era successo ho avuto paura, ho perso la testa e sono scappato.»

«E cosa sarebbe successo signor Sacchi?»

«Sono arrivato, ho suonato al citofono ma nessuno ha risposto, ho visto il cancello aperto e sono entrato.»

«Può dirmi cosa ci faceva a Villa Dalmasso?»

Sacchi tacque per alcuni istanti, Andrea stava per incalzarlo quando l'uomo disse tutto d'un fiato:

«Io amo Chiara, dottore, volevo che tornasse con me insieme al nostro bambino ma non potevo essere complice di un omicidio.»

«Si spieghi meglio» intervenne la Ripamonti.

L'uomo abbassò lo sguardo e si fissò le mani.

«Non posso più coprirla» sussurrò «perché rischio di essere incriminato per qualcosa che non ho commesso.» Guardò l'avvocato che annuì incoraggiandolo a continuare. «Chiara mi aveva chiesto di uccidere Dalmasso» dichiarò Sacchi.

Andrea rimase impassibile. In anni di interrogatori aveva sentito di tutto ed era allenato a non lasciar trapelare nessuna reazione. Anche la Ripamonti non fece una piega.

«E allora cosa ci faceva lì?» lo incalzò.

Il broker inalò a fondo.

«Volevo avvisare Dalmasso del pericolo che correva.»

Andrea si permise un sorriso.

«E come mai, dati i suoi sentimenti nei confronti del dottor Dalmasso, si sarebbe preoccupato per lui?»

Sacchi ignorò l'ironia contenuta nelle parole del poliziotto.

«Se devo essere sincero, mi preoccupavo per me, più che per lui. Temevo che, se Chiara avesse commesso quella follia, io sarei stato coinvolto, quindi ho pensato di prevenirla.»

«E invece cosa è successo?»

«Sono arrivato alla porta, ho suonato e di nuovo nessuno ha risposto. Ho fatto il giro della villa, mi sono avvicinato alla vetrata dello studio e ho visto Dalmasso a terra, c'era sangue e lui non si muoveva... allora sono scappato, gliel'ho detto.»

«Questo prefigura il reato di omissione di soccorso» dichiarò la Ripamonti.

«E, se si dimostra che questa volta ha detto la verità, anche di favoreggiamento» aggiunse Del Greco. «Fa un bel po' di anni, lo sa?»

«Ma sono reati minori e certamente il giudice terrà conto del fatto che il mio cliente ha scelto di collaborare» intervenne l'avvocato.

«Sempre che non abbia inventato tutto» replicò Andrea. Scambiò un'occhiata d'intesa con la PM e si alzò. «Va bene signor Sacchi, firmi il verbale e per il momento può andare, ma non lasci la città.»

Quando il broker uscì, Andrea colse il lampo di un flash nel corridoio: evidentemente qualche fotografo era riuscito a entrare eludendo la sorveglianza.

Si voltò verso la Ripamonti:

«Lui e la Colombo erano d'accordo, lo hanno ucciso insieme e adesso usano lo stratagemma di accusarsi uno con l'altra» disse convinto.

La PM sospirò.

«Non abbiamo abbastanza prove, lo sa benissimo Del Greco.» Poi aggiunse: «Non ho avuto il tempo di dirglielo, ma l'avvocato ha ottenuto dal GIP gli arresti domiciliari per la Colombo, con la motivazione che ha un bambino piccolo che si trova in una situazione di disagio.»

Andrea lasciò cadere le braccia lungo i fianchi in un gesto di sconforto.

«Glielo ripeto» ribadì la Ripamonti «ci serve qualcosa di più concreto. Mi tenga aggiornata.» E uscì dalla stanza.

Andrea non riuscì a trattenere la frustrazione.

«Maledizione!» esclamò mollando un pugno sul tavolo.

CAPITOLO SESSANTA

L'AVVOCATO FERRI AVEVA CHIAMATO EMMA PER avvisarla che era riuscito a ottenere i domiciliari per la sua assistita. Chiara aveva avuto il permesso di tornare a casa da sola ed Emma era andata a prenderla alla casa circondariale.

Dopo un po' di attesa, la cancellata si aprì e la ragazza uscì a piccoli passi, guardandosi intorno con un'espressione incredula. Emma scese dall'auto e le andò incontro.

«Il primo passo è fatto» le disse abbracciandola.

«Quando mi hanno chiamato non ci credevo» mormorò la giovane.

«Te l'avevo detto che ti avrebbero concesso i domiciliari. Forza, montiamo in macchina, c'è qualcuno che ci aspetta.» Chiara la fissò interdetta e l'investigatrice le sorrise. «Il giudice ha firmato l'autorizzazione per riportare Sergio a casa, penso che tu non veda l'ora di riabbracciarlo.»

Il volto della ragazza si illuminò ma, una volta in auto, Chiara cominciò a tirarsi le pellicine delle unghie, il volto teso, le labbra contratte.

«Cerca di rilassarti, so che è stato duro, ora però almeno sei fuori» le disse Emma.

Ma ottenne l'effetto opposto. Chiara chiuse gli occhi nello sforzo evidente di trattenere le lacrime.

«Scusami, ma proprio non ce la faccio» balbettò, voltando il viso dalla parte del finestrino. «So che non è giusto, ma tutto questo non sarebbe successo se Giulio non avesse cercato di aiutarmi.»

«Non puoi fargliene una colpa.»

«No, ma lui pensava di riuscire a controllare tutto, ha disposto della sua eredità pensando di agevolarmi lasciandomi i suoi soldi, mi voleva proteggere così come ha fatto con Lucia, isolandola dal mondo e facendo solo peggio. I soldi non sistemano tutto, incasinano la realtà.»

«Lui si fidava di te, del tuo buon senso. Se ti ha lasciato il suo capitale da gestire è perché pensava che lo avresti fatto nel migliore dei modi.»

Chiara la guardò e rise. Una risata amara.

«Finendo in prigione.»

«Quello è stato uno sbaglio e noi lo proveremo. Fino ad ora hai avuto fiducia in me, ti prego, non la perdere. Risolveremo tutto.»

«Scusa, hai ragione, sono un'ingrata. Ma è stato terribile.»

Emma le posò la mano destra sulla sua e gliela strinse forte.

«Lo so.»

Qualche minuto dopo erano arrivate davanti alla villetta della casa famiglia.

«Sei pronta?» le chiese parcheggiando la macchina. «Mi raccomando, niente pianti, non vorrai spaventarlo, vero?»

Chiara fece un sorriso tirato e scese dalla vettura.

Insieme si diressero verso la porta d'ingresso ed Emma suonò il campanello.

Dopo pochi istanti una donna venne ad aprire la porta con il bambino in braccio. Con lei c'era anche l'assistente sociale che lo aveva prelevato il giorno in cui l'avevano arrestata.

«Sergio...» sussurrò felice Chiara, con gli occhi appannati.

«Mamma... mamma!» il piccolo tese le braccine verso di lei scalciando con tutta la sua forza. La donna che lo teneva glielo porse.

«Lei deve essere Chiara» disse. «Ha un bambino magnifico.»

Chiara lo prese in braccio e lo strinse a sé. Forte. Immerse il volto nei capelli del piccolo per inspirarne il profumo, per coprirlo di baci mentre Sergio le toccava il viso con le manine, come a volersi rassicurare della sua presenza.

Il bimbo rideva felice e anche Emma sorrise guardandoli.

«Amore della mamma, quanto mi sei mancato!»

«Questa è l'ordinanza del giudice che ci permette di portarlo a casa» l'investigatrice mostrò il documento all'assistente sociale.

«Mi aveva già avvertita» rispose la donna prendendo il documento, poi aggiunse: «Volevo solo dirvi che la signora Mascagni mi ha riferito che ieri si è presentato un uomo che sosteneva di essere il padre di Sergio.» A quelle parole Chiara impallidì. «Voleva portarlo a fare una passeggiata, ma ovviamente lei ha rifiutato di lasciarglielo, anche se pareva conoscere bene il bambino.»

Chiara sembrava in apnea, quasi non riusciva a respirare.

«Me lo può descrivere?» Era stata Emma a chiederlo rivolgendosi alla donna accanto all'assistente sociale.

«Sì certo, era un uomo distinto, piuttosto alto, leggermente stempiato» fu la risposta. «Mi hanno colpito gli occhiali rotondi con la montatura nera perché gli davano un'aria da intellettuale.»

Emma e Chiara si scambiarono uno sguardo allarmato.

Pietro Sacchi. Non poteva che essere lui.

Chiara istintivamente strinse più forte il bambino.

«E cosa le ha detto?» domandò ancora Emma.

«È stato molto gentile, non ha insistito, mi ha spiegato che presto avrebbero rilasciato la madre e finalmente si sarebbero riuniti.»

Chiara si portò una mano alla bocca per soffocare un grido d'angoscia. Emma si rese conto che era terrorizzata e che rischiava di perdere il controllo. Allora prese le cose del bambino, ringraziò la responsabile della casa famiglia e sospinse Chiara verso la macchina, dove la ragazza si accasciò.

«Non ci lascerà mai in pace, tornerà.» Chiara la guardò disperata. «Ho paura Emma, non te ne andare…»

Emma le cinse le spalle con un gesto protettivo.

«Stai tranquilla, resterò con te finché non ti sentirai meglio. Alla villa non sarai sola e sono sicura che, con la questione dei domiciliari, Sacchi si terrà alla larga.»

Le fece una carezza affettuosa:

«Devi resistere ancora un po' Chiara, so che puoi farcela. E ti prometto che ne uscirai.» Mentre lo diceva, si augurò con tutta se stessa di poter mantenere quella promessa.

CAPITOLO SESSANTUNO

CHIARA OSSERVÒ SGOMENTA IL CAPANNELLO DI giornalisti e le troupe televisive che stazionavano di fronte al cancello di Villa Dalmasso: evidentemente avevano saputo che sarebbe tornata a casa e la aspettavano al varco.

«Non voglio parlare con loro» mormorò. Era profondamente scossa e sentiva che non ce l'avrebbe fatta ad affrontarli, soprattutto dopo quello che avevano scritto di lei.

Emma fermò la macchina a una certa distanza e le chiese se ci fosse un'entrata secondaria.

«C'è l'ingresso di servizio sul retro della villa» rispose Chiara.

«Allora ti conviene passare da lì. Vieni, vi accompagno» le disse l'investigatrice aprendo lo sportello.

Tenendo in braccio Sergio, Chiara la precedette verso il cancelletto semicoperto di rampicanti che si apriva nel muro di cinta della villa, per fortuna invisi-

246

bile dall'entrata principale. Le mani le tremavano al punto che non riuscì ad aprire.

«Ti aiuto» Emma prese la chiave, la inserì di nuovo e fece scattare la serratura. Poi guardò Chiara dritto negli occhi: «Adesso vai e ricordati che devi essere forte, per lui» indicò il bambino semi appisolato tra le sue braccia «ma soprattutto per te. Io ci sono e farò il possibile perché quest'incubo finisca presto.»

Chiara annuì, fece un profondo respiro, entrò e si richiuse il cancello alle spalle.

Più tardi, dopo aver messo a letto Sergio e cercato di tranquillizzare Lucia, che viveva con ansia ogni minimo cambiamento nella routine quotidiana e che quindi era molto agitata a causa degli eventi degli ultimi giorni, Chiara aveva cercato inutilmente di dormire. Malgrado fosse molto stanca, era incapace di rilassarsi, tormentata dai dubbi sulla sorte sua e di suo figlio. Alla fine si era alzata ed era andata alla finestra per cercare un po' di pace nella quiete del giardino. Ma la vista, al di là del cancello, della piccola folla di reporter che non demordeva e aspettava l'occasione per intercettarla aveva finito per abbatterla ancora di più. Decise di scendere in cucina e prepararsi una tisana dalle proprietà rilassanti, nella speranza di strappare all'ansia che l'attanagliava qualche ora di sonno.

Ma appena fuori della stanza udì un lieve fruscio di piedi nudi e, di fronte a sé, scorse Lucia in camicia da notte che scendeva le scale

Chiara la seguì senza far rumore e si trovò ad assistere alla stessa scena delle volte precedenti. La donna che si fermava davanti alla libreria, poi cominciava a colpire gli scaffali con sempre maggiore forza, pronunciando frasi incomprensibili.

Questa volta però la giovane decise di non intervenire. Se l'avesse interrotta mentre stava ricordando qualcosa del giorno dell'omicidio, non avrebbe mai saputo di cosa si trattava. E le sue speranze di venire scagionata erano in buona parte legate alla possibilità che quella donna dalla mente fragile riportasse alla luce i ricordi di quel drammatico pomeriggio. Aveva la sensazione di essere piombata nel bel mezzo di un romanzo gotico pieno di misteri e di fantasmi, e invece era la realtà e c'erano in gioco la sua vita e quella di Sergio.

«Ti odio!» il grido strozzato di Lucia la raggelò.

La donna era china su qualcosa che vedeva solo lei e agitava le mani in modo scomposto.

Chiara si avvicinò senza far rumore, restando però a una certa distanza, anche se sapeva che la governante non l'avrebbe vista.

«Ti odio... ti maledico... me lo hai portato via! Nooo...» la voce si era fatta acuta, quel "Nooo" si era trasformato in un grido disperato. Chiara non riuscì a trattenersi e si avvicinò afferrandola per le spalle.

«Lucia, calmati, non succede nulla, è tutto a posto.»

Ma la donna si voltò di scatto gridando allucinata:

«Lasciami! Non mi toccare!»

E, per liberarsi dalla stretta, la colpì più e più volte con tutta la forza che aveva facendola cadere, per poi fuggire verso le scale.

Chiara sentì i passi di corsa sui gradini, poi una porta che sbatteva con violenza. Scossa, rimase a terra dolorante, appoggiando le spalle al muro.

Chi aveva visto Lucia? Cosa stava ricordando? Conosceva l'assassino di Giulio? E se sì, perché taceva? Nella sua testa si rincorrevano tante domande senza risposta.

Si portò la mano sul braccio che Lucia aveva colpito, massaggiandolo. Era esausta. Quanto sarebbe riuscita ad andare avanti?

CAPITOLO SESSANTADUE

«HA DETTO COSÌ?» EMMA MISE IL CELLULARE IN vivavoce in modo che anche Kate potesse sentire.

Erano in cucina a fare colazione quando era arrivata la chiamata di Chiara.

«Sì» rispose la ragazza «avevi ragione, sembra che stia cominciando a ricordare cosa è successo.»

«È una buona notizia» disse l'investigatrice, mentre Kate seguiva la conversazione concentrata ma senza intervenire. «Avvisami se ci sono altre novità e cerca di stare tranquilla. So che non è facile ma pensa che ora sei a casa con Sergio, e questa è la cosa più importante. Ci occuperemo noi del resto» concluse prima di salutarla.

«Sonnambulismo» Kate proseguì le sue riflessioni a voce alta, «potrebbe essere stato causato dallo stress, succede. Dove si trova la libreria? Vicino allo studio di Dalmasso?»

«No, questo è strano, nel corridoio che porta alla cucina. Dall'altro lato della casa.»

«Che tu sappia, Lucia Pozzi fa uso di alcolici?»

Sembrava una domanda fuori luogo, ma non lo era. La madre di Kate era stata un'alcolizzata e più volte lei l'aveva trovata a vagare per la casa di notte in uno stato di semi incoscienza.

«Non credo proprio. Penso che sia addirittura astemia.»

Kate incrociò le dita davanti a sé riflettendo.

«Quanto meno possiamo escludere una causa.»

«Chiara mi ha detto che, per quello che ne sa, questi episodi sono iniziati dopo la morte di Dalmasso, anche se...»

«Anche se?» la spronò Kate.

«È stata a Villa Serena per chiedere all'ex giardiniere di Dalmasso se fosse successo anche in passato. Come noi, Chiara pensava che fossero legati a una situazione di stress, ma lui non le ha dato una risposta, continuava invece a chiederle cosa avesse detto Lucia. Poi si è sentito male e non ha potuto darle nessuna spiegazione.»

«E noi lo sappiamo quello che ha detto?»

Emma annuì.

«La prima volta ha chiesto "Che gli hai fatto?" e chiamava Giulio e il bambino. La seconda urlava "L'hai ucciso" e ieri lo hai sentito.»

Kate ebbe un flash dei suoi primi incubi notturni dopo l'aggressione di Daniel Taylor.

«Succedeva anche a me, specialmente nei primi tempi. Mi svegliavo all'improvviso sicura di essere legata a un letto. Avevo la sensazione di vedere una lama di rasoio avvicinarsi alla mia pelle. Più volte mi sono svegliata nel cuore della notte gridando "Mamma aiutami!" quando sapevo benissimo che mia madre non sarebbe mai accorsa a salvarmi, perché era morta con un cocktail di barbiturici e alcol» confessò a Emma, poi si alzò di scatto dalla poltrona di vimini del giardino di inverno. «Secondo me sta ricordando dei dettagli di quel giorno, ma qualcosa la blocca. Ho avuto un'idea, vediamo se la dottoressa Brandi ci può aiutare.»

Si spostarono nello studio e Kate mandò un SMS alla psichiatra che l'aveva seguita quando era tornata a casa dall'ospedale dopo l'aggressione di Daniel Taylor.

"Ho un'ora di buco dalle 12.00 alle 13.00. Ci vediamo tra poco su Skype" fu la risposta.

Kate guardò Emma:

«Se c'è un modo per aiutarla a ricordare, lei ce lo dirà. Stavo pensando all'ipnosi, in certi casi funziona e credo che la dottoressa la pratichi. Quando ero in terapia con lei me la propose, ma io non volli provare, sono troppo razionale per certi metodi.»

Emma si stupiva sempre della lucidità con cui Kate parlava del suo problema. Dopo quanto aveva passato per mano dello psicopatico stalker che l'aveva aggredita, aveva sviluppato una forma di agorafobia che le impediva di uscire di casa, ma lei invece di viverla come una menomazione ne aveva fatto un'opportunità per piegare quella realtà scomoda a suo favore, creando in quella meravigliosa villa una realtà parallela, senza mai indugiare nell'autocompatimento.

«Che ne pensi?» le domandò l'amica.

L'investigatrice assunse un'espressione preoccupata.

«Ho paura che, se sta cominciando a ricordare e l'assassino dovesse scoprirlo, potrebbe essere in pericolo.»

CAPITOLO SESSANTATRÉ

IL SEGNALE DI SKYPE RICHIAMÒ LA LORO ATTENZIONE. Kate sedette alla scrivania, selezionò il contatto e il volto sorridente della dottoressa Brandi riempì lo schermo.

«Buongiorno Kate, non sa quanto la sua chiamata mi abbia fatto piacere» esordì, «la vedo in ottima forma.»

Kate sorrise alzando il pollice.

«Da quando Emma e Tommy sono con me sto alla grande» rispose con sincerità, poi aggiunse tornando seria: «In realtà non l'ho chiamata per me, ma per avere un consiglio.»

Se la psichiatra era rimasta delusa non lo diede a vedere.

«Mi dica, vediamo se posso esserle utile.»

«Emma Castelli, l'amica che vive con me, è un'investigatrice e sta indagando su un caso in cui è coinvolta una persona con un lieve ritardo cognitivo...» iniziò Kate, poi entrò nel dettaglio raccontandole

dell'omicidio e degli episodi di sonnambulismo. «…
Lucia Pozzi continua a dire che non ricorda niente, e
mi chiedevo se si potesse far qualcosa per aiutarla
mediante l'ipnosi.»

La dottoressa si prese un attimo per riflettere.

«Quanti anni ha questa donna?»

«Credo una cinquantina, forse qualcosa di più.»

«E in passato ha avuto altri episodi di sonnambulismo?»

Kate si voltò verso Emma che allargò le braccia.

«Sinceramente non glielo so dire.»

«Se ha un ritardo cognitivo, potrebbe aver
rimosso completamente l'evento traumatico e, ogget-
tivamente, il fatto che siano tornati questi episodi fa
pensare che, nel sonno, i ricordi stiano
riemergendo.»

«Crede che si possa fare qualcosa?»

«Questo genere di soggetti è facilmente ipnotizza-
bile» rispose la Brandi «ma si tratta di persone molto
fragili e di sicuro tutto ciò che emergerebbe non
avrebbe valore dal punto di vista legale.»

«Perché?» domandò la scrittrice.

«Proprio perché si tratta di persone facilmente
influenzabili, il giudice potrebbe obiettare che sono
state "pilotate", mi conceda il termine, su quello che
dovevano dire.»

«Dunque secondo lei è inutile?»

«In linea di massima penso di sì. Se la signora ha
questi episodi di sonnambulismo significa che i
ricordi stanno riemergendo da soli, probabilmente si
tratta solo di avere pazienza e darle il tempo di cui ha
bisogno per rielaborare quanto ha visto.»

In quel momento squillò il cellulare di Emma che

uscì dalla stanza mentre Kate ringraziava la psicoterapeuta.

«ADELINA, COME STA?» chiese Emma riconoscendo la voce della segretaria. «Mi fa piacere sentirla, a cosa devo questa telefonata?»

La donna saltò direttamente i convenevoli e passò al dunque:

«Mi aveva detto di chiamarla se trovavo qualcosa di anomalo.»

La speranza si fece largo dentro Emma.

«Mi dica.»

«Ho ricontrollato l'agenda del mese precedente al delitto e ho trovato solo una discrepanza.» Emma l'ascoltava col fiato sospeso. «Il dottor Dalmasso ha preso un appuntamento con un avvocato milanese da cui non si serviva spesso. L'avvocato Costa.»

Delusa, Emma cercò di capire meglio.

«Quale sarebbe la discrepanza?»

«Ero io che mi occupavo di tutti gli appuntamenti del dottore» puntualizzò la segretaria. «È strano che non mi abbia chiesto di fissarglielo e lo abbia fatto da solo.»

CAPITOLO SESSANTAQUATTRO

LA SEDE DELLO STUDIO COSTA ERA UNA PALAZZINA liberty in pieno centro di Milano. L'avvocato, saputa la notizia della morte di Dalmasso, l'aveva ricevuta immediatamente.

«Purtroppo non ne ero a conoscenza. Il mese scorso sono andato a New York, dove abbiamo un'altra filiale, e mi sono fermato lì fino a una settimana fa» le spiegò con un'espressione contrita. «Mi dispiace per il dottor Dalmasso, era un grande uomo.»

Emma lo studiò. Alto, fisico palestrato, capello leggermente brizzolato, abito firmato. Il prototipo dell'avvocato milanese di successo.

«Può dirmi cosa voleva da lei?»

L'avvocato tamburellò con la mano sulla scrivania di noce, valutando se poteva tradire il segreto professionale, poi si decise.

«Dal momento che è deceduto e che c'è un'indagine in corso, penso che sia doveroso parlare. Venne qui per chiedermi di scrivere una lettera di diffida. Si era rivolto a me perché non voleva che lo sapesse nessuno, neanche la segretaria. Mi ricordo bene la vicenda perché mi stupì.»

«A chi doveva essere indirizzata?»

«All'ex della fisioterapista che seguiva il dottor Dalmasso. Voleva che gli scrivessi che se si fosse riavvicinato alla donna lo avrebbe fatto arrestare accusandolo di percosse e altro.»

«Pietro Sacchi» sussurrò Emma.

"Finalmente abbiamo qualcosa in mano."

«Sì, credo fosse lui» disse il legale.

«Ha una copia di questa lettera?»

L'uomo scosse il capo.

«No, perché non la scrissi mai. Lo sconsigliai vivamente perché poteva ritorcersi contro di lui. Mai mettere nero su bianco, può essere pericoloso. Ma gli suggerii di rivolgersi a un investigatore privato. Uomini così violenti hanno sempre degli scheletri nell'armadio, bastava scoprire qualcosa per minacciarlo verbalmente o denunciarlo direttamente.»

"Ecco perché mi ha contattata!"

«E lui mi disse che avrebbe seguito il mio consiglio.»

Emma si alzò e gli porse la mano.

«La ringrazio, mi è stato molto utile, ma la prego, avvisi subito la polizia. Questa informazione può rivelarsi cruciale per le indagini» gli porse un foglietto su cui scrisse il numero della questura di Como. «Chieda del vicequestore Del Greco, è lui che si occupa del caso.»

CAPITOLO SESSANTACINQUE

«Non dimenticherò mai l'ultima volta che vidi mio fratello» stava dicendo Liliana Dalmasso guardando dritta nella telecamera, «litigammo perché lui mi urlò che avrebbe sposato Chiara Colombo, che se ne sarebbe infischiato di quello che poteva dire la gente. Non c'è stato modo di farlo ragionare. Purtroppo Giulio era un ingenuo. Quella lo aveva già irretito, gli aveva fatto fare il testamento a suo favore e non aspettava altro che vederlo morire.»

Dall'immagine della Dalmasso il regista aveva stretto sul giornalista che stava conducendo l'intervista. Una vecchia volpe della televisione locale.

«Queste le parole della sorella. Ma chi ha ucciso veramente Giulio Dalmasso?» si chiese il reporter facendo una pausa per drammatizzare l'effetto della domanda. «Chiara Colombo o Pietro Sacchi, il suo amante? Oppure tutti e due insieme? Come nel celebre caso Bebawi, pare che si accusino a vicenda dell'omicidio dell'industriale della seta, e ci chiediamo se anche in questo caso si tratti di una strategia studiata per ottenere l'assoluzione, vista l'impossibilità di accertare la verità su chi abbia commesso veramente l'omicidio.»

Kate ascoltava con attenzione, domandandosi se quella ipotetica ricostruzione potesse avere qualche fondamento di verità. Lo escluse. Era convinta che Chiara Colombo dicesse la verità. La scrittrice sapeva bene cosa si provava in certe situazioni e nello sguardo della ragazza aveva visto il riflesso del proprio terrore.

«Quella che ormai tutti chiamano la Mantide di Cernobbio» proseguì il giornalista «ha ottenuto gli arresti domiciliari a Villa Dalmasso, la proprietà che, grazie al testamento dell'industriale, ora le appartiene. Sempre che» concluse «non venga riconosciuta come la responsabile dell'omicidio di Giulio Dalmasso. In quel caso l'eredità tornerebbe in possesso degli eredi legittimi.»

Mentre parlava, sullo schermo scorrevano le immagini del giardino della villa e la telecamera indugiava con insistenza sui dettagli della lussuosa palazzina liberty.

L'occhio allenato di Kate fu catturato da un dettaglio che risvegliò la sua curiosità. Sul lato sinistro della costruzione era visibile la sagoma di una finestra più piccola delle altre e con una modanatura più semplice, che sembrava chiusa da tempo, tanto che la polvere ne aveva opacizzato gli infissi e le persiane.

"Forse è solo un'impressione, ma voglio controllare."

Lasciò il salotto e andò nello studio alla ricerca delle foto dell'esterno della villa che aveva tenuto da parte: da quelle di Emma a quelle delle riviste di gossip che aveva trovato sul web. Prese una matita e segnò su ognuna la finestra in questione. Poi chiamò l'amica mentre sistemava le immagini stampate sulla scrivania. Dopo qualche istante Emma la raggiunse.

«Che succede?»

«Guarda» disse Kate indicandole le foto, «cosa noti di diverso?»

Emma si chinò sulle stampe.

«È strano, in tutte le vecchie immagini la finestra è aperta.»

«Esatto, mentre in quelle più recenti è serrata. Sembra addirittura che non sia più stata aperta da anni. Guarda le piante, sono arrivate quasi agli infissi» le fece notare Kate. «Sai dirmi cosa c'è in quella stanza?»

Emma cercò di ricostruire la pianta della casa, ma per quanto si sforzasse non riusciva a individuare la camera a cui avrebbe dovuto appartenere quella finestra.

«Quello è il lato dei servizi, c'è solo un corridoio alla fine del quale si trova la cucina.»

«Forse allora è una finestra della cucina.»

Emma scosse la testa.

«No.» Prese una foto e le indicò un punto, «quella della cucina è questa qui, dà sul retro e ha una portafinestra per i fornitori. Non ci sono altre stanze in quel corridoio.»

Kate insistette mostrandole una nuova immagine.

«Non può essere come dici tu, da qui si vede che l'interno è illuminato. Ci deve essere una camera. Cerca di ricordare.»

«Più o meno dovrebbe essere a metà corridoio,

dove c'è la libreria. E sono sicura che non c'è nessuna stanza. Eppure...» aggrottò la fronte perplessa. «Chiara mi ha detto che Lucia si fermava in quel punto durante gli episodi di sonnambulismo.»

Kate rifletté poi la guardò con un'espressione a metà tra una smorfia e un sorriso:

«Fa molto feuilleton, ma non potrebbero aver murato una stanza?»

Mezz'ora dopo avevano davanti a loro la planimetria della villa. Kate aveva chiesto una visura catastale e in pochi minuti avevano svelato il mistero.

«Ecco qua la camera segreta, con tanto di bagnetto.»

«Come ti è venuto in mente?» le chiese Emma.

«Avevo usato questo escamotage in un'avventura di Celia, qualche libro fa. Ma quello che bisogna chiedersi non è come mi è venuto in mente, bensì perché murare una stanza. Non so quando sia accaduto, ma dalle foto sembra siano passati molti anni.»

«Ed è chiaro che per Lucia quel luogo ha un significato, altrimenti perché tornerebbe sempre lì?»

«Mi domando» disse Kate «cosa possa essere successo e se ha un legame con l'omicidio di oggi. Perché Lucia ha queste crisi proprio lì e perché proprio adesso che Dalmasso è stato ucciso? Potrebbe esserci un nesso con la sua morte?»

«C'è un solo modo per scoprirlo» dichiarò Emma. «Riaprire quella stanza.»

CAPITOLO SESSANTASEI

EMMA AVEVA AVUTO L'IMPRESSIONE CHE ANDREA AVESSE accolto con un certo sollievo l'ipotesi formulata da Kate con il supporto del parere della psicoterapeuta.

«La dottoressa Brandi» gli aveva spiegato «pensa che Lucia Pozzi, attraverso gli episodi di sonnambulismo di cui ci ha parlato Chiara, stia cominciando a ricordare qualcosa del giorno dell'omicidio.»

«E questo come sarebbe collegato alla stanza che secondo Kate è stata murata?» aveva chiesto lui.

«Perché non può essere casuale che la Pozzi si sia fermata sempre proprio in quel punto, pronunciando le frasi che indicano che nella sua memoria stanno riaffiorando i ricordi.»

«Lei è la nostra unica testimone, è una pista che non possiamo trascurare» aveva detto Andrea, mostrandosi stranamente accondiscendente rispetto all'atteggiamento tenuto in precedenza nei suoi confronti. Emma lo aveva attribuito al fatto che non avesse prove concrete della colpevolezza di Chiara, o anche di Pietro Sacchi, e che si fosse reso conto che stava sbagliando a prendere in considerazione quell'unica pista. Ma non volle forzare la mano facendoglielo notare.

«Allora credi anche tu che possa esserci un collegamento tra l'omicidio, il sonnambulismo della Pozzi e la scoperta che ha fatto Kate?»

«Sinceramente non lo so» aveva risposto lui «ma credo valga la pena andare fino in fondo.»

Quando si erano presentati con tutta la squadra alla villa, Lucia Pozzi vedendoli vicino alla libreria aveva cominciato ad agitarsi, tanto che era stato proprio Andrea a chiedere a Chiara di portarla al piano di sopra per tenerla lontana.

Emma era accanto a lui quando i poliziotti avevano spostato la grande libreria e la sagoma di una porta si era stagliata nettamente contro la parete.

«Forza, tiriamola giù» la voce di Andrea vibrava di aspettativa.

Non sapevano cosa avrebbero trovato dietro a quella parete ma avevano la convinzione che la porta murata celasse un segreto.

Bastarono due piccconate e l'intonaco cedette.

Era una stanza piccola, disadorna, con due reti di ferro.

Emma e Andrea rimasero nel corridoio, mentre gli agenti della scientifica entravano e cominciavano ad analizzare l'interno della camera.

L'aria era pesante perché i vetri delle finestre erano stati sigillati. La stanza doveva essere stata svuotata di tutti gli effetti personali. Nell'armadio non c'era niente. E nel bagnetto senza finestra non c'erano neppure uno spazzolino da denti o una vecchia saponetta.

In quello spazio ristretto rimanevano solo pochissimi oggetti, che il fotografo riprendeva in ogni dettaglio per avere una ricostruzione il più fedele possibile di quello che avevano ritrovato. Dal telefono grigio a disco fisso a un calendario a parete del 1989, su cui era stata evidenziata una data: 10 ottobre.

"Segni di un'altra vita", pensò Emma.

Ma perché murare una stanza? Qual era il mistero che si celava tra quelle pareti disadorne?

«Trovato qualcosa?» domandò Andrea teso.

Mancini, il responsabile della scientifica, scosse il capo.

«Niente per adesso. Ora proviamo a vedere se salta fuori qualcosa col luminol. Chi ha ripulito lo ha fatto con grande cura. Se hanno eliminato i materassi forse potremmo avere delle sorprese» disse chiamando vicino a sé il fotografo. L'effetto di chemiluminescenza durava solo pochi secondi e non si poteva rischiare di perdere le prove nel caso avessero trovato qualcosa. Il poliziotto cominciò a nebulizzare il prodotto vicino alla rete e dopo pochi istanti nella stanza furono evidenti delle chiazze blu, che indicavano la presenza di tracce organiche e che vennero prontamente filmate. Sulla rete, sul pavimento, sul comodino erano comparsi i segni che raccontavano che tra quelle mura era avvenuto un fatto di sangue.

Non serviva altro per capire che la stanza era una scena del crimine.

«Non si può nascondere tutto! Ci hanno provato, ma non ci sono riusciti» dichiarò Mancini.

«Voglio campioni di ogni cosa» disse Andrea.

Gli agenti cominciarono a repertare le sostanze trovate per mandarle all'istituto di medicina legale per un esame più approfondito ed Emma seguì Andrea nell'atrio, mentre il vicequestore avvisava la Ripamonti della scoperta. Era ancora incredulo e lo si avvertiva dal tono della voce mentre spiegava la situazione alla PM. Solo quando ebbe finito la telefonata si voltò verso di lei e le chiese:

«Come te ne sei accorta?»

«Potrebbe anche trattarsi solo di tracce di candeggina...» cominciò Emma, ma Andrea la fermò:

«Che abbiano utilizzato candeggina per pulire non ci sono dubbi, così come sono pronto a mettere una mano sul fuoco che troveremo anche delle tracce ematiche. In quella stanza è stato commesso un delitto, altrimenti non c'era motivo di murarla» affermò.

«Lo credo anch' io, così come penso che quel calendario ci aiuterà a trovare il bandolo della matassa» disse Emma. «Quanto a come abbiamo fatto a scoprire la stanza, chiedilo a Kate, è lei il mago in queste cose.»

«È un vero peccato che non possa avervi nella squadra, avrei bisogno di due teste come le vostre» disse sospirando Andrea ed Emma capì che lo pensava davvero e che quello era il suo ramoscello d'ulivo.

L'investigatrice sorrise. Avevano ritrovato la loro sintonia e lei si sentì più leggera, come se il peso che l'aveva oppressa per tutta la durata dell'indagine fosse scomparso.

CAPITOLO SESSANTASETTE

Emma rientrò in casa sventolando dei fogli. Andrea l'aveva chiamata appena erano arrivati i risultati e, in via molto confidenziale, glieli aveva fotocopiati.

«Del resto è merito vostro se abbiamo scoperto la stanza» aveva ammesso.

Kate le andò incontro curiosa.

«Cosa dicono le analisi?»

«Dalle muffe che sono state ritrovate, la stanza risulta chiusa da trent'anni.»

«Questo già lo avevamo capito grazie al calendario del 1989.»

«Quello che non sapevamo è che hanno trovato tre tipi di sangue. La Ripamonti ha chiesto un confronto con quello di Lucia perché pensano che uno potrebbe appartenere a Tina Pozzi, la madre. Non avendo la possibilità di fare un confronto con il suo DNA, vogliono verificare se c'è una compatibilità con quello della figlia.»

«Mi sembra logico» commentò la scrittrice, «quelle erano le stanze di servizio e la data coincide con la morte di Tina Pozzi. Se si scoprisse che il sangue è suo, la narrazione di quella morte sarebbe completamente diversa.»

Emma annuì.

«Infatti. Nel fascicolo dell'epoca l'anatomopatologo certificò che la causa della morte di Tina Pozzi era stata una ferita alla nuca, Andrea ha controllato le carte. Dalmasso disse che era caduta da una scala mentre puliva un lampadario.»

«Invece il sangue ritrovato nella camera murata ci racconta che è morta lì.»

«Sempre che sia il suo» ribatté Emma.

«Certo. Ma hai detto che sono stati rinvenuti tre tipi diversi di sangue?» chiese Kate.

«Sì e dall'esame dei marcatori genetici due sono compatibili.»

«Lucia e la madre» disse tra sé Kate seguendo un suo ragionamento.

«Il terzo, invece, è completamente estraneo.»

«Forse perché nella stanza c'era un'altra persona.»

Kate raccontò a Emma quello che Lucia aveva detto a Tommaso il giorno in cui gli aveva mostrato l'aiuola con le gerbere rosse: che lì c'era il suo cuore.

«E se Lucia avesse avuto un innamorato che è stato ucciso in quel letto e poi sepolto in giardino?» ipotizzò la scrittrice. «Questo spiegherebbe molte cose. Il perché lei ha una cura spasmodica per quell'aiuola, perché nel sonno torna sempre davanti alla porta della sua stanza e perché è vissuta relegata in casa.»

«Sì, ma ucciso da chi? E che c'entra con l'omicidio di Dalmasso?» chiese Emma perplessa.

«Da ragazza Lucia doveva essere molto bella. Prova a pensare se a commettere l'omicidio fosse stato proprio Giulio Dalmasso. Non so come, ma qualcuno potrebbe averlo scoperto e aver deciso di vendicarsi.»

Emma rimase a bocca aperta. La ricostruzione di Kate era davvero fantasiosa ma non inverosimile.

«Forse la madre di Lucia cercò di fermarlo e lui la colpì alla nuca» continuò Kate seguendo il suo filo logico.

«Ma perché Dalmasso? Non ce lo vedo a uccidere un uomo per gelosia.»

«Non lo so. Ma se davvero c'è qualcosa, o qualcuno, sepolto là sotto certo non poteva non saperlo. E quindi in qualche modo è coinvolto. Chiama Andrea, bisogna scoprire cosa nasconde quell'aiuola.»

CAPITOLO SESSANTOTTO

DUE AGENTI STAVANO SCAVANDO DOPO CHE I FIORI erano stati rimossi. Chiara ancora una volta aveva dovuto allontanare Lucia, che aveva cercato di opporsi. Quella era la sua aiuola, era sua quella terra, glielo aveva sempre detto Giulio, continuava a ripetere divincolandosi mentre Chiara cercava di portarla all'interno della villa.

Emma e Andrea si erano scambiati uno sguardo eloquente, percepivano tutto il dolore che trapelava dalle sue parole, ma non potevano fermarsi. La verità doveva venire alla luce. Era proprio il tormento della donna che dava forza a quello che stavano facendo.

"Stiamo violando un segreto, dopo tanti, troppi anni di silenzio", pensò Emma.

Il rumore della vanga contro un oggetto metallico richiamò la loro attenzione.

«Dottore, qui c'è qualcosa» lo avvisò uno degli agenti.

Andrea guardò Emma.

«Aveva ragione Kate» disse, ancora incredulo. Poi voltandosi verso i suoi uomini ordinò: «Tiratelo fuori. Polizzi, ci siamo» aggiunse richiamando l'attenzione del medico legale che aveva fatto presenziare nell'ipotesi che davvero lì sotto ci fosse un cadavere.

A sorpresa gli agenti estrassero un vecchio baule con gli alamari di ferro chiusi da un lucchetto.

Lo posarono sul prato e il vicequestore diede l'ordine di aprirlo. Con una vanga gli agenti forzarono il lucchetto che, ossidato dal tempo, si ruppe subito.

Emma trattenne il fiato e fu certa che anche gli altri facessero lo stesso.

Il coperchio venne sollevato.

All'interno del baule c'era uno scheletro.

Era piccolo, minuscolo. Non arrivava a cinquanta centimetri.

Un bambino. Il figlio di Lucia. Adesso capiva l'aiuola con il cuore e la disperazione della donna. Quello era il suo segreto e loro l'avevano profanato.

Il medico legale si avvicinò al corpicino e si chinò per esaminarlo. Scuotendo la testa, si alzò faticosamente e diede le direttive per sigillare il corpo, poi si rivolse ad Andrea.

«Neonato. Maschio. Caucasico. Credo che la morte risalga a una trentina di anni fa, ma ce lo diranno quelli del LABANOF.»

«Polizzi, ci vorranno giorni, li conosci. A naso, quali sono le cause della morte?» buttò lì Andrea sperando che il medico si sbilanciasse.

L'altro inarcò il sopracciglio e scrollò le spalle prima di ribattere:

«Del Greco, secondo te mi diverto a chiamare quelli del laboratorio di antropologia forense? Questa creatura è morta poco dopo la nascita, ma la ragione ce la potranno dire solo loro, sempre che ce la facciano a risalire a cosa è successo all'epoca» commentò lapidario, poi si tolse i guanti e si avviò verso l'uscita dopo aver salutato Emma.

«Non c'è giustizia, povero piccino» bofonchiò allontanandosi.

Fu in quel momento che l'investigatrice, alzando lo sguardo verso la villa, vide inquadrato nel rettangolo di una delle finestre il volto di Lucia Pozzi, una maschera tragica di sofferenza.

CAPITOLO SESSANTANOVE

LE ANALISI DEL SANGUE ESEGUITE DAL LABORATORIO della scientifica avevano confermato che quello ritrovato nella stanza apparteneva a Lucia e, presumibilmente, a sua madre Tina Pozzi, dato l'alto grado di compatibilità.

Da quando Emma le aveva riferito le ultime scoperte, Kate continuava a ragionare su chi potesse essere il padre di quel bambino, considerato che da ragazza a Lucia non era permesso uscire dalla villa.

Albino Marini? Un qualche addetto alle consegne che aveva accesso a Villa Dalmasso? Oppure Giulio Dalmasso? Per quanto potesse sembrare poco credibile, era proprio su di lui che si appuntavano i sospetti della scrittrice.

Lui aveva dato il permesso di seppellire il corpo del piccolo nel giardino.

Lui aveva coperto la morte di Tina Pozzi facendola passare per un incidente domestico, mentre la donna era stata uccisa nella sua camera da letto come dimostrava il sangue ritrovato.

Lui per tutti quegli anni aveva tenuto in casa Lucia mantenendola come una persona di famiglia.

E Lucia, dal canto suo, mostrava nei suoi confronti una familiarità impensabile in un domestico, ad esempio chiamandolo sempre per nome.

«Sono d'accordo con te» commentò Emma dopo che Kate le ebbe esposto il suo ragionamento. «In qualche modo Dalmasso si sentiva corresponsabile di quanto era successo, altrimenti non avrebbe coperto un omicidio e nascosto un cadavere in giardino.»

«Ma queste sono solo illazioni» affermò Kate con il suo pragmatismo anglosassone. «Forse quando arriveranno le analisi del LABANOF sapremo qualcosa di più su come è morto questo bimbo, ma di certo non ci potranno dire quali furono le motivazioni che spinsero a questi omicidi né chi li ha commessi. L'unica persona sopravvissuta è Lucia Pozzi, ma per i motivi che sappiamo e per il suo coinvolgimento emotivo è abbastanza ovvio che sia inattendibile.»

«A dire il vero un'altra persona ci sarebbe» rifletté Emma. «Albino Marini.»

«Dopo quanto è successo l'ultima volta con Chiara, dubito che ti permettano di vederlo» ribatté Kate.

Emma le sorrise:

«Non sei la sola ad avere degli assi nella manica. Fidati di me, riuscirò a parlargli.»

CAPITOLO SETTANTA

GREMBIULE AZZURRO, MAGLIETTA BIANCA, PANTALONI neri e scarpe da ginnastica, niente trucco e capelli legati stretti in una coda di cavallo, Emma varcò l'ingresso di Villa Serena indossando la divisa dello staff dell'impresa delle pulizie. Dopo una rapida ricerca, aveva scoperto che la casa di riposo, per i lavori più pesanti, si serviva regolarmente di una ditta esterna e aveva elaborato il suo piano.

Si scusò per il ritardo con l'addetta alla reception e si affrettò a raggiungere l'ascensore prima che la donna decidesse di approfondire. Premette il tasto che portava al secondo piano. Chiara le aveva descritto con cura l'interno della casa di riposo e dove si trovava la stanza di Albino Marini.

Una volta raggiunto il corridoio del piano, Emma tirò fuori guanti e piumino estensibile dallo zainetto che aveva con sé e, fingendosi intenta a spolverare, si diresse verso la stanza del tuttofare dei Dalmasso.

Entrò senza far rumore e riconobbe subito,

nell'uomo disteso sul letto, l'anziano in carrozzella che aveva avuto un malore al funerale dell'imprenditore. Albino Marini non dormiva, fissava un punto davanti a sé con espressione sofferente. Emma provò una fitta di compassione ma poi pensò a Chiara e al suo bambino e si sforzò di prendere le distanze. Se voleva aiutare la giovane fisioterapista, doveva riportare alla luce gli eventi del passato che avevano allungato la loro ombra di morte anche sul presente. E lui era la sua unica chance.

«Signor Marini» lo chiamò gentilmente.

L'anziano si girò verso di lei.

«Sì, va bene, pulisca pure» disse con un cenno del capo.

Emma si avvicinò al letto. Sapeva di avere poco tempo, quindi non poteva permettersi nessun preambolo.

«Mi chiamo Emma Castelli» disse a bassa voce chinandosi su di lui «sono un'investigatrice privata, mi ha assunto Chiara Colombo, la fisioterapista del dottor Dalmasso, perché rischia di essere incriminata per il suo omicidio. E lei è l'unica persona che può aiutarmi a dimostrare la sua innocenza.»

Lui la fissò stupefatto.

«Io?» chiese. «E come?»

«Abbiamo trovato la stanza murata. E il sangue. Sappiamo che Tina Pozzi è morta lì e forse anche il bambino di Lucia. Ma non sappiamo come e perché, né chi fosse il padre del neonato. E sappiamo che con Tina e Lucia c'era una terza persona. Sono convinta che la chiave dell'omicidio sia in quello che è accaduto allora. E lei c'era.»

Una serie di espressioni si alternarono sul volto di Albino Marini. Stupore, dolore, paura.

«Albino, la prego, se sa qualcosa me lo dica, lei è l'unico che...»

Lui la interruppe con voce incredibilmente ferma.

«La terza persona ero io.»

Emma fu colta in contropiede: non se lo aspettava e non seppe cosa dire.

«È una storia lunga» riprese l'anziano tuttofare «che comincia in una notte d'estate di trent'anni fa...»

È TARDI e sto facendo il mio solito giro di controllo in giardino. Sento il rumore del cancello. Dev'essere il signor Giulio che rientra. Esce tutte le sere, lo so che va a ubriacarsi da qualche parte per non pensare, per dimenticare la morte del fratello e il disprezzo del padre, che non lo ha mai accettato, nemmeno sul letto di morte, e gli ha sempre preferito Alberto, il maggiore. Eccolo. Barcolla, ha bevuto più del solito. Sto per andare ad aiutarlo quando tra gli alberi compare lei, Lucia, in camicia da notte, e va verso di lui. Mi blocco. So che è infatuata del signor Giulio, che tutte le sere aspetta che torni e non va a dormire se non è rientrato. Ma non dovrebbe essere qui, con quella camicia da notte quasi trasparente. Lucia è bellissima, ma ha la mente di una bambina. Però non è la sua mente che il signor Giulio vede adesso. Gli va vicino, lo sostiene e si stringe a lui. So cosa sta per succedere, so che dovrei impedirlo ma lui è sempre il "signorino", adesso anche il padrone, e io sono solo il giardiniere. La spinge contro un albero, le solleva la camicia da notte... e allora io scappo via come un codardo, farò finta di non aver visto, di non aver sentito...

• • •

Lo SGUARDO DI ALBINO, che mentre raccontava era perso nei ricordi, tornò a posarsi su Emma.

«Non avrei mai voluto vederlo, non ho avuto il coraggio di dirlo a Tina, sua madre, la donna che amavo e che mi amava. È stata una violenza, anche se Lucia era innamorata di lui, come può esserlo una bambina. Ma lui si è preso quello che poteva offrirgli una donna. Poi, quando è tornato sobrio, si è reso conto di cosa aveva fatto e da allora si è tenuto alla larga da lei. Ma era troppo tardi.»

L'anziano tacque.

«Lucia rimase incinta» disse Emma piano.

Albino annuì lentamente.

«Sì, ma riuscì a nascondere la gravidanza fino alla fine, non so come ha fatto ma ci è riuscita. Nessuno di noi se ne accorse. Lei custodiva il segreto, nella sua mente di bambina era convinta che il signor Giulio l'amasse e che quello sarebbe stato il suo regalo per lui.» Tacque affannato.

Emma attese, augurandosi che l'uomo riuscisse a continuare il racconto.

«Finché quel giorno la madre la trovò nella sua stanza in un lago di sangue» riprese Albino. «Stava partorendo e Tina rimase sconvolta, ma la aiutò. Il bambino era vivo quando lo tirò fuori» sussurrò. Il tono di voce si fece accorato. «Ma Tina sapeva che le avrebbe distrutto la vita, l'avrebbero cacciata dalla villa e dove sarebbe andata con una figlia come Lucia, che non era mai uscita da lì, e con quel neonato? Come potevo dirle che sapevo chi era il padre? A che sarebbe servito? All'epoca non c'era la prova del DNA, chi ci avrebbe creduto? Mi disse che la sua era una maledizione, che tra noi non poteva più esserci niente e io seppi che potevo fare una cosa sola per aiutarla.»

IL CORRIDOIO È LUNGO. *C' è uno spiraglio di luce che filtra sotto la porta. Il silenzio è rotto dal battito folle del mio cuore. Non pensavo che fosse così difficile. Lo faccio per lei. Per noi. Per il nostro amore. La porta si apre senza cigolare. Il piccolo dorme nel letto di Tina. Lucia nel suo. Mi avvicino senza far rumore. Devo farlo. Non si torna più indietro. Lo guardo. Gli occhi chiusi. Il torace che si solleva al ritmo del respiro. Prendo il cuscino. Lui è talmente piccolo che ci sparisce sotto. Agita le gambe. Le braccia. Annaspa. Prova a lottare. Ma è inutile. Pochi secondi ed è tutto finito.*

Tina entra, le dico cosa ho fatto per lei e in quel momento Lucia si sveglia, chiede del suo bambino, si alza, si avvicina e si rende conto che non respira. Urla alla madre: "Che gli hai fatto? Lo hai ucciso! Ti odio! Ti maledico!" La aggredisce, io mi metto in mezzo, ma lei è una furia, mi morde, mi graffia e poi dà una spinta a Tina e lei cade a terra, batte la testa e non si muove più.

LA GOLA di Albino emise il suono sordo e rauco dei singhiozzi senza lacrime.

«L'ho fatto per Tina, quel bambino le avrebbe distrutto la vita, già c'era Lucia... ma sono stato punito. L'ho persa lo stesso. Per sempre. Adesso so che sto per raggiungerla e voglio togliermi il peso che ho sulla coscienza e che mi ha tormentato tutta la vita, anche se l'ho fatto per lei, per la donna che amavo» ripeté con voce soffocata.

Per alcuni istanti Emma rimase impietrita dall'orrore e incapace di parlare. Poi, con un enorme sforzo, si riprese.

«E dopo cosa è successo?» chiese.

«Dovevo dirlo al signor Giulio» rispose il vecchio. «Come avrei potuto fare da solo e con Lucia in quello stato? Ma non potevo dirgli la verità, mi avrebbe denunciato, mi avrebbero arrestato e che ne sarebbe stato allora di lei?» Si interruppe di nuovo, il respiro affannoso. Appoggiò la testa al cuscino e chiuse gli occhi.

Emma attese. Sapeva che avrebbe dovuto interrompere quella confessione per non rischiare che il cuore dell'uomo cedesse, ma era anche consapevole che Albino Marini voleva arrivare fino in fondo. Infatti riaprì gli occhi e, a voce bassa ma nitida, riprese il suo racconto.

«Perciò gli ho detto che il bambino era nato morto e che Lucia, impazzita dal dolore, se l'era presa con la madre, l'aveva accusata di averlo ucciso e l'aveva colpita e Tina era caduta e aveva battuto la testa su quel maledetto spigolo.»

«E lui come ha reagito?» chiese ancora Emma.

«Era sconvolto. Io allora gli ho lasciato capire che sapevo che il bambino era suo» guardò Emma negli occhi «non avrei mai cercato di ricattarlo, volevo solo che si rendesse conto di
quello che aveva fatto e si prendesse le sue responsabilità.»

«Ed è stato così.»

«Sì, da allora si è sentito in colpa verso Lucia, per questo non solo ha permesso che seppellissi il bambino in giardino, ma ha voluto che sopra facessi quella bellissima aiuola con il cuore, dove Lucia potesse andare per ricordarlo. E si è sempre occupato di lei.»

«A Lucia cosa avete detto?»

«Lei sa che il bambino è nato morto, non so come sia possibile, ma non ricorda niente. Almeno in questo è fortunata, soffre meno degli altri.»

Seguì un nuovo silenzio. Poi il vecchio parlò ancora, appariva svuotato, prosciugato ma nei suoi occhi c'era una luce diversa.

«Mi ascolti, Giulio Dalmasso non era l'unico che doveva espiare. Io sono un assassino, dica che mi mandino un prete per favore, ho bisogno di confessarmi. Adesso.»

CAPITOLO SETTANTUNO

DA QUANDO IL CORPICINO RITROVATO NELL'AIUOLA ERA stato portato via, Lucia si era barricata nella sua stanza e non ne era più uscita. Chiara aveva cercato di parlarle, ma la donna si era chiusa in un ostinato mutismo e rifiutava anche di aprire la porta. Erano due giorni che si sentivano i suoi passi andare avanti e indietro sul pavimento di legno. Un leone in gabbia.

Pensando a quel bambino, Chiara aveva compreso l'attaccamento di Lucia a Sergio, la sua pazienza, il suo affetto incondizionato.

Salì al piano di sopra e vide il vassoio con il pranzo dove lei lo aveva lasciato. Preoccupata, provò a chiamarla.

«Lucia, ti prego, vieni fuori, ho bisogno del tuo aiuto. Sergio deve fare la merenda.» Sperava che facendo leva sull'amore verso suo figlio si decidesse ad aprire la porta. Ma, per il secondo giorno di seguito, non ottenne risposta. Sconsolata, Chiara prese i piatti e li portò al piano di sotto dove aveva lasciato Sergio.

Entrata in cucina però non lo vide. Posò il vassoio sul lavandino e cominciò a chiamarlo.

«Amore della mamma, dove sei?»

"Vuole giocare a nascondino".

Sorrise. Sergio amava quel gioco e spesso lui e Lucia giocavano per ore proprio in cucina.

«Uno, due e tre. Ora vengo a cercar te, corri corri bambino al gioco del nascondino. Accucciato zitto zitto come un coniglietto» cominciò a dire cantilenando mentre lo cercava sotto il tavolo, nella dispensa, negli angolini dove si solito si nascondeva. «Sergio Sergino gioca a nascondino, gioca con la mamma che vuol far la nanna.»

Ma del bimbo nessuna traccia.

D'improvviso quel gioco non le piaceva più.

«Tesoro vieni fuori, hai vinto tu» provò a dire uscendo nel corridoio. L'occhio andò alla stanza che era stata murata, anche lì la polizia aveva messo la striscia gialla per inibire l'entrata, ma Sergio era un bambino. "Quale posto migliore per nascondersi di una stanza buia?" si disse cercando di mantenere la calma.

«Lepre leprottino, la mamma è col bambino, un due tre, mio bel tesoro torna da me» lo chiamò avvicinandosi alla camera, ma questa volta la sua voce era incrinata dalla paura

La stanza che era stata murata e che le faceva venire i brividi era vuota. Chiara sentì il panico artigliarle la gola. Il rumore della porta finestra della cucina che sbatteva la fece sobbalzare.

Il pensiero che non avrebbe mai voluto pensare si

fece spazio con prepotenza nella sua mente: e se Pietro fosse riuscito a entrare e avesse portato via il bambino?

Il cuore prese a martellarle furioso in petto.

Tornò sui suoi passi, accendendo tutte le luci man mano che procedeva nel corridoio.

Si affacciò in cucina, facendo scorrere uno sguardo febbrile da un lato all'altro della stanza per controllare che non ci fosse nessuno. Era vuota, un unico dettaglio stonato: la porta finestra che dava sul giardino sbatteva colpita dal vento.

"Chi l'ha aperta?"

Chiara si sforzò di mettere a fuoco: l'aveva chiusa a chiave? Ma non lo ricordava.

Posò la mano sull'interruttore e la cucina venne illuminata a giorno.

Uscì in giardino.

«Sergio… Sergio…» chiamò ancora senza ottenere risposta.

Sempre più angosciata, rientrò e stava per chiudere quando udì un risolino provenire dal vano sotto la panca sistemata nel patio.

"Sergio!"

La tensione si allentò di colpo e l'aria tornò a fluirle liberamente nei polmoni.

Facendo finta di non averlo notato, Chiara uscì di nuovo e, questa volta col sorriso sulle labbra, si chinò ripetendo la filastrocca:

«Un due tre finalmente trovo te!»

Sergio era lì, accucciato sotto la panca che rideva felice.

Chiara allungò le braccia per attirarlo a sé.

«Eccolo il mio leprottino. Vieni qui amore mio.»

Il bambino uscì a passi incerti dal nascondiglio, rifugiandosi fra le braccia della mamma.

"Tanta paura per niente."

«Piccolo, quando sarà tutto finito io e te ce ne andremo lontano, lo sai?»

«Tano tano» ripeté Sergio gioiosamente.

Chiara affondò il viso nei riccioli del bimbo accarezzandolo con dolcezza.

«Sì, andremo lontano» ripeté.

Udì un suono strozzato e, prima che riuscisse a voltarsi, qualcosa la colpì con violenza alla testa. Chiara avvertì un dolore fortissimo, che le tolse il fiato.

«Sergio...» riuscì solo a mormorare. Poi crollò a terra.

Dopo ci fu solo buio.

CAPITOLO SETTANTADUE

LA SUA INTUIZIONE ERA GIUSTA. IL PADRE DEL BAMBINO di Lucia era Giulio Dalmasso. Avrebbe sorriso del travestimento utilizzato da Emma per entrare a Villa Serena se la storia che le aveva appena raccontato al telefono non fosse stata così drammatica. La vita spesso era molto più incredibile di tutta la fantasia che si dispiega nelle pagine di un romanzo, si disse Kate. E gli attori che mette in campo sono sempre gli stessi: odio, amore, gelosia, passione, che ogni volta si combinano in modo sorprendente. Pensò ad Albino Marini, alla sua confessione e al peso che si era tenuto dentro in quei trent'anni. A Tina Pozzi, sfortunata ragazza madre su cui il destino si era accanito. A Giulio Dalmasso, cresciuto senza amore, e al suo tentativo di espiare e di riparare alla violenza che aveva commesso. A Lucia, immersa nel mondo immaginario che si era costruita e che per lei era la realtà. A Adelina Gualtieri, votata a un amore impossibile al quale era stata fedele fino all'ultimo. A Liliana

Dalmasso, schiava della sua dipendenza e a Massimo, vittima della madre e ostaggio dei pregiudizi. A Pietro Sacchi e alla sua incapacità di rispettare e amare qualcuno. Sembravano i personaggi di un melodramma, e invece erano così reali. Sfilavano sul palcoscenico della mente di Kate e ad ognuno la scrittrice rivolgeva la stessa domanda: chi ha ucciso Giulio Dalmasso e perché?

Si concentrò cercando di mettere insieme tutti gli elementi per ottenere la risposta. Quando scriveva i suoi libri ci riusciva sempre, ricostruendo il puzzle pezzo dopo pezzo, con infinita pazienza.

"Pensa, Kate, ragiona. Non puoi uscire ma puoi far funzionare il cervello."

Cosa poteva aver detto o fatto Giulio Dalmasso per scatenare la furia del suo assassino?

Aveva minacciato Pietro Sacchi spingendolo ad ucciderlo? La dinamica degli eventi non le sembrava corrispondesse. Se avesse voluto affrontarlo, perché il broker avrebbe dovuto spiarlo dalla finestra? E perché, dopo averlo ucciso, accanirsi sulle suppellettili della stanza? Non aveva senso.

La lite con Liliana poteva essere stato l'elemento scatenante che aveva portato la sorella, o il nipote, a colpirlo? Le aveva negato la fideiussione, ma a quanto diceva Adelina Gualtieri le discussioni, anche violente, per questioni di denaro tra i due fratelli erano all'ordine del giorno. Cos'altro le aveva detto? Ripensò all'ultima intervista televisiva di Liliana. "Mi ha detto che la Colombo se la sarebbe sposata". Ma poteva essere una frase detta in un momento di rabbia, Liliana non poteva sapere che era vero, possibile che lo avesse aggredito per quello? E, se fosse stato così, perché andarlo a dire pubblicamente in tv, in pratica un'autoaccusa, quando lei e Massimo erano gli unici ad averlo sentito pronunciare quelle parole?

Si immobilizzò, come faceva ogni volta che sentiva l'embrione di un'idea prendere forma. No, non erano gli unici.

Qualcuno aveva sentito. Qualcuno che viveva in un mondo immaginario che quelle parole avevano mandato in frantumi. Qualcuno che non poteva accettarlo. Lo sguardo di Kate cadde sulla scatola di Lego che era rimasta in salotto dopo che Emma l'aveva data al figlio di Chiara.

La scrittrice la aprì e cercò i due omini con cui Sergio aveva scelto di giocare. Una figura maschile e una femminile. Aveva attribuito l'insistenza quasi ossessiva con cui il bambino li picchiava uno contro l'altra a una reazione alla tensione che aveva percepito nella madre mentre raccontava la sua storia. Ma forse si era sbagliata. Forse era un'altra scena quella che Sergio stava riproducendo. Una scena a cui aveva assistito da testimone involontario. La scena di un omicidio. L'omicidio di Giulio Dalmasso per mano della persona a cui Sergio era stato affidato.

Kate si rese conto di avere la bocca secca e le mani sudate. Cercò freneticamente il cellulare che era finito tra i due cuscini del divano e compose con dita malferme il numero di Emma.

CAPITOLO SETTANTATRÉ

EMMA STAVA RIENTRANDO A LENNO QUANDO RICEVETTE la telefonata di Kate.

Invertì immediatamente il senso di marcia, dirigendosi di nuovo verso Cernobbio. Cercava di tranquillizzarsi ripetendosi che non c'era motivo che fosse successo qualcosa e che sarebbe arrivata in tempo per sottrarre Chiara al pericolo che stava correndo. Ma quando, una volta sulla strada della villa, fu superata da un'ambulanza a sirene spiegate, venne assalita da un presentimento.

Raggiunta Villa Dalmasso il presentimento divenne certezza: non era arrivata in tempo. L'ambulanza era ferma davanti al portone e il cancello d'ingresso era spalancato. L'investigatrice inchiodò, parcheggiò la macchina in modo da non intralciare il mezzo di soccorso, scese e si precipitò dentro.

In quel momento dalla villa uscirono gli infermieri portando una barella su cui era distesa Chiara, immobile e pallidissima. Li seguivano i due domestici filippini visibilmente agitati.

Emma li raggiunse e si qualificò. Poi chiese:

«Come sta? Cosa è successo?»

«Trauma cranico» rispose uno degli infermieri. «Avvisi la polizia, è stata colpita alla testa.»

Emma si sentì gelare.

«Il bambino... dov'è Sergio?» chiese ai domestici.

I due scossero la testa costernati.

Poi fu Maricel a parlare:

«Noi abbiamo trovato la signora Chiara così. Lucia e il bambino non ci sono, non sappiamo dove sono andati» disse angosciata.

In quel momento Chiara emise un gemito e sollevò appena le palpebre.

«Sergio...» mormorò.

Emma le strinse la mano.

«Stai tranquilla, te lo riporto io, adesso pensa a star bene»

«Deve andare in ospedale» disse l'infermiere. E, fatto un cenno alla sua partner, spinse la barella sull'ambulanza.

Emma sapeva che adesso per Chiara poteva fare una sola cosa: ritrovare suo figlio, pregando che non fosse troppo tardi.

Si rivolse con urgenza alla domestica:

«Maricel, avvertite subito il vicequestore Del Greco, questo è il numero» disse scribacchiandolo su un foglietto «spiegategli cosa è successo e ditegli che vado a cercarli.»

«Il bosco» sussurrò la donna «a Lucia e a Sergio piace tanto il bosco.»

Il bosco incantato di Cernobbio. Dove erano stati

ritrovati la prima volta. Dove Lucia si rifugiava quando andava in stress.

«Grazie!» esclamò Emma e si precipitò verso la macchina. Lucia era a piedi e con un bambino piccolo, anche se era in vantaggio non poteva essere andata troppo lontano.

CAPITOLO SETTANTAQUATTRO

Correva.

Correva tra gli alberi del bosco incantato.

Il bambino stretto tra le braccia.

Questa volta non glielo avrebbero portato via. Si sarebbero nascosti e nessuno li avrebbe trovati. E sarebbero rimasti insieme.

«Per sempre, piccolo mio, per sempre. Io e te.»

«Io... te» ripeté Sergio ridendo.

Quel sorriso le scaldò il cuore.

Rallentò e continuò a camminare tra gli alberi. Conosceva bene quel luogo e la capanna di legno dello scultore, al momento disabitata e con la serratura che qualcuno aveva scardinato e non era mai stata riparata. Sarebbero andati lì, aveva preso dei biscotti e del succo di frutta per Sergio, il suo bambino aveva bisogno di mangiare per stare bene.

«...cia ...cia» la chiamò il piccolo, indicando le sculture di legno che gli piacevano tanto. Lo fece scendere e avanzò tenendolo per mano e lasciandogliele toccare.

Sorrise. Adesso era felice. Perché il suo bambino era di nuovo con lei ed era soltanto suo.

«Vieni, andiamo nella casetta a giocare» e lo sospinse verso il folto del bosco.

«No qui!» s'impuntò il piccolo.

«Ho detto che dobbiamo andare!» Non avrebbe voluto gridare, ma lui doveva obbedire. Un bravo bambino obbedisce sempre.

«No!» urlò il piccolo testardo.

«Devi venire con me!» lo strattonò, la voce stridula.

Sergio cominciò a piangere.

«Mam-ma… mam-ma» balbettò tra i singhiozzi.

«Non devi piangere!»

Lo sollevò da terra e riprese a camminare, mentre lui si divincolava e gridava.

EMMA UDÌ il pianto del bambino. Poi le sue grida. Avvertì una violenta contrazione allo stomaco. Si ripeté per l'ennesima volta che Lucia non gli avrebbe mai fatto del male, ma qualcosa nel profondo di lei si ribellava a quei pensieri tranquillizzanti. Accelerò dirigendosi verso la macchia d'alberi che si infoltiva pochi metri più avanti.

Qualche istante dopo li vide.

Lucia teneva in braccio il bambino, che scalciava e gridava, e avanzava verso una capanna di legno che si intravedeva tra gli arbusti. Emma si sforzò di non farsi vincere dall'emotività e dall'istinto che le diceva di precipitarsi a liberarlo ma piuttosto di elaborare velocemente una strategia che le permettesse di metterlo in salvo. In quel momento Lucia, esasperata dalle urla di Sergio, gli mise una mano sul viso e gridò:

«Basta, la devi smettere! Stai zitto, hai capito?» e premette con forza.

«Ferma!»

Emma corse verso di lei dimenticando qualsiasi piano.

«Lascialo!»

La donna lo strinse con più forza a sé.

«Non ti avvicinare» le intimò aggressiva.

Emma notò l'espressione dura e determinata del suo viso, tanto diversa da quella vaga e un po' assente che aveva di solito, e si arrestò di colpo a pochi passi da lei.

«Lui è mio» proseguì Lucia nello stesso tono, mentre il piccolo adesso singhiozzava sommessamente. «Non me lo porterete via!»

La voce, il tono, la postura e le parole che aveva pronunciato disorientarono l'investigatrice. Aveva di fronte un'altra persona. Quella che si era avventata su Albino e sua madre Tina, causandone la morte. Quella che aveva colpito Chiara durante l'ultimo episodio di sonnambulismo. Quella che, adesso ne era certa, aveva aggredito e ucciso Giulio Dalmasso.

«Vattene» le ingiunse minacciosa la donna. «Vattene o sarà peggio per te.»

Era irriconoscibile. Anche il ritardo cognitivo sembrava sparito.

All'improvviso le fu tutto chiaro. E si rese conto che era molto più complicato e pericoloso di quello che avevano immaginato. 'Disturbo dissociativo d'identità'. Così era definito dai testi di psicopatologia su cui aveva studiato. Due o più personalità distinte, diversissime tra loro, che convivono nello stesso soggetto, spesso inconsapevoli una dell'altra.

Emma sapeva che, se avesse fatto la mossa sbagliata, poteva mettere in pericolo la vita di Sergio. Doveva pensare in fretta.

Fece un passo verso di lei.

«Ascolta Lucia» cominciò.

Ma la donna si irrigidì.

«Non ti permetterò di portarmelo via, né a te né a nessun altro» dichiarò. «Lui resta con me oppure...» non finì la frase e circondò con la mano il collo di Sergio.

Emma si bloccò. Si sforzò di ricordare tutto quello che aveva studiato sulle personalità multiple. Era chiaro che la Lucia che conoscevano era ignara dell'altra. Non c'erano tracce di lei nella donna che aveva davanti. Se non fosse riuscita a farla riemergere, il suo alter ego violento, che aveva preso il sopravvento, non avrebbe esitato a mettere in atto la minaccia. Lottò contro la strisciante sensazione di panico che serpeggiava dentro di lei. Aveva bisogno di tutto il suo sangue freddo e della sua razionalità.

Empatia era la parola chiave. Nessun giudizio.

«Io ti capisco. Quello che stai vivendo è terribile e doloroso, lo so.»

Lucia parve spiazzata.

«Giulio ti ha tradito» continuò Emma «ti sei sentita sola, abbandonata. Cosa è successo? Perché non me lo racconti?»

Cercava di sviare l'attenzione di Lucia da Sergio. La donna continuava a tenerlo stretto, ma almeno aveva tolto la mano dalla gola del piccolo.

«Voleva sposare Chiara» disse con rabbia. «Ma ero io la sua fidanzata, ero io che avevo avuto il suo bambino!»

«Glielo hai detto?»

Lucia la fissò intensamente ed Emma percepì che stava rivivendo il dramma di quel terribile pomeriggio.

«Sì. Mi ha risposto che ero pazza, che mi aveva tenuta in casa per pietà, che dovevo stare al mio posto» rispose con voce alterata. «Poi mi ha voltato le spalle, non esistevo più per lui, e siccome non me ne andavo, senza girarsi ha detto "Vattene, va' via, non ti voglio qui".» Il volto di Lucia era distorto in una maschera di odio e sofferenza.

«E che cosa hai fatto allora?»

«L'ho colpito» Lucia continuava a tenere stretto Sergio che aveva ripreso ad agitarsi. «Ho preso il portacenere e l'ho colpito alla testa. Maledetto. E poi l'ho colpito ancora...» il volto le si rigò di lacrime, la voce divenne stridula. «È caduto e io ho continuato a colpirlo ancora, e ancora...»

Senza lasciare il bambino la donna si accasciò a terra singhiozzando disperata.

Emma aveva paura di avvicinarsi, non sapendo come avrebbe reagito. Poi Lucia sollevò la testa e l'investigatrice ritrovò la sua espressione svagata e lo sguardo che faticava a mettere a fuoco. Mise a terra il bambino che si divincolava, continuando però a tenerlo. Sembrava essere tornata da un luogo molto lontano.

«Sergio...» mormorò. «Che è successo? Perché

siamo qui?» chiese a Emma con voce confusa. «Non mi ricordo niente.»

Si era verificato quello che l'investigatrice sperava: lo stress emotivo a cui la donna era stata sottoposta rivivendo la scena dell'omicidio aveva innescato lo *switching*, il passaggio da una personalità all'altra. Ma sarebbe durato abbastanza da mettere Sergio al sicuro?

«Hai portato Sergio a fare una passeggiata e hai avuto un mancamento» disse Emma con voce neutra, avvicinandosi con cautela e tendendo le braccia al bambino.

«Vieni qui, piccolo, Lucia è stanca, ti porto dalla tua mamma.»

Fu un errore. Il bambino cominciò a gridare disperato:

«Mamma! Mamma!» divincolandosi dalla presa di Lucia.

Emma vide lo sguardo della governante indurirsi e tornare a fuoco.

«Volevi fregarmi!» le gridò, afferrando il piccolo e bloccandolo malgrado le sue proteste. «Ma io non sono stupida!»

A Emma non restava che alzare la posta, sapendo che si sarebbe lanciata nel vuoto senza alcuna rete di protezione. Rischiò.

«No, non lo sei, ma finirai in prigione. Hai ucciso Giulio e hai aggredito Chiara, forse hai ucciso anche lei, che ti voleva bene, che non voleva lasciarti, che ti è rimasta vicina e ti ha affidato Sergio. E tu hai cercato di ammazzarla per portarle via suo figlio come lo avevano portato via a te!»

«No!» urlò Lucia. «No, non è vero! Sergio è mio, è mio!»

Le sue urla si sovrapposero al pianto disperato del bambino.

Poi cessarono di colpo e davanti a Emma ci fu di nuovo la Lucia che aveva conosciuto. Spaesata, persa. Spossata. L'investigatrice comprese di dover approfittare di quegli istanti. Ormai l'intervallo del passaggio da una personalità all'altra era sempre più ridotto e dopo avrebbe potuto essere troppo tardi.

«Devi riposare» le disse con voce gentile ma ferma. «Dai a me Sergio e andiamo a casa.»

Non aveva un piano, voleva solo prendere il figlio di Chiara e correre il più veloce possibile.

Si avvicinò e tese la mano. Lucia aprì le sue e lasciò andare il bambino.

In quel momento Emma udì la voce di Andrea che urlava il suo nome.

Prese in braccio il piccolo e corse verso di lui.

CAPITOLO SETTANTACINQUE

Chiara era stata dimessa dall'ospedale dopo ventiquattr'ore. Aveva avuto un leggero trauma cranico, ma la TAC non aveva rilevato lesioni. Emma era andata a prenderla con il piccolo Sergio e, dopo aver abbracciato suo figlio, la prima cosa che le aveva chiesto erano state notizie di Lucia.

«Sta bene, se vuoi vederla chiederemo all'avvocato di farti avere un incontro» la rassicurò Emma.

«Che ne sarà di lei?»

«Le hanno fatto una perizia psichiatrica che ha confermato quello che avevo supposto. Ha sviluppato due personalità amnestiche.»

Chiara la guardò interrogativa e Emma si affrettò a spiegarle:

«Una non ricorda niente dell'altra, è per questo che Lucia non aveva memoria dell'uccisione di Giulio Dalmasso, perché quando lo ha colpito non era lei, era il suo alter ego, quello violento, quello che, come ha detto Albino Marini, ha ucciso la madre pensando che avesse soffocato il suo bambino.»

Chiara strinse a sé il piccolo Sergio in un gesto istintivo.

«Lucia non è cattiva, ne sono convinta. Tutto quello che ha fatto è stato per difendere il suo bambino.» Chiara fece una carezza al figlio. «O quello che pensava fosse il suo bambino» aggiunse con un tremito nella voce.

Emma annuì.

«Lo credo anch'io. Penso che la seconda personalità, quella violenta, sia nata da un trauma che ha subito nell'infanzia, anche se probabilmente non sapremo mai cosa è successo. Così come credo che sia una vittima dell'ignoranza» proseguì. «Noi sappiamo solo che è sempre stata a Villa Dalmasso, che aveva un ritardo cognitivo che la madre ha vissuto come un forte handicap, ma continuo a chiedermi come sarebbe stata la sua vita se si fosse intervenuti quando era piccola.»

Nell'auto per un attimo calò il silenzio.

«E pensare che io ho creduto che a colpirmi fosse stato Pietro, mai avrei pensato a lei. La Lucia che conosco io è talmente mite…»

Emma sospirò:

«Invece quando prevale l'altra personalità si trasforma. Da quello che ha detto Albino, credo che le succedesse anche da bambina, è il motivo per cui è stata tolta da scuola. Ed è anche il motivo per cui, dopo aver ucciso il dottor Dalmasso, ha sfogato tutta la sua rabbia sugli oggetti e sui mobili dello studio.» Tacque un istante poi riprese: «A proposito di Sacchi, l'avvocato dice che non sarà difficile ottenere dal giudice un ordine di allontanamento e, in ogni caso, se pensi di restare a Villa Dalmasso, farei installare un sistema di videosorveglianza. Kate ti può dare molti consigli in merito. La villa dove abitiamo è una sorta di fortino.»

«Io non mi muovo da qui. Giulio mi ha dato dei compiti da eseguire e non mi sottrarrò ai miei doveri.»

«Sono felice di sentirtelo dire.»

«Credi che condanneranno Lucia? Voglio che a seguirla sia Ferri, mi è piaciuto molto e non è un avvocato privo di scrupoli.»

«Sono d'accordo su Ferri e sono sicura che, dopo quello che è successo, riuscirà a dimostrare la sua infermità psichica.»

«Ha fatto una cosa terribile, ma non era lei» affermò Chiara. «Per questo non la lascerò sola. Ci sarà un modo per curarla, sentirò degli specialisti, grazie a Giulio i soldi non ci mancano.»

«Credo che le medicine possano aiutare, supportate da una psicoterapia, ma adesso è ancora troppo presto per pensarci. Bisogna dare il tempo alla legge di seguire il suo corso. Nel frattempo tu cosa farai?»

Chiara la guardò determinata:

«Finirò il master in Osteopatia come voleva Giulio. Sono fermamente convinta che, unita alla fisioterapia, possa dare un grande aiuto in certe malattie. Giulio ne era la prova.» Sorrise triste. «Chissà, forse in futuro potrei aprire un centro specializzato, ma per il momento è soltanto un'idea.»

«Una bella idea» disse Emma sorridendole con calore.

Giulio Dalmasso aveva visto lungo lasciando il

suo patrimonio a Chiara Colombo, lei lo avrebbe messo a frutto aiutando chi ne aveva bisogno.

CAPITOLO SETTANTASEI

Il suono del citofono di Villa Mimosa aveva colto Emma di sorpresa. Non le risultava che aspettassero nessuno. Kate era nel suo studio impegnata in una riunione su Skype con il produttore della serie televisiva che avrebbe avuto Celia come protagonista, Maria era andata via già da un po', Tommaso si stava occupando della sua aiuola e lei stava provando a rilassarsi dopo la chiusura di un caso che l'aveva provata emotivamente e psicologicamente. Chi poteva essere?

Quando schiacciò il pulsante del videocitofono, sul piccolo schermo si materializzarono i volti sorridenti di Andrea e Maya.

«Lo so che siamo venuti senza preavviso» disse il vicequestore «ma Maya mi ha detto che Tommy le aveva promesso di mostrarle una certa aiuola e il mio telefono faceva i capricci.»

Emma ricambiò il sorriso con calore. Era felice di vederlo, desiderava con tutto il cuore lasciarsi alle spalle ruggini e dissapori e considerarli solo una parentesi nella loro amicizia.

«Vuol dire che per voi faremo un'eccezione» rispose in tono scherzoso e azionò il meccanismo di apertura del cancello: «Venite!»

Qualche minuto più tardi Tommaso trascinò via l'amica perché potesse ammirare il suo capolavoro di giardinaggio ed Emma e Andrea rimasero soli.

«In realtà sono venuto perché volevo vederti» le disse il vicequestore nel suo solito modo diretto e senza preamboli. «C'è qualcosa che devo dirti e non voglio far passare altro tempo.»

Emma gli rivolse un sorriso d'incoraggiamento.

«Anch'io devo dirti qualcosa, ma comincia tu.»

Andrea la guardò dritto negli occhi, senza sottrarsi.

«È vero» disse «spesso la soluzione più ovvia e scontata è quella giusta, ma non è sempre così. Grazie per avermelo ricordato.»

Emma apprezzò quella dichiarazione sincera, anche perché si rendeva conto che era un'ammissione che doveva comunque costargli.

«E io so che non siamo più una squadra da quando me ne sono andata ma…»

Andrea le posò le mani sulle spalle e le diede una leggera stretta nella quale Emma percepì tante emozioni: affetto, complicità e una punta di rimorso.

«Non avrei dovuto dirlo» la interruppe. «Perdonami. Avevi ragione, ero sotto pressione e ho scaricato la tensione su di te.»

Lei gli sorrise:

«Non prenderti tutta la colpa, Del Greco. Ho parlato con Bruno e ho capito che non posso dare per scontato che tu condivida con me le tue informazioni e gli sviluppi di un'indagine. Potresti avere dei problemi per causa mia, non ci avevo mai davvero pensato.»

Questa volta fu lui a sorridere:

«Tu non sarai mai un problema per me Castelli.» E in quegli occhi profondi e intelligenti Emma colse un lampo di dolcezza e di qualcos'altro - rimpianto forse? - che le andò dritto al cuore. «Come ti ho detto» riprese lui tornando a un tono più scanzonato «sarei felice di avervi nella mia squadra.»

«Il plurale comprende anche me, signor vice-questore?»

Emma e Andrea trasalirono: Kate era comparsa alle loro spalle e li osservava divertita.

«Naturalmente signora Scott» rispose lui con la stessa leggerezza. «Potremmo mai rifiutare la collaborazione di una giallista di fama internazionale come te?»

«Bene, mi fa piacere sentirtelo dire» dichiarò Kate sorridendo «e mi fa ancora più piacere constatare che tra voi è tornata l'armonia» aggiunse seria.

L'attimo di imbarazzo tra Emma e Andrea fu spazzato via dall'irrompere di Tommy e Maya, che richiedevano attenzione e ovviamente anche una merenda.

Più tardi, dopo che Andrea e la figlia ebbero lasciato Villa Mimosa con la promessa di una prossima cena insieme, Emma e Kate sedettero insieme nel giardino d'inverno, contemplando il tramonto che avvolgeva il lago in una luce rosata e irreale.

«Ripensando alla storia di Lucia Pozzi» disse Kate «è proprio vero che a volte capita di ideare una trama che sembra inverosimile, e ti dici che nessuno ci crederebbe mai. Poi invece arriva la realtà e provvede lei a darci una lezione di fantasia.»

Emma sorrise.

«È vero, ma va detto che, quanto a fantasia, tu te la cavi alla grande. Senza di te non avremmo trovato quel tassello che è stato determinante per riportare alla luce una storia che altrimenti sarebbe rimasta sepolta nel passato.»

Kate scosse la testa.

«Non sono d'accordo» dichiarò. «Credo che possiamo tranquillamente prenderci il merito al cinquanta per cento. E sai una cosa?»

«Dimmi.»

«Squadra che vince…»

«…non si cambia!» concluse Emma ridendo.

E in sincrono sollevarono la mano destra per darsi il cinque.

RINGRAZIAMENTI

Anche questa volta la nuova storia di Emma&Kate è stata arricchita dalla collaborazione di coloro che, per amicizia, hanno messo a nostra disposizione le loro competenze professionali. Ci teniamo a ringraziarli uno per uno, perché senza il loro contributo il romanzo non sarebbe come è.

Grazie in primo luogo all'indispensabile Patrizia Fassio, sceneggiatrice e editor di valore, al cui occhio attento e sagace e alla cui sensibilità dobbiamo le preziose indicazioni che ci hanno permesso di potenziare e valorizzare la storia.

Un grazie speciale alla dottoressa Paola Rocco per il tempo che ci ha dedicato e per i suggerimenti che ci hanno permesso di delineare e approfondire il profilo psicologico di un personaggio complesso e di non facile gestione.

Grazie di cuore a Paolo Di Vincenzo, giornalista e scrittore, che con pazienza certosina si è dedicato alla revisione del testo.

Grazie a Stefano Rubeo e a Roberta Carta per i chiarimenti in materia giuridica e i preziosi consigli legali.

Grazie al dottor Alberto Cisterna, della cui esperienza di magistrato abbiamo fatto tesoro.

Grazie alla dottoressa Teresa Sagliano, che ci ha

aiutato a chiarire alcuni aspetti della personalità dei nostri personaggi.

Grazie a Piernicola Silvis, ex Questore di Foggia e scrittore, per la disponibilità a rispondere alle nostre domande e per aver condiviso i suoi metodi di scrittura.

Grazie alla nostra agente, Maria Paola Romeo, che ci segue, anche se a distanza, con occhio vigile e partecipe e con i suoi consigli per i passi giusti da compiere.

Grazie ancora una volta ad Alessandra Tavella e Davide Radice, che hanno fortemente voluto questa serie credendoci e dandoci tutto il loro sostegno.

Grazie a Debbie di Cover Collection per la cura nella realizzazione della copertina e la disponibilità a seguire i nostri suggerimenti.

E grazie ai poliziotti del Commissariato Parioli per la pazienza e la cortesia dimostrata nel rispondere ai nostri innumerevoli quesiti.

Infine, last but not least, grazie alle nostre compagne di cammino, Giulia Beyman e Paola Gianinetto, per la loro presenza affettuosa, il sostegno e il confronto. Un grazie particolare a Giulia per essersi fatta carico di molte delle nostre incertezze e averci insegnato tanti piccoli segreti che non conoscevamo.

Ma soprattutto grazie a tutti voi che continuate a seguire le avventure di Emma&Kate! Grazie del vostro sostegno e grazie per la fiducia che ci avete accordato.

LE AUTRICI

Elisabetta Flumeri e Gabriella Giacometti sono da anni una collaudata coppia creativa.

Hanno esordito come autrici di romanzi rosa per poi passare a testi per la radio e la pubblicità, nonché alla realizzazione di soggetti e sceneggiature per serie tv italiane di grande successo (come Carabinieri e Incantesimo).

Nello stesso tempo hanno lavorato come editor e supervisori di fiction tv, hanno tenuto corsi di scrittura creativa e collaborato con riviste e periodici.

Amano cimentarsi in generi diversi, dalla commedia al sentimentale, dal legal al dramma in costume fino al thriller e al poliziesco.

Hanno pubblicato commedie romantiche con Sperling & Kupfer (i cui diritti sono stati venduti negli USA, in Spagna, Francia, Germania, Bulgaria, Polonia e Israele) ed Emma Books .

Oltre all'amore per la scrittura e le proprie famiglie, condividono la passione per il cinema, la cucina e gli animali.

False verità è il quinto capitolo della fortunata serie di Emma & Kate scritta a otto mani con Giulia Beyman e Paola Gianinetto, inaugurata da Amazon Publishing nel 2019 con E niente sia di Giulia Beyman. Sono seguiti Chiedi al passato, sempre di

Flumeri & Giacometti, L'ultimo battito d'ali di Paola Gianinetto, Se nel buio a firma di Giulia Beyman.

Per essere in contatto con Elisabetta e Gabriella: www.flumeriegiacometti.it / info@flumeriegiacometti.it

Sulla Home Page del sito è possibile iscriversi alla Mailing List di Elisabetta e Gabriella, per avere aggiornamenti su promozioni, presentazioni, nuove uscite.

f 𝕏 ⃝

EMMA & KATE: LA SERIE

La serie Emma & Kate è un progetto originale a otto mani, nato dalla collaborazione di Giulia Beyman, Flumeri & Giacometti e Paola Gianinetto.

Volumi già usciti della serie:

E NIENTE SIA di Giulia Beyman

CHIEDI AL PASSATO di Flumeri & Giacometti

L'ULTIMO BATTITO D'ALI di Paola Gianinetto

SE NEL BUIO di Giulia Beyman

FALSE VERITÀ di Flumeri & Giacometti

EMMA & KATE: ANTEPRIMA

"NEL TUO SILENZIO"
Emma & Kate Vol. 6
Giulia Beyman

PROLOGO

Astucci e quaderni volavano da un sedile all'altro come munizioni di una festosa guerra che non aveva nulla di ostile. E i bambini accompagnavano i loro lanci con grida e risate.

Ogni giorno era così, sul pulmino che li riportava a casa dopo la scuola.

L'autista li teneva d'occhio dallo specchietto retrovisore con uno sguardo burbero che di quando in quando, suo malgrado, si stemperava in un sorriso di benevolenza.

L'accompagnatrice ogni tanto riprendeva qualcuno di loro ad alta voce, più per abitudine che con l'ingenua speranza che i rimbrotti potessero qualcosa contro quel caos.

Mattia era seduto come sempre in seconda fila e partecipava alla vivace battaglia solo con risate e battiti di mani.

In fondo non gli dispiaceva essere l'ultimo del giro. Quel percorso dalla scuola fino alla sua fermata era la parte più divertente della giornata. Perché poi, una volta a casa, sarebbe rimasto di nuovo solo.

Non che gli dispiacesse stare con sua madre. Le voleva bene, e lei lo aiutava con i compiti, cucinava il suo cibo preferito, giocava con lui. Ma trovava sempre qualche scusa per non invitare i compagni di scuola nella piccola villetta isolata che avevano preso in affitto.

«Perché? Non stiamo bene noi due?» rispondeva sfuggente quando provava a chiederglielo.

E lui non insisteva, perché le sconosciute preoccupazioni che ogni tanto le offuscavano il sorriso rendevano triste anche lui. Così l'ultima cosa che voleva era crearle problemi.

«Chissà che ti ha preparato oggi di buono la tua mamma.»

Il pulmino si era ormai svuotato, e quando rimanevano soli l'accompagnatrice finalmente si rilassava e chiacchierava un po' con lui.

Mattia le sorrise.

«Il venerdì mi cucina le cotolette con le patatine.»

Ormai erano vicinissimi alla sua fermata. Arrancando, il pulmino aveva percorso la salita che da Torno si arrampicava sulla montagna e sulla sinistra già si intravedeva il piccolo slargo dove si sarebbe fermato.

Davanti a loro, la strada si inerpicava ancora verso il bosco. Mentre sulla destra, oltre la bassa ringhiera di ferro verde, il panorama si apriva con una vista mozzafiato sul lago.

Era proprio quello il punto in cui sua madre lo aspettava sempre, poggiata al parapetto, pronta a sorridergli non appena i loro sguardi si incrociavano. E la vallata, alle sue spalle, sembrava lo sfondo di un quadro.

Insieme, poi, percorrevano l'ultimo tratto di strada che li portava nella frazione di Montepiatto. Un pugno di abitazioni immerse nel nulla.

*A volte, nei lunghi e rigidi inverni, Mattia si chiedeva
perché lei avesse scelto una casa tanto difficile da raggiungere. Ma la bellezza di quei posti e le lunghe passeggiate
nella natura finivano per sembrargli una giustificazione
sufficiente.*

*Come faceva sempre quando si avvicinavano alla sua
fermata, dopo l'ultima curva, attraverso il finestrino cercò
la figura snella di sua madre, immaginandone già il profilo
in controluce, con alle spalle il sole autunnale, che si abbassava presto sull'orizzonte. E fu sorpreso di non vederla.*

*Era la prima volta che accadeva, e faticò a fare i conti
con quel fatto insolito.*

*Tutti i giorni, la mattina presto lei lo accompagnava
accanto alla vecchia casa di pietra da tempo abbandonata, di
fronte alla piazzola in cui il pulmino poteva fermarsi.*

*Quando l'autobus della scuola arrivava, lo salutava con
un abbraccio, aspettava che salisse e rimaneva lì, ferma, con
il suo sorriso rassicurante, finché le prime curve non li
nascondevano l'uno alla vista dell'altra.*

*Il pomeriggio, alla fine delle lezioni, trovava sua madre
nello stesso, identico posto, con lo stesso, confortante
sorriso.*

*All'inizio, quando era più piccolo, aveva addirittura
pensato che lei rimanesse lì ferma ad aspettarlo per tutto il
tempo, fino al suo ritorno.*

*Così quel giorno gli sembrò strano non vederla alla
fermata. E quel vuoto imprevisto nel paesaggio gli fece
mancare il respiro.*

*"Si tratta solo di qualche minuto di ritardo. Non fare il
moccioso" si apostrofò, severo.*

*Il cuore gli batteva forte, ma trattenne la paura che
subito lo assalì, per non doversene vergognare.*

L'autista cominciò a rallentare e poi accostò al terra-

pieno in pietra che delimitava parte dello slargo in cui era solito sostare.

«Strano. Tua madre non c'è» osservò perplessa l'accompagnatrice, prima ancora che il mezzo fosse completamente fermo.

«Vedrai che arriverà subito» gli sorrise l'autista, voltandosi dopo aver tirato il freno a mano.

Voleva incoraggiarlo, ma quella premura sortì l'unico effetto di farlo preoccupare ancora di più.

«Vieni. Andiamo ad aspettarla.»

L'accompagnatrice lo prese per mano e dopo aver sceso i gradini del pulmino raggiunse insieme a lui la casa di pietra, sul lato opposto.

Da lì la strada continuava ad arrampicarsi fino alle basse costruzioni che si trovavano proprio sul limitare del bosco. Mattia aveva tanto sperato che la nuova angolazione gli avrebbe permesso di vedere sua madre correre trafelata verso di loro, con un sorriso che era già una richiesta di scuse.

Invece la salita era deserta.

L'accompagnatrice controllò l'orologio.

«Avrà avuto un imprevisto. In fondo è sempre puntuale…»

Per un tempo che Mattia non riuscì a calcolare, rimasero così, in silenzio, a fissare la direzione da cui lei sarebbe dovuta arrivare.

«Non si vede ancora?» chiese a un certo punto l'autista, affacciandosi dalla porta del pulmino.

L'accompagnatrice fece solo cenno di no con la testa. Si capiva che la sicurezza che tutto si sarebbe risolto in fretta cominciava a vacillare anche in loro, e questo – se possibile – lo fece sentire ancora peggio.

«*Possiamo contattarla sul cellulare?*» *s'informò poi l'uomo.*

«*Non ce l'ha un telefonino.*»

Quella risposta sembrò turbare l'autista più del prolungato ritardo.

Mattia sapeva già che molti consideravano stravagante che sua madre non possedesse un cellulare.

"Però se in questo momento ne avesse avuto uno con sé, si sarebbe risolto tutto in un attimo!" pensò nervoso, serrando il pugno.

Stava sempre attento a non crearle problemi, perché qualcosa gli faceva sospettare che già ne avesse abbastanza. Ma stavolta non le avrebbe nascosto quanto era arrabbiato!

Da quando era sceso dal pulmino era stato così concentrato sul pezzo di strada da cui sua madre sarebbe dovuta arrivare che solo all'improvviso si rese conto che stava cominciando a fare buio, e con la coda dell'occhio colse un fitto scambio di sguardi tra l'autista e l'accompagnatrice. Continuavano a controllare gli orologi e le loro espressioni non dicevano niente di buono.

"Dai, mamma, vieni a prendermi! Ti prego... ti prego... ti prego..."

Se si fosse concentrato abbastanza, sarebbe riuscito a far arrivare quella sua supplica fino a lei?

All'improvviso sentì la mano dell'accompagnatrice che piano piano si scioglieva dalla sua. Solo in quel momento si rese conto di averla tenuta per tutto il tempo così stretta che il palmo e le dita erano ormai indolenziti e sudati.

Dopo essersi raccomandata che rimanesse lì fermo ad aspettarla, la donna raggiunse l'autista, che era sceso dal pulmino e aveva fatto qualche passo per risparmiarle un po' di strada.

Si scambiarono uno sguardo che raggelò il cuore di Mattia. Poi l'uomo abbassò la voce, ma non abbastanza perché lui non udisse le sue parole.

«Credo che a questo punto sia il caso di avvisare la polizia.»

CAPITOLO 1

«La parola "anatologo" non esiste. Non puoi attaccare le tue tessere là.»

Lo sguardo di Kate Scott era serio, il suo tono fermo. E non importava che il suo avversario a Scrabble avesse solo sette anni.

Il piccolo Tommy, però, non si fece intimidire.

«Certo che esiste. Ne parla sempre la mamma quando uccidono qualcuno e lei ha bisogno delle informazioni di un dottore per indagare» ribatté sicuro.

Emma Castelli trattenne a fatica un sorriso.

«Si chiama "anatomopatologo"» disse al figlio, scandendo bene le sillabe, senza alzare gli occhi dal cartellone di gioco. Non voleva urtare la sensibilità dei suoi avversari, quella sera particolarmente infervorati.

La verità era che l'autrice di romanzi gialli presenti in tutte le classifiche internazionali di vendita non amava indulgere in moine e smancerie, neanche con i bambini, e trattava Tommaso come se fosse già grande. Cosa che a lui non dispiaceva affatto.

«Che ti dicevo?» sottolineò la scrittrice con il suo tipico accento americano. «Non puoi usare "anatologo". Ma sono sicura che troverai qualcosa di meglio» lo incoraggiò, seria.

Tommy si concentrò sulle lettere che aveva a disposizione e sulle parole già sul cartellone, deciso a raccogliere la sfida.

In quel momento il telefono di Emma cominciò a squillare.

«È il numero di lavoro. Anche se è quasi ora di cena devo rispondere» spiegò l'investigatrice alzandosi dal tavolo. «Scusate.»

«Non ti preoccupare. Noi ci prendiamo un po' di tempo per trovare nuove parole» la rassicurò Kate.

Quando Emma tornò in salone, un pugno di minuti più tardi, vide subito il sorriso che trionfava sul volto di suo figlio.

«Mamma, guarda!» esclamò Tommy soddisfatto, indicando le lettere che aveva appena disposto sul tabellone. «"Antitetico". Con questa guadagno un sacco di punti.»

«Non era facile... Direi che te la sei cavata bene.»

«Vedi? Non devi mai accontentarti. Conoscere le parole è importante» lo gratificò Kate, che un attimo dopo si rese conto dell'aria assorta dell'amica. «Tutto bene?» le chiese.

«Sì. Mi hanno appena affidato un nuovo incarico per l'agenzia» spiegò, pensierosa. «Devo "solo" ritrovare una donna scomparsa vent'anni fa» concluse poi con una smorfia.

Manufactured by Amazon.ca
Bolton, ON

25731743R00192